SELECTED WORKS OF LI PEIFU

李佩甫文集

短篇小说卷

红蚂蚱　绿蚂蚱

河南文艺出版社

·郑州·

图书在版编目（CIP）数据

红蚂蚱　绿蚂蚱/李佩甫著. —郑州:河南文艺出版社，2020.8

（李佩甫文集.短篇小说卷）

ISBN 978-7-5559-0906-4

Ⅰ.①红… Ⅱ.①李… Ⅲ.①短篇小说-小说集-中国-当代 Ⅳ.①I247.7

中国版本图书馆 CIP 数据核字(2020)第 100415 号

总 策 划　陈 杰 李 勇
选题策划　陈 静
责任编辑　俞 芸
责任校对　赵红宙
装帧设计　Ⅲ 书籍/设计/工坊 刘运来工作室
内文设计　吴 月
责任印制　陈少强

出版发行　河南文艺出版社
本社地址　郑州市郑东新区祥盛街 27 号 C 座 5 楼
邮政编码　450018
承印单位　河南瑞之光印刷股份有限公司
经销单位　新华书店
纸张规格　700 毫米×1000 毫米　1/16
本册字数　223 000
总 字 数　4914 000
总 印 张　369.5
版　　次　2020 年 8 月第 1 版
印　　次　2020 年 8 月第 1 次印刷
定　　价　1580.00 元(全 15 册)

印厂地址　河南省武陟县产业集聚区东区（詹店镇）泰安路
邮政编码　454950　　电话　0391-2527860

李佩甫，生于 1953 年 10 月，河南许昌人。现为中国作家协会全委会委员，河南省作家协会名誉主席。

主要作品有长篇小说《河洛图》《平原客》《生命册》《等等灵魂》《羊的门》《城的灯》《李氏家族》等，中短篇小说《学习微笑》《无边无际的早晨》等，散文集《写给北中原的情书》，电视剧《颍河故事》等，以及《李佩甫文集》15 卷。

作品曾获茅盾文学奖、庄重文文学奖、人民文学优秀长篇小说奖、全国"五个一工程"奖、"中国好书"等多种文学奖项。部分作品被翻译到美国、英国、法国、俄罗斯、日本、韩国等国家。

目　录

十辈陈逸事 ·····································

一

快晌午了。

火毒的太阳斜斜地挂在天上，没有一片云一丝风。卷了叶的庄稼棵儿里，散发着闷闷的使人发晕的蒸汽。那条窄窄的通往村里的黄土路像晒化了一般，腾起脚脖儿深的热土。天太热太热，豆地里的蛐子都不叫了。

赖货家女人从路边的玉米地里钻出来，瞅瞅四下没人，撩起被汗水湿透了的衣衫抹一把脸，慢慢地拖着锄往家走。矮矮的、疲惫的影儿挪动着，一晃一晃，很快被脚下的黄尘湮没了。土路上，留下了一窝一窝深深浅浅的脚印。

这条土路她走了二十年。她的命不好，自从嫁到"十辈陈"来，她就没过上多少好日子。虽然她也有过年轻的时候，模样长得也不算太难看。然而，为了男人，为了那连年生下来的孩子，她早已不知道自己是一副什么模样了。她衣衫上的补丁是匆忙补起来的，头发是三把两把拢好的，身上总是带着喂猪时撒上的猪食儿和刷锅时溅上的泔水，就急急地扛着锄下地了。为了利索些，她也常常像汉子那样把裤脚高高挽起，下工时又常常忘了放下来，就这样走来又走去，挂着家，挂着孩子，挂着那不争气的男人。她曾经有过一个小小的念头：得空一定要到县城里逛逛，上上那百货楼。可时光久了，她知道抽不出身，也就不再想了。就是现在，政策这般的好了，她的日子仍然过得不很顺溜。

一上午，她连气都没顾上喘，才锄了十八畦。如果男人正经干的话，就快多了，可那死鬼哟……赖货家女人望望人家的田，再勾头瞅瞅自家的田，腿脚越发地累了。她很想坐下来歇一歇，乡下人是不怕晒的，只要歇歇腿脚就好。可是，家，挂着她的心呢！

男人昨儿个进城卖烟去了。她不放男人的心，特意让大妞跟了去，一年的用项全靠这烟钱。可到晚上，大妞却独独一个人回来了，说是爹让她先回的，烟卖了二百块，爹全拿着。这就使她加倍地不放心。喝酒倒不打紧，汉子哪有不喝二两的？怕的是他野。二百块呀！

"丁零零……"西边的岔路上传来自行车铃响，接着飘来"走在乡间的小路上……"的二重唱，再往下，就是"咯咯咯"的笑声了。

赖货家女人先是没有抬头，她知道这肯定又是大槐带着桂桂进城过"星期十"去了。可她还是不由己地仰起了脸，也就不由己地撇起了嘴。车快，他们已先她一步上了进村的路。大槐穿着漂白粉洗过的很白很白的衬衫，哼着小曲儿。桂桂坐在后边，戴着圆圆的白凉帽，穿着很鲜亮的碎花的短袖上衣，一只手掂着个白塑料桶和一捆书，（真舍得花钱！）一只手贱贱地扒着大槐的肩头，还搔男人的胳肢窝呢！她下身穿的是只有城里人才穿的那种洋裙，脚高高地跷着。天上地下都没有风，可她那洋裙真怪，像会生风似的，抖得飘飘的，不时露出她那白白润润的腿。

村里老辈人对桂桂看不入眼，赖货家女人也就看不入眼了。这小媳妇从过门那天起就疯得很，每每张扬着要过"星期十"呢！说是城里人都过"星期七"，乡下人就不能过过"星期十"？听听，乡下人怎么能和城里人相比呢？她还说，眼界开了，对种庄稼有好处。好笑，逛一逛城，就能种好庄稼吗？可她却真正地过起"星期十"来了。

二

"赖货家的，你来，你来。"

一进村，赖货家女人便被坷垃奶奶叫住了。

坷垃奶奶盘膝坐在树下，手把着凉扇，猛地扑扇了两下，说："咱陈家祖先熬了十辈儿，十辈儿都没分家，才熬出一个大庄子来。是老老老祖奶奶领起来的！你知道吧？"这是她每次给下辈人要说的第一句话，不知有多少遍了。

赖货家女人忙应道："俺知哩。"

扇子忽地一指："刚刚，看见了？"

"看见了。"

"大槐还言一声；她，给个屁股！"

"坷垃奶奶，人家兴许没看见。"

"眼高！"

"眼高。"

坷垃奶奶是十辈陈的一面旗帜。丈夫死得早，是她守寡三十年，苦劲巴力地把儿女拉扯大的。现在四个儿子都在县城做事，家中只有一个孙女伴她。每每接到一张小小的汇款单，她必要拿给全村人看，捎带着夸一夸儿子怎么好、孙儿如何亲。然而，她只进过一回城，就再也不去了。旁人问她，她总说："听不见鸡叫。"这会儿，她坐在村头的大槐树下，大热天儿不回家，是为了把一个使她气愤的新闻告诉从地里回来的每一个女人。

"赖货家的，你听没听说，桂桂为啥三年没生孩子。"坷垃奶奶低声说。

"为啥？"赖货家女人即刻蹲下了。

坷垃奶奶凉扇一挥，嘴一撇，很认真很认真地说："我问她了。"

"咋说？"

"你猜她咋说——"坷垃奶奶眨眨深陷在窝窝里的眼睛，嘴撇得更高了。

赖货家女人索性放下锄，靠得更近些，不知怎的，身上突然来了力气，竟不觉得累了。

坷垃奶奶把干枯的手放在嘴边，神秘地说："她说，计划着哩！"

"女人哪有不生孩子的？"

"女人哪有不生孩子的？"

"没听说过！"啪地一下，凉扇打到腿上了。

"没听说过。"咚的一声，锄把捣在地上了。

这是怎样的一个女人呀！见了长辈不低头，见了生人不害羞，那双直勾勾的眼睛，能把看她的人瞅得低下头来。模样虽长得俊，成亲时候，却是走来的！在一个日落的黄昏，独独一个人从县城边上走来了。大槐还在地里，她便开了门锁，（啧啧，她早早地就有了大槐的钥匙了！）神神气气地拾掇起屋子来，当晚就圆了房。这就足足地使十辈陈的庄户人看不起了。不是风骚的女人能这样吗？这奇闻一下子惊动了庄里的三千口老老少少，哪个不想看看稀罕！有的猜，大槐和桂桂是在进城的路上搭上的；有的说，他们早在上中学的时候就好上了；有的讲，她家里死活不愿，她偷跑出来的……终于有人上前问了，问她媒人是谁？她只是笑，笑得大伙发窘。问急了，她便朗朗地答道："大——叶——杨。"说过了，又是一阵"咯咯"的笑。

这女人的确太出格太出格了。

赖货家的本来就有一个看不起桂桂的理由：自己是村子里最后一个坐轿来的媳妇，这是她一生中最值得提起的一件事，后来的媳妇就再也没有这个福气了。现在，当她听说桂桂不是不会生孩子，而是不想生的时候，心里又足足地增加了一条鄙夷桂桂的理由。女人怎么能不生孩子呢？上头说叫"计划"不假，可没生过孩子的女人总还是让生的。支书家儿媳妇不是宁愿受罚，还要生三胎吗？如果生个孩子，也许就会变得不那么疯了。可她"计划着哩"！真正是疯得不成样儿，怪不得坷垃奶奶生气。村里那些半大的姑娘、小伙子，早就成半夜成半夜地往桂桂家跑了，这会干出好事来吗？

三

赖货家的一进院子，愣了。

赖货——她的男人，直挺挺地躺在当院的地上。他不知什么时候回来的，一路不知又跌了多少跟头，浑身上下都是土。刚刚放学的小杏儿拖着爹的上身，二丫、三丫、小四在后边搬腿，想把他抬回屋去。孩子们累得满头汗，还是没有抬动。他喝醉了，又喝醉了！

小杏儿看见娘回来了，噘着嘴说："你看爹……"

赖货家的放下锄，来不及细想，赶忙上前托住男人那死沉死沉的腰，大妞、二丫、三丫抱腿，好不容易才把他拖到床上。又赶紧跑到灶屋捅炉子，刚捅了炉子，她又猛地想起烟钱，慌忙跑回屋问杏儿："你爹的提兜呢？"

"我挂门后了。"

赖货家的急急地抓起那兜，一摸，是空的，没有钱。她又回身扑到男人身上，上上下下的衣兜摸遍了，还是没有钱，一分都没有。老天哪！她一屁股跌坐在床沿上，两手捂住脸，泪水从指缝里溢出来了。家里的事，她恪守着古训，从未对外人讲过。可她的日子又是怎么过的呢？男人是个二混子，懒下力，不正干。特别是那些年月里，他当上了批人斗人的头儿，她管不了男人呀！白天，男人斗了人家，她晚上背着男人去给人家赔礼，一家家地说好话。乡下人是通理的，一个女人做到这份儿上，也够了。她还有啥法呢？从嫁来的那天起，她就注定成了"赖货家的"。村里人是这样叫的，她也是这样应的。

后来，政策好了，男人却整日整日地睡大觉。一忽儿看见人家跑生意，他跟着跑；一忽儿瞅见人家贩银圆，他也贩。去一趟广州，连本带利都给公家没收了，他还不死心。这会儿，又迷上了赌博玩纸牌。一春一夏，她娘儿们死干活干，挣下这二百块烟钱，他这一后晌输个精光！

"呜呜……"赖货家女人越想越难过，忍不住大放悲声了。命不好哇！哭着哭着，她又猛地扑到男人身上，使劲晃着他："钱呢？钱呢？你个狠心的！"

男人睁了睁红红的眼睛，舌头打结似的咕噜了一句，一脚把她蹬到地上，又昏昏地睡去了。

这时，前院传来了"咯咯"的笑声。

"晌午吃啥饭？"大槐说。

"面叶儿。"桂桂说。

"面叶儿就面叶儿。"

"我擀，你切菜。"

"切菜就切菜。"

"咯咯，咯咯。"笑得好甜，好脆，好响。

这笑声，使赖货家女人立时止住了呜咽。

有风了，前院飘来一阵阵的花香。桂桂真不像庄稼人的媳妇，她种了那么多花。谁有这闲心思呢？光地里家里的活都忙不完了。她有，她没孩子。晚上，她和大槐一个拉琴一个唱，招来好多年轻人，说呀，笑啊。到了"星期十"晚上，脾气乖张的桂桂又会一家家请人上门去，摆了椅，倒了茶，不是放那从城里带回来的会学人说话的匣子，就是念些什么"科学"的书。这许是也能上瘾的，连杏儿后响编草帽辫儿的时候，都坐不稳屁股了。有一回，杏儿悄悄溜了去，被她拽了回来。桂桂赶出来说："嫂子，你糊里糊涂活了半辈子，让杏儿听听吧，她会比你活得好些。"她总不愿得罪人，赔笑说："桂桂，俺不比你，搭不起这工夫。杏儿，回去编草帽。"桂桂定定地站着，突然一阵风似的走回去，又一阵风似的旋回来，抓住她的手，"啪"地把一元钱放上："编一夜草帽挣多少钱，够吧？"说完，一把抓住杏儿，气昂昂地走了。她心里恨，却只得赔着笑又把钱送过去。

赖货家女人着实看不起桂桂。可这一刻，她看看偎在身边的几个可怜巴巴的孩子，突然觉得头很晕很晕。有一点点羡慕？不，不是的……

四

"吱"一声，院门响了，桂桂款款地走进来。她那乌溜溜的眼睛放着光，她那圆圆的脸蛋儿放着光，她那浓浓的随意用花手绢绾成洋样儿的黑发也放着光。她手里提着一串瓶儿，瓶儿"当当"地撞响着，像跟着乐队。当院一站，院子里仿佛立时有了勃勃的生气。

"嫂子，在吗?"

赖货家女人赶紧胡乱擦把脸，迎出来："是槐家，上屋吧。"

桂桂"吞儿"地笑了："嫂子，我可不叫'槐家'。"一语未了，大大方方地进了屋门，大大方方地坐在小板凳上，又大大方方地放下一只小瓶，说："嫂子，这就是磷酸二氢钾，加十倍的水喷洒，可以促使庄稼孕穗、攻籽。我和大槐刚从县农业局捎回来的，你试试吧。小杏儿知道怎么用。要看书，让她到我那儿去拿。"

这种热情、肯定、不容人有一点点怀疑的语气，使赖货家女人也不得不点头了。

桂桂种庄稼也是出格的。去年夏天，她和大槐搞玉米移栽，全村人都去看笑话。几个老庄稼筋笑得更厉害："瞅瞅，种了一辈子地，还没听说过玉米移栽。这回，大槐两口子算叫咱开眼啦!"

然而，刚过一月，大伙点种的玉米还没出齐苗，大槐和桂桂移栽的玉米已经半人高了。株壮叶肥，活活地抢去了一个"早"字。当人们三三两两前去偷看的时候，桂桂冷不防地从玉米地里跳出来，叉着腰在地头宣布说："看吧，这就是科学!"活活羞煞了一群长辈、能人。

现在，桂桂又来推荐磷酸二氢钾了。这个女人啊!

赖货家女人刚要接瓶，手一抖，忙又缩回来："桂桂，眼下……还没钱。"

"你先用着呗。"桂桂说话从来不看脸，也不管人家爱听不爱听，只要答应试一试，她觉得就是最大的胜利了。这会儿，她却突然发现赖货家女人两眼哭得红肿，便关切地问："嫂子，家里出事了?"

"没、没……"赖货家女人强颜欢笑，遮掩着，可是忍不住地泪又滴下来了。

"嫂子，有啥难处，你说。"桂桂急了。

赖货家女人摇摇头，泪水流成串了。她本不想说的，更不想给桂桂这样的女人说，可又不知为什么，还是忍不住说了："烟钱……二百……死鬼给赌光了。"

"告去嘛，赌博是违法的。要不，我去！"桂桂一扬头说。

"不，不，他不让。千万别……"赖货家女人撩起布衫擦擦泪，忙制止说。告谁呢？告人家？告自己男人？她没想过，从来没想过。

桂桂两只乌溜溜的大眼扑闪扑闪："嫂子你不能这样，再不能这样了。这样活着，有啥意思呢？女人也是人，咱要自己看起自己。你挺挺腰杆儿，大伙帮你管他！"

赖货家女人突然想大哭一场。她不该给桂桂说，不该的。

"嫂子，你别看我是自己走来的，要是大槐这个样，我还会走。起码要分开一段，治治他！我绝不凑合。"

桂桂，这就是桂桂！赖货家女人呆呆地望着她，一时不知说什么好。

桂桂站起来，望了赖货家女人一眼。这一眼，竟使赖货家女人有点发怵了。她掂起那一串"当当"撞响的瓶子，迈着轻捷的步子出了屋门，出了院门，到另一家推荐磷酸二氢钾去了。

赖货家女人倚在门旁愣愣地瞅着。猛然，她觉得不对劲，劝人是这样劝的吗？大伙都是往一块儿拢，往宽心处说，而她这算什么话呢？

赖货家女人着实生气了。她一瞅杏儿不在，准是跟桂桂溜走了，便"噔噔噔"跑到当院。

"杏儿，要上学了，还不滚回来！"

五

傍晚时分，前院大槐家突然传出了激烈的争吵。

"是。"

"不是。"

"根据?"

"你的根据?"

赖货家女人驮着一捆红薯秧刚从地里回来，赶忙贴着墙根听。

"走——"

"走就走!"

说话间，桂桂走在前，大槐跟在后，两人气呼呼地冲出家门。

赖货家女人撂下秧子，探头望望，急忙忙追出来，两人已经出村了。她逢人就讲："吵起来了，大槐和桂桂吵起来了!"

十辈陈的女人本不算太好事，这会儿却都围上来，听赖货家女人讲说。她们又一次断定：桂桂不是个好女人。于是，女人们跟着忧虑了。要知道，过了门就是十辈陈的媳妇呀! 不知谁说了一句："快叫坷垃奶奶吧。"赖货家女人便赶忙把坷垃奶奶叫出来："坷垃奶奶，坷垃奶奶，快去劝劝吧!"

"谁呀?"坷垃奶奶隔着墙问。

"大槐和桂桂。"

"哟! 是打离婚的吧?"坷垃奶奶慌了。

"许是。"赖货家女人没想到这一层，更急了。

"唉唉，年轻人一时上性儿，得拉住她。"坷垃奶奶慌张张迈动小脚，连扇子都扔下了。

赖货家女人只是催："赶紧，赶紧，大槐没爹没娘，娶个媳妇可不容易呀！"

两人心慌意乱地追出村子，眼尖的赖货家女人猛地站住了。

远处玉米地里，影儿一闪，大槐！花格格布衫一晃，桂桂！两人看看这株，摸摸那株，不时地还往小本本上记着什么。

忽然，站在玉米地里的大槐和桂桂大笑起来。跳着，蹦着，跑出了玉米田，你拧我一把，我拍你一下，竟又高高兴兴地往回走了。

赖货家女人怔住了。片刻，她像意识到了什么似的，扭头就走。坷垃奶奶不知咋回事，喊道："赖货家的，赖货家的……"

赖货家女人竟没有应声，只是急急地往回走。她突然想起，三十年前，娘家爹曾经托工作队的老李给她起过一个极好听的名：巧巧。然而，她却成了"赖货家的"。巧巧这个名字，连她自己也早早地忘记了。

"赖货家的！赖货家的！"

她不应，只是走。

天上飞来一只鸟，"啾啾"叫着，箭一般地冲上了庄前的那棵老槐，树枝摇动了……

1982 年

○　●

我们锻工班　·································

一

窝囊，真窝囊！

搭上了三百六十五个不眠夜，赔上了五十二个轮休天，闹到这份儿上，赚回来四十八张退稿笺——还不说那四十七张是铅印的呢。谢主隆恩，总算还"鼓励鼓励"，弄那么巴掌大一片"亲笔"。可光鼓励有什么用！我要有时间，非坐车跑编辑部一趟，问问那些编辑，你们干吗总向着小田，不，"小田雄一"，你们干吗总偏向"小田雄一"，是不是存心看我的笑话！

哼，说我没"生活"。我齐小元敢拍胸脯：整天在生活窟窿里钻着呢！就说我们锻工班那些个爷儿们，一个个那德行，能写吗？记得有位大作家说，创作要有灵感。难道我齐小元就不能有那么一回半回灵感？

桌前贴的那条"横批"太扎眼！

小田雄一：你要能写出小说来，我头朝下走路，围着汽锤底座转八圈儿！

齐小元：我也许不是这块料，可冲你这句话，我一定干到临死那一天。

瞧这词儿，我一开首是不是就有点怯阵？

写。写不出来我坐着，坐烂屁股，坐烂椅子，不能动。我等——灵感的闪电！

二

"笃笃！"

——小田，"小田雄一"。勾着食指敲的，充文明。

"腾腾。"

——"一头沉"。怎么，怎么，这家伙用脚尖踹？他那乡下媳妇做的"旱船鞋"没这么脆乎呀。

"咳咳咳……"

——嘿嘿，班头儿也来了。"三国四方"首脑会议要在这里召开吗？得赶紧开门，我们锻工全是粗喉咙大嗓门，会喊塌天的。

"何人叩门？"我得来两句鲜词儿，省得"小田雄一"这家伙小看人。

"你大爷！"

刚开了门，小田冲过来捏住我的鼻子。哎哟，哎哟，捏得好难受。妈的，在屋里转了三个圈儿他才撒手。再捏一会儿，我就成长鼻子大象了。

"一头沉"站在一边"呵呵"傻笑；班头儿扇着他那吓老鸹儿草帽，只会说："咳咳，别闹。咳咳咳，别闹。"说说等于没说，亏他还是党员呢！

我不是小田的对手，只好自认倒霉。这家伙别看个儿不高，劲大着呢！一张野蛮的黑方块脸，眼、鼻、嘴全是粗线条勾出来的，真有点像"八格牙鲁"那一号。要不我怎么送他"小田雄一"的绰号？

"博士，君子一言——你说话如放屁！"小田眼一瞪说。

瞧瞧，张口就是酸的，我成博士了。噢，想起来了，昨天下夜班约好的，今天去给"老转"拉砖。"老转"从部队复员三年了，还没分上房子。班头儿出主意说（就他会出这种馊点子），大伙帮帮忙，凑合着给他先盖一小间。他急着结婚呢，天天上班愁着个脸。要说"老转"也够庸俗的，这年头工人不吃香了，他谈恋爱连吹两个，急疯了。他整天穿着那件军衣，明明是个兵，可他把两个兜改成四个兜，嘿！以退役军官的身份出现在姑娘面前，总算钓上一个来。为这事，班头儿还换了身干净衣裳，以车间领导的身份找那姑娘谈过话呢，当然把"老转"夸成了一朵花。我顶讨厌"老转"这一套，可又不能不去帮忙。小田昨晚上拍胸脯了："哥儿们一句话，谁要不去是丈人！"我倒不怕当丈人，只怕拧鼻子。瞅瞅，我们锻工班就这味儿！

嗨嗨，"一头沉"抖起来了！今儿个怎么理了个"小偏分"？哟哟，脚下还蹬着双新皮鞋呢！日子不过了？往常他抠着呢，他那乡下老婆带着俩孩子挣工分，日子艰难，他天天啃干饼，顶多在食堂里买碗面汤喝。前一段，一说农村搞责任制，他脸哭丧得像晒了半个月的紫茄子，牵挂老婆孩子，牵挂乡下承包的地亩，一下班就蹬着车"日儿日儿"往家跑。连班头儿都私下嘀咕说，趁星期天要去帮他割天麦呢。可今儿个他是怎么啦？

"嘻嘻，叫我瞅瞅，'一头沉'阔起来了。"柿子拣软的捏，"一头沉"虽然比我大十五岁，但人厚道，我端住他的下巴，软乎乎的，"啪"，吃了个响豆。这也是跟小田学的，我没少吃他的响豆。

"一头沉"傻呵呵地直乐："包地五亩四分六厘五，粮食吃不完，净落三百元。孩儿他妈说，要是能买个'小拖'，啥都不叫我管。这都是她一个人挣的呀！"

小田刚要张嘴，班头儿一晃草帽，"走走，咳咳咳咳……"一连串的叹号。

完了，今儿上午算完了。摊上这群爷儿们真没治，我敢不去吗？等灵感，等个屁吧。

拐过一条马路，班头儿忽然站住了。他一把揪住我，两眼眯成了一条线，咂着舌头："小元，你瞅你瞅，那小妞。"

我一瞧，马路那边走着个漂亮姑娘，高挑个儿，细白细白的椭圆脸，那脸上的"零件"全是小巧玲珑的精品，体形是用多种抛物线、曲线、棱线、弧线工笔勾出来的。乌黑的卷发像小瀑布似的泻在肩上，飘飘的连衣裙无风自来摆，半高跟皮凉鞋"嗒嗒嗒嗒"，像跟着乐队一般，真美！

"小田雄一"一眼不眨地盯着人家看。真够份儿！

"一头沉"瞅一眼，勾下头，再瞅一眼，又勾下头，像犯了"天规"似的，嘴里喃喃地念叨："水蜜桃。"

你说他老实吗？哼！

班头儿用草帽捂住嘴，低声说："小元，就你学问大点，我打听打听她是哪厂的，托人……"

"去去去！"这该是班头儿说的话？低级，低级趣味！这会儿说话倒利索了，不"咳咳咳"了。

那姑娘许是看见我们这群人瞅她，鄙夷地撇了撇嘴，还哼了一声呢！

"一头沉"嘟哝说："看看又不犯法。"

小田朝地上吐了一口："呸！"

班头儿一晃草帽，胡子撅上了天："看不起咱？咱还瞧不上她呢。小元，别生气。"

看看，看看，我们锻工班这些人哪！

三

天瓦蓝瓦蓝的，太阳像面火镜。没有一丝风，似乎全世界都没有一丝风。

"老转"的新房破土动工了。小田是"大拿"，班头儿打下手，"一头沉"当小工——和泥提灰，我和"老转"是小小工——拉砖卸砖。我们这班"泥水匠"，只有小田还算上是一把手。据说在乡下当知青那时候，他干地下包工队拿过一百块的头份儿。这次为了"老转"的结婚洞房，小田掂着瓦刀手舞足蹈地把自己吹成了第一流的建筑设计师。屁！

别看"老转"复员回来抖得大将军似的，军衣扣得板板正正，走路都是"阅兵式"，可遇上正事连门儿都没有。要不是听班头儿的馊点子，扒了灶间盖洞房，请匠人也请不到我们这些人头上啊！谁不知道，稍稍有点头脸的都住上宿舍楼了。

你说邪乎不邪乎，这帮人干不得哑巴活。要是趁空想想"构思"什么的，没门儿！一个个在汽锤跟前站惯了，没有了汽锤的"咚咚"叫就发牢骚。在这方面"老转"是挑尖儿的。

"哎，伙计们，我说咱厂，""老转"递过一块砖，气呼呼地说，"是啥道理！"

"没理。"小田抿上一溜泥，把砖顺上了。

"咋？"班头儿问。

"办公室主任'徐大吹'分了几回房子啦？地方上这事……""老转"把砖"咚"地扔在地上，又在望远处那栋新盖的宿舍楼了。五层，带阳台的。

"王副厂长的女婿在咱厂宿舍楼上还占了一套呢。哼!"小田又按上一块砖。

"昨天,我见办公室人员一人发了一个'电杯'。""一头沉"也跟着凑合,他那两只赤着的大脚片不停地在泥里搅和。

"电加热杯。"我更正。我往往忍不住要更正他们语法上的错误。

班头儿不吭声了。

"有些人哪,总是为自己打算。地方上这些——""老转"一叉腰,不再递砖了。

"我要是你,就不盖这间小房。"小田顿顿瓦刀。

"三年,我写了七八份申请。地方上的事真不好办!"军人术语,三句话离不开"地方上"。"老转"的头摇得像拨浪鼓。

"没法儿啦?把铺盖卷往办公室一搬,睡他那办公桌上!"小田说。

"对。冲咱厂这头头儿,干着真没劲!""老转"应道。

"混呗,不行回家种地。""一头沉"随声附和。

"你家在农村,现在生活好过了,咱呢?"小田吼道。

混就混,我可有时间想我的小说去,往后得把主题想得深点。

班头儿蹲了老半天,跟前的砖用完了。他站起来捶捶腰:"咳咳咳……国家也有难处嘛。"

"老转"刚要接腔,小田把瓦刀"啪"地往地上一摔:"班头儿,你别唱高调,上回没调上资,你请病假干啥!"

这一下揭住短了,班头儿悄没声地蹲下来,那张在炉前烤了几十年的紫膛脸,像抹了层猪血似的难看。眼皮塌蒙着,嘴唇哆嗦着,喉咙里像扇风箱似的呼噜着,想咳,又咳不出来。

凭良心,班头儿该调上。他工龄三十年了,上班从没请过假。家里五口人就有两个待业青年，就他一个挣钱的。他很想涨一级，可调资那会儿，他硬是被人扒拉下来了。老头当时闹点情绪，请了两天病假，可一天也没歇又照常上班了。

大伙愣站着。班头儿又"咳咳"了一阵，低着头喊："砖。"

小田看着班头儿，也拾起瓦刀猛喊道："泥！"

"砰砰砰……"瓦刀响起来了。"一头沉"赶忙一锨锨地往上递灰；"老转"和我一块块地运砖。霎时间都像做了亏心事似的。

远处那栋新建的宿舍楼依然耸立着，依然是五层，带阳台的，却没有人再看了。

我知道——间歇性周期，停不了十分钟。

四

下午四点上前夜班，我夹本杂志，准备挤空找个背静地方"借鉴借鉴"。刚一进车间门，就听见里面热闹闹地在喊："大头，吃大头！这回是'一头沉'的。"准是补发上个月的"超产奖"了。没错，我们锻工班就有这赖规矩：每回发奖金，都要吃"冤大头"，抓住一个人请客，钱多少不限，就看"手面"大不大。在这方面小田最"杠子气"，说请就请，有酒有肉。"一头沉"是顶小气的，有一回大伙不依，他才勉强买了包"大前门"撒撒。这次本该是"老转"的大头，大概因为他要结婚，枪头一横，对住"一头沉"了。肯定是。

"一头沉"正在数钱。指头肚蘸着口水，就那么一张大票几张小票，拨拉过来，拨拉过去。我走过去逗他："怎么，不够？"

"好像，差、差一毛三。""一头沉"吞吞吐吐地说。

小田"吞儿"地笑了："找会计，找会计。"

"老转"也凑上来："倒倒工资袋，倒倒工资袋。"

"一头沉"真的又倒倒工资袋，从里边骨骨碌碌地滚出来几个小钱。

大伙哄地笑了。小田立即宣告："'一头沉'，这回可是你的大头，讲定了。"

我说："应该，'一头沉'变成'两头平'了。"

"一头沉"马上郑重其事地说："现今，我老婆比我强。她说了，这几年使使劲，要能买个'小拖'，啥都不叫我管啦。"这句话他已经说过一遍了，我知道，他以后还要念叨。

"那还是'一头沉'嘛。""老转"撇着广东腔（这是再次证明他去过广州）。说过之后，他又挠挠头，叹口气说："我还不如找个乡下老婆呢，总不发愁房子问题。"

"一头沉"却猛地一拍腿，像下了很大决心似的："我请大家看《牧马人》，中不中？"

"去去！三遍了。"小田一耸鼻。

"一头沉"叹息说："亿万富翁啊，那个许、许什么均咋不去呢？"

"傻蛋！"小田头枕着胳膊躺在炭堆上，懒洋洋地说。

"乖乖，听说磨天大楼一百八十多层！""一头沉"咂咂嘴，仿佛吃了上等糕点。

"摩天大楼，不是磨天；一百一十层，不是一百八十多层。"我再次更正。

"我要有那么好的媳妇，自然也是不去的。""老转"十分坚定地表态了。

小田像牛抵架似的站起身："怪气！带去不得了？那老头说，他可以带。"

"老转"一背手，挺得意地盯着小田："他那媳妇不是不去嘛。"

"姓许的傻！""一头沉"一本正经地说，"亿万富翁多少钱啊，去美国一趟，把钱接过来，支援国家建设嘛。"

"中国稀罕美国那几个钱？中国稀罕美国那几个钱？""老转"以泰山压顶之势向"一头沉"扑过来，唾沫星子喷到了他的脸上。

"一头沉"怯阵了，嗫嚅地嘟哝："我是说，先把钱接过来……"

"那是好接的？你小子出过门没有？'克克勃'多如牛毛。再说，这国际影响……"

"老转"叉着腰，又开始批讲国际时事了。——神吹！把"克格勃"说成了"克克勃"。

小田一个鹞子大翻身，蹿到"老转"跟前："咋哩？美国钱也是钱，美国钱就不能花吗？搞建设正需要钱呢，可咱们白扔了多少钱，过去支援这支援那，结果……"

"反正中国不稀罕美国那几个钱！'博士'，你说呢？""老转"求援了。

我想开个玩笑，反正跟这些人没说的："'小田雄一'，你们日本……"

下边的话还没说出来，小田立时红了眼："老子是中国人，地道的中国人！谁再喊'小田雄一'，别怪我不义！"他一拳砸在砧子上。

这工夫，班头儿像灰老鼠似的从炉道里钻出来了，他正在生炉子呢。在我们锻工班，生火，备料，加上在上级领导面前挨熊，都是班头儿的事。这是法定，不知兴于何年何月何日。

"老转"见来了一支"援军"，连忙把他拉过来："哎呀，班头儿，你要有这好事，去不去？"

班头儿"咳咳"着，来不及说话，待红脖子涨脸地吐出一口痰，才说：

"我那俩孩子还没安排住呢。"

众人默然，一个个气肚蛤蟆似的。什么意思？莫名其妙！孩子安排住了，一家子得得法法的，就去了？

"开锤吧？"班头儿说，声音不高，完全是商量的口气。

"开锤！"小田一跺脚，一瞪眼。

"开锤！""老转"抓起长钳狠狠地扔到汽锤底盘上。

瞧，风向说变就变。说好了歇歇再干，但班头儿的破表也真准，才十分钟，炉子生好了，他就来这么一句。

鼓风机"呜呜"地吹着，长长的火舌从炉子里蹿出来，一千度的高温哪！就像是太上老君的炼丹炉。大伙谁也不理谁，穿上大窟窿小眼睛的工作衣，戴上吓老鸹草帽，套上又脏又黑的脚罩（这是我们锻工班的"三大件"），各就各位。

汽锤"咚咚"地开起来了，翻钳，正钳，竖起，震得耳根子发麻。

今儿是怎么啦，跟谁赌气？我那本杂志又白拿了。哎哟，又烧了一块"肉"！真是一点神也不敢分，看，红彤彤的一块，又夹过来了……

五

干到夜里十一点半，活儿下来了。大伙懒洋洋地坐在炭堆上，有的打呵欠，有的伸懒腰，一个个累得够呛。

"不赖，不赖，今儿个大伙辛苦了。"班头儿朝大家巴结地笑笑，"说吧。"

"还用得着说？"小田舔舔干裂的嘴唇。

"意思意思。"班头儿站起来了,"妥啦,咱就意思意思。"说着,颠儿颠儿地跑去打开他的工具箱,从里边摸出一盒"过滤嘴",一人扔一支,"尝尝,都尝尝。"

"一头沉"本不吸烟,可这个亏他不吃,忙也接过来,放鼻子上闻闻,夹耳朵上了。然后小心翼翼地望望众人:"咋,我请……"

"冤大头!"我都忘了,他还担着这个心呢。

小田一闪腰坐起来,丢个眼神,拍拍肚子:"饿了。你的大头,请便。"

"吃烩面,羊肉烩面!一人两碗,可中了吧?""一头沉"一拍胸脯,慷慨得像在国际饭店举行宴会的东道主。

我立即声明:"我不吃,赶紧回家睡觉。"

"不吃看不起人!""一头沉"变脸了。

"别来这一套,就你进步咋的!""老转"撇撇嘴。

"得,得,你还是把笔扔了吧。你写那小说不是给人看的,当擦屁股纸还差不多。"小田哼哼鼻子,出口气都是恶的。

三箭齐发!妈的,啥都得统一行动。摊上这一班,你就得和他们一起去想去做,连点自由权都没有。

"去吧,小元,没外人。"班头儿说,"明天咱得多带两把瓦刀。"

看看,连明天都给计划上了!班头儿这人也真怪,哄着,求着,总想把人团在一起。我抗议!

"真闷,说不定要下雨。"

"走,正好冲个凉。"又是"小田雄一"。

"走走走,一个不少。""老转"也站起来了。

啥法儿?跟着吧。

夜,闷热闷热的。繁星闪烁,路灯闪烁,一切仿佛都在闪烁。我一晃一晃地跟着走,瞌睡死了。早上四点还得起来呢。姚雪垠就是四点起床,据说这会儿"灵感"来得快。

走过了五一路，小田说："看，晕头司机。"

"老转"接上了："这家伙准喝醉了。地方上这事！"

我睁开眯着的眼一看：一辆汽车像没头苍蝇似的，东一拐西一斜，正在前边的马路上画弧呢。刚一晃神，只见那汽车"日儿"地拐过了一个路口，紧跟着是一声惨叫！没等我明白怎么回事，小田突然发疯似的冲上前去，紧跟着是"老转"，边跑边喊："站住，站住，轧住人了！"可那司机却猛地一踩油门，朝后勾勾头（他准是吓醒了），飞快地逃走了。

我们跑到跟前一看，只见一个女人躺在地上，已经痛昏过去了；她旁边的一辆凤凰自行车被轧成了麻花形。这个倒霉的女工一定是刚下夜班。

一时间，谁也没了主意。"老转"从路东跑到路西，高喊着："闪开闪开，保护现场！"其实周围就我们几个人。

"一头沉"急得团团转："我跑厂里打个电话吧？"

我也昏头昏脑地问："小田，记住车号了吗？"

小田一蹦大高："兔崽子跑了！"

班头儿喘着粗气赶上来了，他一看："还愣啥？快送医院！"

"叫车吧。"

"来不及了，抬。二医院离这儿近。"

"轻点儿！"

"晕头儿！"

"小心，小心！"

…………

六

班头儿被叫进急救室里去了。我们四个站在走廊里，呼呼直喘粗气。老天，这会儿是又饿又困又乏。

"一头沉"小声嘟哝说："唉，那女人真倒霉。"

小田咬咬牙："兔崽子要是再碰上我，哼！"

"老转"侧着膀想听听急诊室里的动静，可那门关得太严，急得他在走廊里来回转。

一会儿，班头儿出来了。他哭丧着脸，朝大伙摆摆手，我们赶忙凑上去。"老转"迫不及待地问："不要紧吧？"

班头儿叹口气，低声说："要一百块押金，不交不让住院。"

"一头沉"慌了："这不关咱的事呀！"

"老转"一皱眉："你是没给他们说清吧？地方上这事……"

班头儿蹲下来了，手摸摸索索地朝兜里掏去。很清楚，他都说了，但是，人家不信。

"咣！"玻璃门开了半扇，一个护士探出头来。大伙齐朝那边望，却又突然像中电似的勾下头来。哎呀，这个护士正是上午碰见的那个高傲的瞧不起人的漂亮姑娘！只是头发绾起来了，多穿了件白大褂，神气得像位公主。她稍一迟疑，立即发布"禁令"："别嘀咕，一个也走不了！""咣！"门关上了。

"掏！"小田狠狠地朝玻璃门瞪了一眼，"刷"地把一卷钱扔在地上，"就那个数，没动。"

我只好也把奖金掏了出来："十八块一。"

班头儿把破皮夹翻扣在地上，大票小票全算上，二十一块七。

"一头沉"嗫嚅了半晌，才说："我、我把钱放工具箱里了，没带那么多，只、只有八碗烩面一碗羊肉汤的钱。"他红着脸望望众人，"要不，我现在就回去拿。我有钱，存了五十多块呢。"说着就要往外走。小田不耐烦了："算了算了。"这人，连烩面都不舍得吃，怎么说他呢？

"老转"手伸在衣兜里捏捏，捏捏，才掏出了八块一。他不敢抬头："咱能不能再给人家说说？"

"说熊的好话！差多少？"小田低声吼道。

班头儿把钱搁一起又数了一遍，才六十四块零一毛。他仰脸望望大伙，一声没吭。"老转"的手哆嗦了一下，又伸进兜里捏捏，捏出一张新崭崭的大票丢在地上。唉，当然，他要盖房，又要结婚。

玻璃门又开了，"公主"的脸冷冰冰的："先交押金后住院，你们想扔下不管可不行。"

小田恼了，把手表一捋："拿这个押，新的！"

班头儿把他的手挡了回去，捋下自己那只破表："这就够了。"他站起身，捂住嘴"咳咳"了两声，弓着身又走进去了。

"老转"早就忍不住了："咱是土匪还是流氓？啥态度！"

"一头沉"气愤愤地说："再遇上这种事咱不管。"

小田一梗脖："哼，要是轧住她，咱再把她扔沟里！"

等待，长时间地等待。

班头儿终于出来了，可那"公主"仍然紧紧地跟在后边，脸上仍旧带着鄙视的神气，仿佛认定了我们这群人没一个好的。"病人不脱离危险，你们不能走，这是责任。"

"老转"说："哎，同志，俺是刚下夜班碰上的……"

"谁证明?""公主"眼望着天花板。

小田一咬牙,刚要开口,班头儿忙把他拉在身后,直直腰说:"同志,俺是机床厂的,不说瞎话。我是党员,共产党员。"他拉拉衣襟,尽量把腰挺得更直些,脸上的神色十分庄重。大伙也不由得跟着挺直了腰,全体立正。对呀,我们这群人别看不咋的,还有党员呢!

"公主"瞧瞧这个,瞧瞧那个,嘴一抿,笑了,口气也缓和了许多:"还是先委屈你们一会儿吧。到候诊室里去坐,行吗?"

"行,行,我们等着。"班头儿感激地说,"那人没什么危险吧?"

"正在抢救。"——电报语言。"咣!"玻璃门又关上了。

小田突然说:"咱跑吧。"

"老转"说:"只管走。地方上这事!"

可是,没有人动,谁都没动。走廊里闷得像蒸馏罐,空气里充满着药味,呛得人直想吐。

班头儿望望玻璃门,解释说:"这也是人家的责任,对吧?"

"一头沉"说:"那妞不赖。"笑了。

"老转"说:"这会儿态度还可以。"

小田低低地哼了一声,头靠在"老转"的肩上。

我趴在窗台上,望着茫茫的夜色:天神,来一丝风吧,太闷了!可是,没有风,一丝都没有。我无可奈何地转回身,发现他们已经睡着了。小田斜靠着"老转","老转"趴在"一头沉"的腿上,"一头沉"竟躺在凳子上了。他脸上喜滋滋的,嘴角扯着长长的口水,不知是想他的"小拖",还是在品羊肉汤的美味。只有班头儿在吸烟,小火珠一明一明的。

1982 年

○　●

车上没有座位　·······························

车厢里很挤，他侧着身子走，拎着的提包总撞他的腿肚，想换一换手吧，却又不能，背上还压着一个包呢，就只好这么推推搡搡地跟着挤。

到处是脸，淌着热汗的、油油红红的脸，连说话的口腔都是油浸浸的。很浓很浓的烟雾，这儿一股，那儿一股，从男人的嘴巴里冒出来。还有嘎嘣脆的嗑瓜子的声音和扯烧鸡的大嚼声。接着他又想到了"狐狸"，没有狐狸，是女人身上那种能熏死人的狐臊味。这也叫香水吗？挪挪，往前挪挪。乖乖，又是这边的一明，那边的一闪，女人们的金项链、钻石耳环都在眼前晃，叫人不敢看。

吃饱了。他想，人们吃饱了才这样。

部队一直在山沟里待，他这个老兵也一直在山沟里转。都是些没人烟的地方，报纸很久很久才送那么一次。他知道的事情很少。但他现在转业了。当了近二十年的指导员，做"政工"的，这角色现在不那么吃香了，他也知道一点点。可他当年也曾红过，那会儿，他做战士的思想工作是有名的，每个人一生中都有过光辉的顶点，他的好时光已经过去。年龄大了，再也提不上去，两个包就这么一背一拎，上路。年初，先走一步的连长来信说，五个月了，他还在"安置办"挂着，连分八个单位都没人要。他呢？

不想吧。这会儿，在这拥挤的车厢里，他顾不上别的，只求能尽快找一个座位。

推推搡搡，就这样挪到了车厢中间。他看了，这节车厢里没有座位，连行李架都被那些鼓鼓囊囊的旅行包塞满了。他不知道该不该往下一节车厢走。

那些坐上位儿的人，各自潇洒自如地伸着、蜷着腿，摆着最舒服的姿势三三两两码闲话。整个车厢里弥漫着一种肆无忌惮的热烈和蓬勃的生气。那些嘴巴里甩出的新词，一串一串的，像洋文一样，叫人好久也听不出个头绪。他虽然也很想和他们说说话，可车厢里全是热腾腾的生脸。那边倒坐着一个穿军装的，但一看就知道是个新兵蛋子：帽子歪着戴，风纪扣也没系好，细细白白的脸上连一点灰星都没有。一个转业的老兵和这样一个刚参军的新兵有啥可说的呢？于是，他舔舔干裂的嘴唇，望着窗外。

　　焦枝线，一个山洞接着一个山洞；山坡上，萋萋荒草中，一个坟头连着一个坟头……

二十年前，那是一张粉嘟嘟的小脸，那是一个年仅十七岁的小兵，那是一副甜润润的嗓子……

在河南的一个小县城的接兵站里，他问："你叫什么名字？"

"胡立明。"

"高中毕业吗？"

"高中毕业。"

"当兵可要吃苦哇！"

"俺不怕苦。"

"那一位呢?"——旁边,不远的树下,站着一个穿花格子衬衫的姑娘,扑闪着两只水灵灵的大眼睛。

胡立明的脸红了:"订婚……才……才三天。"

也许,他是应该走开的。让胡立明和他那才订婚三天的未婚妻谈点别的什么。可他没有,他开始和他谈思想了,很认真地谈。胡立明眼里不时迸出激动的火花,也是很认真、很认真地听着。直到快集合的时候,他才说:"去吧,告别一下,正确对待。"

胡立明去了。两人就那么面对面地站着,很久,他掏出笔来,在手上写了"倩""茜"两个字:"我要给你写信,是用这个'倩',还是用这个'茜'?"

那姑娘低下头去,很固执地也在手上画了一个"欠"字:"俺还是这个'欠'。"

胡立明后退了两步,说:"欠,咱们,共同进步吧。"

那时候,人们就是这样说话的,就是这样的语言,是那纯之又纯的心灵里发出来的声音。胡立明跑进队列了,再也没有回头。他听见了,记住了那姑娘的名字,不是"倩",也不是"茜",是"欠"。欠账的欠。

就这样,坐了五天五夜的闷罐车之后,他把胡立明从河南的一个小县城带到了一个荒无人烟的山沟。下了汽车,站都站不稳的胡立明一听到崩山的炮响,便一猛子蹿到山坡上:"俺可赶上了。指导员,金门在哪儿?!"

"回来!"他严肃地说,"我们是铁道兵。这里是'三线',是祖国最需要的地方……"

"指导员,考验我吧。"胡立明激动得两眼含泪。

"你想考验我吗?"这话是那女的说的,靠东窗坐的那位,还故意扭了一下腰。

一男一女，当着全车厢人的面搂着。那小伙只穿一条印有外国字母的裤衩；那女的穿的连衣裙像透明纱一样薄。就这么一对，肉贴肉的一对，"考验"，这圣洁的词儿，从他们嘴里吐了出来。他们也说"考验"，用小刀把苹果切成一块一块的，你一口我一口地吃着说"考验"。是呀，这是八十年代了，还要怎样呢？

挪挪吧，挪挪。他只好又往后走。可他的心却没有马上跟去。那情，那味，那鲜亮的裙子，还有那"亲亲"，叫人忍不住想咽口干唾沫。这滋味真叫人想。他强忍着才没回头看。生活，有时是不是也该有点这滋味？头晕。

他慢慢地走着。这节车厢里仍然没有座位。

他也曾有过老婆，那也是一张挺受看的脸，可他和她离婚了。因为，他不在的时候，她怀了孕。那孩子是人家的，他总这样想。现在，他又将回到那女人生活着的城市。这几天，他老想那孩子，那"人家"的孩子，那孩子已经长大了，不知道像谁？当然，他不会再干"政工"了，他知道他已不能做现在人的思想工作。他和他们的思想整整错着一个时代。干什么呢？还干钳工？丢了，丢了二十多年。要是那时他不当兵，也许会是个好钳工，会是。

"同志，请让一让。"咕噜噜，卖糖果的小推车过来了。他赶忙让到一边，勉强插立在两个座位之间的一点空地方。好在车很快推过去了，他又挪回到原来的地方站。

又是咕噜噜，咕噜噜，卖各种饮料的小推车过来了。这次他往另一边让，把提包拎起来顶在头上，一只脚还只能像棍子一样踮着。

接着，卖烧鸡的又过来了。一个油乎乎的人扛着一篮油乎乎的烧鸡，恭恭敬敬地朝人们点头："油！油！油！"跟着是卖杂志的："《中外传奇》《文艺新潮》《大千世界》——谁要喽？"往下是《列车时刻表》、茶鸡蛋、大鸭梨……东西真多，态度也真好：让你挑，让你拣，接过钱的时候，还说声"谢谢"。只是，还得挪。

他就这么挪来挪去的。终于，他发现，他站这儿是碍事的。他口渴，他也想喝口水。可他没法把背包放下，再把提包打开，掏出那用了二十年的破茶缸去打水。当然，他没想到买"可口可乐"。

那么，往后走吧，后边也许会有座位。

　　　焦枝线，一个山洞接着一个山洞；山坡上，萋萋荒草中，一个坟头连着一个坟头……

断粮三天了。

没有人能够想象得到，在这天无三日晴、地无三里平的山沟沟里，他们到底有多苦。没有先进的挖掘工具，没有起码的物资供应，可他们却要凿通一座大山，修一条长达二十华里的隧道。每天都有塌方、冒顶……终日是雨、是雾，战士们的身上从未干过，一个个满身泥沙，面目狰狞。从早上四点到晚上十点，用生命去换那一寸一寸的掘进。吃的是自己从几十里外背回来的大米，就的是盐水煮黄豆。可就连这粗大米也吃不上了，连日暴雨，把唯一的通往山外的路淹没了。

全连战士歪歪斜斜地集合在山坡上，没有谁能够站得稍直些，因为都累垮了。他知道不敢松劲，一松劲全连的人都会躺倒在山坡上。那就再也爬不起来了。

他开始讲话了，舌头下准备好了最激动人心的词。可就在这当儿，胡立明从队列里走出来了。他摇摇晃晃，瘦得像风中的干柴，脸上被泥水和汗渍糊抹得黑一块灰一块，全没了昔日那粉嘟嘟的模样。七个月，仅仅才七个月。

他心动了，只稍稍地动了一下，马上当着全连战士的面很镇静地问："胡立明，你饿了?"

"指导员，俺不饿。"这声音干哑、衰微，就像八十岁的老人在哼。

"你饿。我知道你饿。"他说，"可我们目前有困难。第二批背粮队已经派出去了，很快就会背回来的。再忍一忍吧，我们的工程不能停下来，因为我们是在干革命……"他说着，眼湿了。他也不知道为什么会掉泪，一说到"干革命"就这么激动，可他是实实在在的真激动啊!

"指导员，俺知道。"胡立明摇摇晃晃地走过来了，手里捧着一包饼干。这是他唯一的、放了很久的积蓄。

他数了：二十一块。他庄重地把这二十一块饼干交给站在排头的第一个战士，第一个战士传给第二个、第三个，肃穆而又庄严地传下去……

当这二十一块饼干又传回到他手里的时候，只有一块饼干被舌头舔湿了一个角……

他看了看拿在手里的饼干，又看了看站在山坡上的全连战士，心哆嗦了一下，便"嗖"的一声，把那仅有的二十一块饼干甩到远处的山沟里去了，连回声都没有听到。山坡上一片寂静。默默地，默默地，战士们把头昂了起来。于是，他又开始更激昂地讲"共产主义大目标"；讲"全世界受压迫受剥削的劳苦大众还在水深火热之中……"他没有周游过世界，更不知道全世界在"水深火热"之中的受压迫受剥削的无产阶级究竟是什么样子。他一个小小的连指导员，是从过了期的报上看的。

没有粮食了，这是"精神食粮"。那年月，在那样的环境下，精神食粮似乎比粮食还金贵。山坡上，干哑，却是激昂的歌齐刷刷地唱出来了："我们是人民的铁道兵……"

"上!"他下命令说。全连都冲进隧道里去了，每天都冒顶、塌方、死人的隧道。瘦小的胡立明跑在最前面……

他终于看见了一个座位。

那里明明是三个人的位置却坐了两个人，靠过道的地方空着。谢天谢地！该歇歇了，可该歇歇了。他心里说。就在这一瞬间，脑海里那绷紧的弦稍稍一放松，全身的肌肉都开始放松了。疲乏、困顿、干渴一时间全都袭上来，拎在手里的提包也显得格外沉重。他强打精神挪过去，放下包，活动一下勒痛了的手。心想坐下以后，也把腿伸开，再喝一杯水，然后闭上眼歇歇……

"这里，有人吗？"他还是忍不住问了。

挨着空位坐的是一位胖胖的"眼镜"。"眼镜"正在看书，只把余光移过来一点点，漫不经心地说："噢，有人。打水去了。"

顿时，他愣了。久久之后，两条已经弯下去的腿才在近乎麻木的状况下一点点地绷直。他茫然地朝四周望望，没有人注意他。人们都在山南海北地扯。

"能……让我稍稍坐一会儿吗？"他实在是有点支持不住了。

那"眼镜"仍在专心致志地看书，专心到看不见有这么一个人还在他跟前站着。他不再问，腿一软，就那么坐下了。可他刚刚抬起头的时候，却发现又有一位瘦瘦的高个"眼镜"端着茶走到跟前。他慌忙地又站了起来，这位瘦"眼镜"朝他点点头，就当仁不让地坐下了。立时，两位"眼镜"说起话来：

"还在生气呀？刘工。"

"十几万哪，十几万外汇，就这样撒出去了！"

"刘工，我理解您的心情。二十年前，您就设计出了草图，可现在……"

"可现在还不得不进口。八十年代了，买人家六十年代的掘进机。唉！"

"这在我们国家还是最先进的。不过，二十年的心血并没有白费，您还是设计出来了……"

"设计出来又怎么样？人家二十年前就大量生产了。要是早点进口，也会少死点人……"

他慢慢地拎起包，往前挪了几步，心里突然涌出一丝苦涩。他听出来了，掘进机，两位"眼镜"在谈掘进机。那时，他不知道世界上竟还有开隧道的掘进机。现在，他知道了，却又转业了……

"咚！"一声，咕噜噜，脚前滚动着一只红苹果。一个小妞妞跑来捡起，高高地扬着小手："叔叔，您吃。"

"叔叔不吃。"他勉强张了张干裂的嘴唇。

小妞妞跑回母亲的怀里去了，一片粉红。他望着那只红苹果……

呜……列车呼啸着钻进山洞里去了，车厢里一片漆黑。只有红苹果还亮着。

　　焦枝线，一个山洞接着一个山洞；山坡上，萋萋荒草中，一个坟头连着一个坟头……

那是一个漆黑的夜晚，他去查铺。

天很冷很冷。山风呼啸着，薄薄的军用帐篷像是寒风中飘摇的一片片树叶，只有累得像死了一样的人，才能在这样的帐篷里躺得住。战士们就这样躺着，带着满身的沙土和泥浆，用绳子捆住被子的一头，一点一点地从心里往外挤寒气，那足以使人窒息的寒气。就在这像冰窖一样的帐篷里，也仅仅只能躺六个钟头……

掀开三班的帐篷，只有胡立明没有睡。他坐在床上，披着大衣，一只手哆哆嗦嗦地拿着手电筒，一只手抖抖地捏着笔，被子上铺着从家里寄来的信纸。

他悄悄地走到胡立明身后，见他正在专心致志地写家信，笔在手里颤动着，很久很久写一个字，又很久很久写一个字，极力想写得工整些。信，才刚刚开了一个头：

妈妈：

您老人家好吧。

今天，连里每人发了三个苹果。我打靶又得了两个十环。我胖了，是指导员给我看的磅，体重增加了五斤……

他微微地动了一下，这响声立时惊动了胡立明。胡立明慌忙把信纸折起来，羞愧地抬头望着他："指导员……"

他捏灭了亮着的手电筒，在胡立明的铺上坐了下来，默默地望着这个矮小、瘦弱、蓬头垢面的战士，望着他那在黑暗中依旧熠熠放光、像泉水一样清澈的眼睛。他在这"泉"里泳了很久很久，才勉强挣扎着游上来。胡立明已经瘦得不像人样了！他连续拉了三天痢疾……

没有吃过苹果。没有苹果。在这连青菜都吃不上的山沟沟里，只有做梦才吃苹果。胡立明也从未打过一枪，他连靶是什么样子都没见过。他们是铁道兵，为了这"三线"……他先是感到自豪，感到这具有很高价值的"精神营养"是可以抗拒一切的，隧道是可以凿通的，虽然他实在不能再给予他什么了。可不知为什么，他突然感到浑身发颤，感到这巨大的精神力量的后边似乎还隐藏着一种可怕的东西。这东西也许有一天会出现……

就这样望着，他不由得伸出手来，把胡立明那裂了十几道血口的、冻僵了的手拉进怀里，想给他暖一暖。可胡立明却极快地把手缩回去了。

"指导员……"胡立明在真诚地等待他的指示。那是一双清可透底的眼睛啊！一双叫人想扑上去亲一亲的眼睛。这眼睛太纯净了，纯净得叫人不敢往深处看。他突然地想起了雪山的冰峰，想起了雪崩后的一片空白……

胡立明那在远方小镇上教学的妈妈，看了这封信，将会笑一笑吗？

"睡吧，"他说，"好好休息。"

他应该再说点什么。可他没有说。他不知道说什么好。这是唯一的一次。唯一的。

为什么呢？

"为钱？哪个不为钱？不为钱出来浪逛个啥？！"

说话的人嗓门很粗，方头大脸，咋咋呼呼，一看就知道是农村出来的那号"马大炮"；坐在他对面的那位，两眼细眯着，似睁似闭，脸上挂着不动声色的笑。这人，又极像乡村里那种有一肚子能耐的"弯弯绕"。

这像宣言一样的话，引起了全车厢人的注意。人们都极有兴趣地望着这两个城里人打扮的中年乡下人。没有人笑，仿佛这一切都是极正常、极正确的，就像马克思列宁主义的普遍真理。有一个穿着印有洋字母汗衫的小伙子立时凑了过来，恭恭敬敬地问："两位老客这趟跑的啥？"

"转着看呗。""弯弯绕"漫不经心地说。

"你老弟这趟跑啥？""马大炮"兴致勃勃地问。

"先蹚蹚路。"小伙子敬过两支过滤嘴香烟，"弄趟葱去广州试试。"

"多少？""弯弯绕"眯着眼问。小伙子暗暗地伸出一个指头。

"一个车皮？""弯弯绕"眼眯成一条线，脑袋随列车悠悠地晃着。缭绕的烟雾一小口、一小口地从嘴里吐出来。片刻，他的眼猛地睁开了："别跑。娃子，你这趟不值。"

"二位这趟……"小伙子弓着身问。

"球！不弄个千儿八百，值得走一趟吗？""马大炮"说，"要干就干那值的！"

"二位这趟到底跑的啥货？"小伙子又一次追问说。

"转着看呗。""弯弯绕"打了个长长的哈欠……

小伙子狡黠地笑了，两手一抱，很自信地说："老客，别来这一套。不瞒二位，我打一个'时间差'，救活了两个千人的大厂。信不信？"

两个中年乡下人翻了翻眼皮。

"知道什么是'时间差'吗？"小伙子神气地说，"换个说法吧，叫'地域差'。郑州有个厂积压的白布没人要，武汉有个印染厂没活干，我一手牵两家，把几万匹积压的白布印成花布，我包销了。别看这种花布在城里白给都没人要，可在那深山老林里，这大红大绿正时兴哩！这就叫'地域差'。论穿戴，大城市比小城市洋气，小城市比县城里洋气，县城里又比偏远的乡下洋气……我就钻了这空子，这叫经济眼光。"

两个中年乡下人上上下下打量小伙子，那眼光是很服气的。

"说实话，老客，我不贩葱，我是说着玩的。我不缺钱，钱我挣够了。我出来主要是闯荡闯荡，见见世面。全国的大城市我转遍了，就差一个深圳，这回补上。随便说吧，我给你个'信息'就值一万！"

两人一下子被镇住了。两颗脑袋朝小伙子这边凑过来，脸上送着巴结的笑……

他看着，听着，又不由得舔舔干裂的嘴唇。是的，乡下富了，农民都吃上了白馍，乡下娃子再也不用争着来部队吃白馍了。他知道，他听人说过，乡下都承包了，庄稼人也有了剩余时间，吸着过滤嘴烟一拨一拨地跑出来做生意。城市青年也不愁找工作，不愁了。现在，全国都在学习如何挣钱致富，像当年学雷锋一样……

是啊，要干就干那值的。他想。

　　焦枝线，一个山洞接着一个山洞；山坡上，萋萋荒草中，一个坟头连着一个坟头……

节约！节约！！节约！！！帐篷前，隧道里，到处都是"节约每一寸导火索"的标语。

这是上级的号召。是党的号召。也是他向全连战士作动员时讲的话。他不知道国家为什么这样困难。作为一个常年蹲在山沟里打隧道的指导员，他只知道要节约每一寸导火索，这是替国家分忧。上级这样说，他就这样慷慨激昂地讲了。是的，谁也不能抹杀这种"号召力"。战士们开始"节约"了，像疯了一样地"节约"。原来用一米导火索爆破，后来是八十厘米、七十厘米、五十厘米……渐渐，有消息说，作为"节约模范连"的指导员，他要提升了。他等着这一天。

一天中午，临放工的时候，胡立明歪歪斜斜地从隧道里跑出来，狂喜地在山坡上滚着喊："指导员，成功了。我只用了三十厘米！"

他说："要小心。"

胡立明龇龇牙笑了。这张笑脸给人的印象极深，只有牙是白的。

可是，就在这天下午，当胡立明成功地用仅有三十厘米的导火索点燃了三炮之后，一个突如其来的爆炸把胡立明炸翻了！当他匆匆赶到现场的时候，战士们已把胡立明从碎石中扒了出来。那张污浊的瘦脸痉挛着，胸部炸开了一个血淋淋的红洞！

"卫生员！"他大声叫着。卫生员慌乱地奔过来，取出药箱里仅剩的一瓶红汞，把一整瓶药水倒在胡立明的胸口上。

胡立明吃力地睁开了眼："指导员，咱在这儿苦，毛主席知道吗？"

他说："知道。"他想毛主席是应该知道的，于是他就这样说了。

胡立明默默地闭上了眼睛，永远地闭上了。

他跪下来，想喊他，再一次把他喊醒，可喊醒了之后（假如他能醒来），又该说点什么呢？

突然，不知为什么，战士们都丢下工具，纷乱地从隧道里跑出来，漫山遍野都是疲惫不堪的兵。仿佛又出了一件惊天动地的大事！他站了起来，惊讶地望着这些战士。

不是为胡立明的死。死，人们见惯了。

"砰！"山坡上传来了一声清脆的枪响，只听团长用他那山东大汉特有的粗嗓门吼道："哒！他妈的，统统立正！"

人们都站住了。他跑过去一看，原来是因为团长陪着铁道学院的两个女大学生来工地劳动……

女人，是因为女人！三年了，战士们没见过女人。他们已经忘记了世界上还有女人。可两个女大学生来了。就为看一看女人，他多年的政治工作（那神圣的"精神食粮"），还有战士们那钢铁般的意志，终于在持久的、遥遥无期的忍耐之后，被两个女人摧垮了防线……

战士们都站着，像迎接某国女皇一样，远远地行注目礼。为了补救这一切，他跑上前去，在团长面前立正、敬礼。团长翻眼看看他："哒，怎么搞的？"

他迟疑了一下，用沙哑的声音说："报告团长，我请求让战士胡立明代表全连给女、女同志说句话。"

团长四下瞅瞅，突然大声喊道："胡立明出列！"

战士们自动地让开了一条路，三班长和卫生员把胡立明抬到女大学生跟前。顿时，全体默然。

胡立明静静地躺着，胸口那个血淋淋的大洞像火焰一样鲜红……

两位女大学生吓得捂住了脸。团长瞅了一眼，默默地把帽子取了下来。战士们也都跟着脱帽立正，向仅仅才十九岁的胡立明志哀。

他冲动地走到女大学生跟前，用低沉的声音说："你给他说，你是'欠'，他会醒过来。你说呀！你就是'欠'，让他睁眼看看你。他叫胡立明，他订婚三天就来了，他才十九岁，他的未婚妻叫'欠'。说呀!"

他的脸色一定很难看。一位女学生吓得浑身发抖；另一位女学生干巴巴地跟着说："立明，我是欠……立明，我是欠……"说着，说着，她跪了下来，满脸都是泪水，呜咽着扑在胡立明跟前，亲了亲他那污浊、蜡黄的脸。她并不认得他，更谈不上爱，但她还是跪下了，这是精神的力量。为这订婚三天就参军并献出了生命的战士，她亲了，真亲了，当着漫山遍野的兵……

多年之后，他才这样想：胡立明的死，是不是他也有责任？他为之自豪的政治鼓动为什么不灵了？作为一个政治指导员，他究竟干了些什么？这念头终日在他脑海里徘徊，眼前常出现那"血淋淋的红洞"。他不敢再接着往下想，他觉得他是有罪的。当他在心灵深处进行自我审判的时候，他的"辩护"常常被眼前的"雪崩"所打断，他看到的又是一片空白……

为什么？这一切都是为了什么？胡立明是为了节约七十厘米导火索死的，他死得值吗？

笑，大笑! 满车厢都是笑声。只有他愣着，他不明白人们为什么要笑。

列车播音室正在播送相声：

班……班长，同……同志们都转移了吗？

转移了。

排……排长，党……党费。

你怎么还没死呢?!

又是大笑! 大笑!! 大笑!!! 跟着是录音机里放出来的音乐，那种能把人的五脏六腑都敲出来的音乐："嘭嚓嚓，嘭嚓嚓……"

"雪崩"终于来临了……

他像是被什么击倒了，身子摇晃了一下才勉强站住。他那双冒火的眼睛在寻找车厢里的广播匣，仿佛又看见了那"血淋淋的红洞"。他想哭，放声大哭！他不明白，人们为什么要嘲笑真诚，嘲笑历史，嘲笑那血染的真实?！是的，人们是在笑这种假艺术，可他们当初是真的，真的，真的。现在。真的也成了假的，因为人们都说这是假的。没有人相信……

他想喊：人们哪，笑吧。笑我吧。骂我吧。可千万别笑胡立明，别笑他，可他空握着双拳，身上却没有一点点力气。他完完全全地被笑声击倒了。终于，他说："让我过去。"

他提上包，慢慢地往最后一节车厢走去，身子像喝醉了酒似的随着列车晃。他仍然希望能找到一个座位……

1985 年

○　●

红蚂蚱　绿蚂蚱 ·······························

旅客在每一个生人门口敲叩，才能敲到自己的家门；人要在外边到处漂流，最后才能走到最深的内殿。

——泰戈尔

已是久远的过去了，总还在眼前晃，一日日筛漏在心底，把久远坠坠地扯近来。便有一首小小曲儿在耳畔终日唱：云儿去了，遮了远远的天。在远远的天的那一边，有我姥姥的村庄……

于是，我记得：在住着姥姥的村子里吃饭，是不用打饭钱的。随你走进哪家院子，叫声老舅，便有汉子亲亲地迎出来，骂声鳖儿，不消你再说，一准有好东西管你吃。几多的舅哟！老儿小儿，都要你喊。除非你骂他："舅、舅，打一鞭，屙一溜。"他笑。该叫还是得叫。儿时，在姥姥的庄子里，捧着乡下孩子的小木碗，我就这样一家一家地吃遍全村。吃了，和小小的"老表们"滚在土窝里脱土馍馍，木碗扣出光光圆圆的一坨、两坨、三坨……撒一泡热尿，那"馍馍"碎了，又脱。

哦，我童年的小木碗——

狗娃舅

袅袅的炊烟把村子罩了，天终于暗下来。坡上还映着一线红，那红亮得耀眼，倏尔又淡，又灰，接着是极刺的一跃，红极了半个天。风起了，飒飒的。卸套的驴在坡上打滚，沾着尿腥的热土灰灰地荡开去。那亮不情愿地暗下去了，残烧着镶着灰边的余红。于是，坡上晃出一队割草的孩子，全赤条条的，一线不挂。远远，极像被风吹的草押送的一队泥丸。那打头的背的草捆极大，小垛一般地缓缓滚来，仿佛草也成了气候。近了，你才能瞅见那埋在草里的小头。叫你真不信是那泥丸一般的孩儿驮了草动，倒疑是成了精气的草操着孩儿走。这打头的，便是狗娃舅了。

多年之后，每当我眼前出现那个灰色的黄昏，一个极大的滚动着的草垛、一个圆圆的盛满了汗垢的肚脐眼、一双小拇脚趾有着双指甲盖的脚丫，便一同朝我压来。

这狗娃舅是我童年的朋友，也是长者。一个极小的人儿，也算是舅了。辈分在那儿摆着，不由你不喊。我六岁的时候，他便十二，长得竟没有我高！泥丸似的矮不说，身量却尽往宽处去。那短短的小手，锉一般，摸摸肉疼。在大人眼里，他是孩子；在孩子眼里，他是大人。也就省了裤子。说大人话，赤条条在村里走，也没人羞。我常常怀疑那位二姥姥是割谷的时候窝下了这舅，不然，怎的这般小身？

矮归矮，却是割草的一把好手。靠了那割不完的草，他一天挣去十二分，气得那些人高马大的舅们骂街！骂了，又不得不认晦气。割草，一把小镰揣怀里，拉千斤粪车的壮汉也就一天百十斤，他一晌就是百十斤！二十斤才一分，能是气儿吹出来的吗？别的孩子割三五十斤已算露脸，唯有他快。人说，他不是人。那般小手，那般小腿，那般小人，把小镰捏在手里，活脱脱草魔一个。连村里最会绣花的五姨看了他割草，暗暗瞅瞅自己那双女人群里出了名的巧手，也就叹口气，去了。

他爹五年前就瘫了。娘还是一个接一个生娃，也就病恹恹。"嘴"很多，干活的却只有他。这家，靠高分也是养不活的，他竟撑了。村里人笑说，狗娃家人是见风长肉。我是不信。不然，不会跑到村口来等他。

走得更近些，狗娃舅唱了。细细的干嗓喘着粗气，那草捆摇起来，像要翻倒，却没有倒，只把天边那点残烧哑喊到坡下去了。那人越显得小，步越显得慢，叫人觉出那漫长的东坡是一世也走不完的，何况还驮了草。

队长舅也在村口蹲着，拧一支烟来慢慢吸。听那呼哧呼哧的气喘，听那渐近的唱，并不扭头，只缓缓站起。

狗娃舅站了，吸一口气，甩了那草捆，拍拍瘪了的肚皮。那黑黑的肚皮上亮着一道一道的汗霜，花瓜似的。脸上蒙着分钱厚的土，只有俩眼贼溜溜地闪着，透出一丝狡黠的乏笑。后边的孩儿们也站下了，并不扔筐，只怯怯地望着队长舅。

"狗娃，没捎点啥？"队长舅把烟碎了问。

"老三，我可是饿了。"狗娃舅又拍拍肚皮，亮出一个黑污污的圆肚脐眼，两排瘦狗一般的肋巴。

"真没捎点啥？"眯眯的细眼斜过来，锥子般地一亮。

"老三，按老规矩，你搜哇。"狗娃舅头一歪。

"搜着了——"

"蛋咬去。"狗娃舅叉开腿，亮出那小小的"大物件"。

队长舅也不接话，一步跨来，两只大手插进草捆里，里里外外摸了个遍，只听"哪"的一声，小镰扔了出来。吓得一边的割草娃小腿直抖。

"老三，你帮我背回去吗？"狗娃舅瞅着那散了的草捆，不恼，很耐心地问。

队长舅拍拍手上的草屑，仰起脸来，定定地望着狗娃舅，有半袋烟的工夫问：

"狗娃，日头从西边出来了吗？"

"随你说，老三，随你说。"

狗娃舅不再争辩，蹲下来慢慢拾掇那散乱的草堆。他一搭一搭地收拾好，吸一口气，牙骨狠狠地绷紧腮边的薄肉，一劲狠咬。有三个小哥在后搭帮，那小草垛一般的草捆又驮起了。

队长舅看看他，迟疑着朝另一个娃儿的草筐摸去……

随狗娃舅走去十几步远，只见他嘴一咧，小声说：

"家去。"

交了草，跟他走进破屋，暗里有八只眼亮着，绿莹莹地吓人。狗娃舅"咣"一声扔了小镰，摇摇晃晃到缸前舀瓢凉水一气喝光，大人似的抹一把嘴，也不理人，只反身对我说："文生，拿碗去吧。"

想必有好吃的了。我欢欢地凑近锅台，借了柴火的亮瞅去，却只有一锅清水白白地泛溅儿……

于是，想问。只听狗娃舅又说："拿碗去。"

再进狗娃舅家，见那草筐在灶前放着，两个更小的舅馋馋地蹲在草筐前，狗娃舅一人头上拍了一掌，两人便躲到一边去了。他并不瞒我，把筐扣翻过去，用力一磕，筐底掉了，下边竟是鲜鲜的十几块红薯！

"扒的。"他挤挤眼，"还没长成哩。让你这城里娃尝个鲜物。"

二姥姥慌慌地过去，黄着脸说："莫说出去呀，娃。"

香气出来了，锅里的红薯刚泛黄，四只绿莹莹的小眼又凑了过来。狗娃舅喝道："边儿去！"说着，又反身看我一眼，"文生，别笑话，乡下不比城里。"

火光映着他那黑污污的小脸，一片累极了的静。

一个小小的人儿，一天能割二百斤草；十二了，长得竟没有我高，却还净说大人话。这个"舅"是该喊的。

于是，我尝了鲜物；晚上，一连放了十七个屁。

村歌一：

> 日头落，狼下坡，
>
> 逮住老头当窝窝，
>
> 逮住大人当蒸馍，
>
> 逮住娃儿当汤喝，
>
> 哎哟喂，肚子饿。
>
> ⋯⋯⋯⋯⋯

德运舅的大喜日子

露水下来了，身上湿湿地凉。俩眼皮在打架，又不舍得走，只偎了狗娃舅在窗前贴着听，屋里仍旧没有动静。

村街上，树影透出朦朦胧胧的白、深深浅浅的黑。常有灰灰的一条蹿上瓦屋的兽头，倏尔又不见。狗间或咬一声，磨牙的牲口细细地嚼料。黑黑的一怪扑来，吓得人闭眼，一忽儿又看清是那碾盘在死蹲，总也很吓人。把脸扭回了，贴了那舔破的窗洞往里瞅，久久，终于在屋里那一片混沌的墨里分清了方位：床东一团浓黑，床西一团浓黑，木了一般，不见动。

狗娃舅来听房，原是记了三个工分的。我觉着新鲜，也就跟了来。不想，结婚原是这般没有滋味。

"我困了。"

狗娃舅拍拍我，俩眼蹿动着腾腾的黑火，眼又贴到窗格上去了。我真服气他的耐性，打个哈欠，又借那舔破的窗洞独眼看，只觉蛐蛐一声声短叫，好不焦人。听狗娃讲过，这是一公一母"说话"哩。竟这般地有声有色！叫人气极时，屋里那混沌的黑化开了，又是床东一团，床西一团。屏息听去，床板"吱儿"响了，床西那团黑缓缓往床东处移，一股很粗的喘声出来，两团黑便合二为一。倏尔又分开去，一个床东，一个床西。渐渐，又移近了，定睛细看，却又是床东、床西。接着一声阳阳壮壮的"嗯"……

支着眼皮熬去了大半个夜，就听得这么一声"嗯"。

又是久久，又是极粗的喘声，两团黑终于扭成一团。细细分晓，咬牙声、厮打声、扑腾扑腾地翻腿还杂着切齿的咬……只不见喊叫，也不听有骂声出来。"咕咚"一声，两团黑从床上滚到地上，就那么来来回回地翻。我刚想喊，被狗娃舅拧了一把，很疼，只好住了。一个时辰之后，房里静下来，还是床东一团，床西一团，直到三星稀……

离了窗口，狗娃舅愤愤地说："那女的不让。"

"什么？"

狗娃舅看着我，又说："那女的不让。"

"什么不让？"

狗娃舅伸了个懒腰："肉头。"

"谁？"

"德运。"

于是，回姥姥家睡。只是不晓德运舅为啥"肉头"。白日里他娶媳妇好热闹哟！一身新裤褂穿着，头皮刮得青光，还捏着顶新帽，脸上红光光的，远远就叫我："文生，拿碗来呀！"

躺床上便做梦：一条长腿伸出去，满天红火烧起来，总也不见人救……

二天，忽听见嗷嗷的哭声，狼嚎一般瘆人！一时静了全村；一时又满街狗咬，听女人在村街上拍腿喊："新媳妇上吊了！"我翻身下床，赤条条蹿了出去。

村里人都来了，黑压压地站着。几位长辈分的老人蹲在那贴了红"囍"字的碾盘上吸闷烟。女人们把狗娃舅围了，叫他讲"听房"的经过，一片"啧啧"声。小娃儿在人群里钻来钻去，莫名其妙地兴奋。

太阳在朗朗的晴空上移着，那暖意仿佛离人很远。一朵软白的云飘去，又一朵悠悠追来，白极，也静极。秋风凉凉，似又刮不去时光地无尽。村外的黄土路上有人在走，渐远，渐小。渐小，渐远……

半晌时分，村东响起了脆厉的鞭声，三挂大车飞风一般进了村。被鞭声打炸了的骡子四蹄腾起，溅起浓烈的黄尘，仰天的骡马喷着满嘴白沫。女人们在车上挤挤地坐着，后边是黑压压的汉子。不晓得谁叫一声："娘家人来了！"一语未了，车上哭声骤起，呼天抢地骂将过来。娘家汉子虎凶凶地在贴红"囍"的德运舅门前站了，女人们全拥进屋去，抓住蹲着的德运舅就打。德运舅先是不吭，继而满地滚，杀猪一般惨叫！屋里嚷声一片，碎声一片。两庄的男人怒目而立，相互防着，一任女人们干事。

野野的一条汉，五尺身量，一身铁肉，平日老披着小褂在村街上荡荡地走，哼一路小曲，吃三碗红薯！和人"抬杠"脖里翚两根红筋，这就是昔日的德运舅。在村里不曾见他怕过谁，性起时抓住老牛的角往地上按，一头壮牛便硬给按倒在地，赢一场叫好声。上边叫翻地七尺，他凭一张亮锨，挖沟似的翻出丈二，那块地成了"样板田"，又气势势领一张奖状回来，满村荣耀。鼻子高高的，眉也浓浓，嘴唇虽厚，却经过路的算卦先生看出一脸福相。这样的角色，却又怕女人，窝囊得叫人咬牙。

眼看那些娘家女人要下狠手的时候，见过些世面的大妗站出来了，她上前断喝一声：

"出出气也就算了，莫非要再摊上一条人命吗?!"

娘家女人这才骂咧咧地罢手。德运舅一只眼肿了，满脸血污，新褂子被娘家女人撕得一条条碎，只"呜呜"地抱头哭……

于是，两庄的老人站出来商谈后事，一切据吉礼办，虽各有些讲究，但要斯文得多。

一刻，队长舅出来，吩咐放工一天，都来德运家帮忙。这自然是不消多说的。立马又叫人开仓屋磨三石好麦，说德运舅刚办了喜事，家底已空，权且先借给他。村里人纷纷散开去，找自己能干的事做，个个像谋自家的事情一样认真、精细。会木匠手艺的打棺去了；有些灶上功夫的盘火架案；女人们包了内活；打墓坑的全是一等一的壮汉，还请了瞎子舅来老坟里量了方位，按天干地支，一寸不敢差。虽是一夜的夫妻，也是村里媳妇呀！

午时，一村都不听风箱"呱嗒"，那撩人的炊烟全跑到德运舅的院子里来飘了。这里一下子垒起了五座墩子火，蒸馍、做菜，十分红火。队里吃食堂时的大方笼也抬来了，连蒸三笼热馍，顷刻消去大半。招呼做饭的胖舅并不恼，只吩咐又蒸。院里人来人往，川流不息。娃儿们更是像过节一样窜来窜去，捧了小木碗来，拿个馍就跑，快快。一会儿又来了，总也不断。一村的狗都来打牙祭，伸着长长的红舌头，等着赏赐。我贪看稀奇，只傻傻地站，又老碍人的事。胖舅照脑门上给了我一掌，丢个热蒸馍在怀里，又是一掌："傻，拿碗去。"于是，我便欢欢地捧了馍回去。眼看一笼净了，又一笼热的出来，那盛馍的大笸箩总也不见满。见胖舅忙中捂着肚子去尿，我也尿。忽然瞅见他从扎着大腰带的肚皮上托出一碗油来，隔墙递过去，竟是一滴不洒！待我又端了放蒸馍的小木碗跑回去，恰碰上做孝衣的姥姥回来拿顶针，进屋却从袖口里慢慢扯出二尺白布……

"姥姥，干吗偷他？"

"嗯？"姥姥怔了。

"干吗都偷他，都偷。"

"文生，这不是偷，是拿。村里兴的，老规矩。咱庄没丢过东西，一根线都没丢过，多少年了。偷是贼干的勾当，这庄没有贼……"姥姥絮絮叨叨地说。

我不懂，又跑出来。心里恍恍惚惚地跳着一个"拿"，实不晓得"拿"和"偷"的区别。

德运舅漠然地在房檐处蹲着，远远就能闻见血腥。狗在他眼前转了又转，只是不敢下嘴。他脸上的血污干了，显得紫黑。两眼肿胀得透明，睁不开，也就那么闭着，像是睡去了。那肿胀得只透一线血缝的眼惘然地对着朗朗晴空，仿佛一个瞎子仰望着那无尽的天书，问那冥冥之中的主宰：女人是什么？

初秋的阳光射在他身上，送给他木了的怅然。烂处露着一条条女人的抓痕，有昨夜的也有今日的。那印在心里的是夜里抓下的——那是女人的"字典"，也是他一生都不曾读懂的。他觉得屈。

人们也觉得他屈。

日西，响器呜呜哇哇地吹起来。一个掌大笛的外乡鼓手光着脊梁，头上顶着一碗清水，竭尽全力地演奏那哀的热烈，赢了一村人围他看。于是，德运舅像披麻戴孝的木桩一般被人操了出来，在停棺处站下，头被娘家女人按住，前一跪，后一跪，左一跪，右一跪；上三步，下三步，头磕得咚咚响，分东西南北，给这睡了一夜的媳妇行了拜祖宗的"二十四叩大礼"……

村里人说，娘家人本要德运舅一步一磕，跪着喊"娘"哭到坟地。庄里老辈坚持不让，才算免了，改成了灵前"二十四叩礼"。这也算是村里人胜了。胜得十分悲壮。

一挂响鞭爆豆似的炸响后，死人安然入墓。没有大闹起来，都说这丧事办得不赖。

埋了人回来，又是大吃，直到馍菜净尽，人们才渐渐散去。到了次日天明，村里仍不见烟火。这会儿，人们终于想起德运舅一天一夜滴水未进，家里又塌下了十年还不严的窟窿债，不由可怜起他来。舅们、妗们又都来安慰他，端了荷包蛋、酸汤面叶儿来，香了一条村街。

德运舅一声不吭，一连躺了七天七夜。第八天头上又背着老镢头下地了，默默地，像个呆子。

村歌二：

　　一根驴虫八百斤，

　　松开铁索铳死人！

　　前沟尻倒（呀个）九十九棵树，

　　后沟撞翻（呀个）七十七尊神，

　　小草棵棵里毁了身……

队长舅

一盏小油灯半明半暗地在房梁上晃着，熏黑了的墙上便有一团巨大的影儿在摇。十几头瘦牛在槽后卧了，慢慢地无休无止地倒沫。五六个舅们就在槽前的空地上蹲着，你一支我一支地抽烟，辣辣的烟雾在屋里弥漫着，很浓。这便是队委会了。

有半个时辰了，就这么"吧嗒、吧嗒"地抽烟，谁也不吭，队长舅在暗处的土坯上坐，那烟火明一下的时候，才能瞅见那张黑脸子。他脸上的纹路很浅，总也油腻腻的。蹲着的时候，常让人想起老"瓮"。他生来仿佛就是蹲着过的人，无论冬夏都常披一件破袄，就势把腿遮住，蜷得很舒服。很像"瓮"，却又不笑，老爱用嘴唇舔烟纸，舔得下嘴唇黄翻，还是舔。漫长的夜，既不吭又不散，就靠这卷烟打发了。队里那一日一份的报纸连同那"国内外大事"，想必是被队干部们这样一条一条地卷烟"吸"去了。

那晚，我跟喂牲口的姥爷睡在牲口屋的麦秸窝里，曾仰头看了他们几次，很是无趣，也就不知不觉地睡去了。

尿憋醒的时候，已是下半夜了。听见蹲在暗影里的队长舅说："上头，又布置下任务了，叫五天收完秋，工作队要检查哩……"

仍然是一片"吧嗒、吧嗒"的声响……

"东岗那百十亩红薯怕是犁不出来了。晚了，要吃'罐饭'哩……"

吸烟声停了，舅们一脸惶惶。那愁顷刻随了烟雾漫开去，梁上的油灯显得更昏更暗。

队长舅又从牙缝里挤出一句话来，声音哑哑的："上头紧。我看，毁了算啦。"

又是半晌无语，只听秋虫长一声短一声叫。好一会儿，众人才应道："中啊，中啊。三哥，你看着办吧。"

"心疼呀，我也心疼。半年的口粮……可上头催得老紧老紧……"队长舅捂了半边脸，像是牙疼。

烈子舅吭吭着说："别家好、好说。虽说口粮不大够，都还有些门、门道。就、就、就文斗家是分、分子，成、成天哼叽……要粮，怕、怕是……"

"文斗这货真熊！"队长舅突然骂道。

"这货成天盼着摘'帽'，老球来汇报思想……"

"汇报个熊吧！咱村就这一家分子，上头能给他摘'帽'？"

"也不想想……"

天到了这般时候，会才开出了滋味。却又听队长舅说："就这吧，就这吧。"说着，站起来，从屁股后摸出一串钥匙。听见草动，回头一看是我，骂声鳖儿！一把将我拽起，问："尿？"

"尿。"早有尿憋着，又怕天黑，不敢出去，我赶忙应了。

队长舅拉我出了牲口屋，却又不让尿，四下看看，便轻手轻脚地往东走。黑咕隆咚地跟他拐了两个弯，来到了仓屋门前。他站住了，又猫样地四下瞅瞅，拿钥匙开了门上的大锁，却不推门，低声对我说："尿吧，对着门墩尿。"

憋急，我照着门墩浇了一泡！

队长舅这才推门。好重的一扇大门，却不见响声出来。多年之后，我才琢磨出这泡尿的"科学"，知道那"经验"不是一次能总结出来的……

队长舅叫我站在门口，一个人摸黑进了屋。听得"哗啦、哗啦"的声响。一会儿工夫，他走出来了，肩上扛着一个鼓鼓的口袋。

已是三更天了，村里静悄悄的，像死了一般。天黑得像反扣的大锅，在"锅"里走着，那脚也就一高一低、一深一浅，老觉得身后有人。回到牲口屋，当干部的舅们已经把大锅支上，火已烧着，红通通地映人脸。队长舅也不搭话，把半口袋花生倒进了大锅……

朦朦胧胧地睡着，有热腾腾的一堆撒进被窝，知道是煮熟的花生，就闭着眼吃。很为知道干部们整夜开会的秘密高兴。

第二天，雨淅淅沥沥地下着。三架套了牲口的大犁来到已割了秧的东坡红薯地，果真把那一季的收成犁了。大块大块的红薯从泥土里翻出来又犁进泥土。牲口默默的，赶牲口的人也默默的……

队长舅披着破袄在地头上蹲着，像坐化了的泥胎一样，目光直直地看那犁在泥浪里翻。他手里捏着的半截烟早被雨点打湿了，点烟的时候，手哆嗦了一下，有泪花含在眼里，却只默默地吸。

抢收玉米的村里人从地边走过，也只瞅上一眼，很冷漠地走开，不问。只有灰蒙蒙的天在哭……

天一黑透，村里狗便咬起来，东一阵，西一阵，伴着湿溅溅的脚步声。舅们早早就背了抓钩出去，连六十二岁的姥姥也拉我到东地来了。在那块犁过的红薯地里，黑压压的一片人！大人小孩婆娘娃子齐上阵，刨的刨，摸的摸，疯了一般。远远看去，黑黢黢的影儿乱晃，像是鬼过节。

半夜时分，我实在太困了，就壮着胆一个人先回。快要走到姥姥家的时候，倏尔瞅见队长舅在前边弓着腰走，那肩上分明扛着一个鼓鼓的大麻袋，不时有喘声出来。走着走着，却见他在戴了"分子"帽子的文斗舅门前停下，呼哧哧地放下一袋红薯，转眼不见了……

天又大亮的时候，只听文斗舅站在门口高喉咙大嗓地喊：

"可是坏良心哪！谁叫红薯背到俺家来了？俺可是头皮老薄呀！我哩娘啊，谁给我当个证见哩？"

烈子舅开门走出来："你吆喝熊吧?!"

文斗舅脸都白了,双脚跺着喊:"烈子兄弟,我赌咒,我赌咒,要是我天打五雷击!"

烈子舅揉揉眼,让他找队长去。他吆喝的声音更大了,惹得村里人都出来看。这文斗舅四十八了,戴的自然是他死爹的"分子帽",总想摘了,就怕人说他不守法。于是见人就解说,一把鼻涕一把泪。

队长舅见了,愣了一下,随又"瓮"脸一沉,二话不说,上前一脚把他踹倒,喊一声:"绑了!"

立时有人把他捆了起来,挂一串红薯在脖里,游了一条村街。他也就规规矩矩地走了……

村歌三:

> 往东走腿肚朝西,
>
> 吃饱饭当时不饥。
>
> 河里水清(呀个)没有鱼,
>
> 糊涂涂抹住(了个)肠眼子。
>
> 糊了一日说一日……

选举

一天早上,村里的钟突然敲响了,急煎煎地,很闷。在村子上空淡散的炊烟似也被那震荡的气流惊扰,旋卷着随那钟声飘向田野。

汉子们迟迟地晃出来,纷纷找地方蹲了。女人敞着奶孩子的怀,抱一个又扯一个,滚蛋子往一块儿挤。脸面上半喜半忧。日子"磨"得太慢太慢了。太阳总是缓缓地升起，而又迟迟不落，夜很长很长，叫人过得心焦。于是想盼一点什么事体出来，但又惶惶地怕，就这么等着。

队长舅在碾盘上蹲着，俩眼熬得烂红。他去公社开会去了，会很长，一连开了七天七夜，回来就敲钟。这会儿，他正低着头卷烟，又是不停地用那厚嘴唇舔破报纸。那嘴唇已燎得焦干，总也舔不湿，就那么慢慢舔。待人齐些了，他打个哈欠站起来，不紧不慢地说：

"会开了七天，熬人。我迷糊了一会儿，也记不多全。'精神'怕是这：上头、上头叫俩人一组，选个坏分子出来，上公社去开会……嗨，上头发话了，爷儿们看着办吧。"

会场上静了，人们怔怔的。汉子们点烟来吸，互相看了，那捏烟的手竟也抖抖。女人怀里的孩子哭了。有骂声喊出来，又四下看看，忙用奶头塞住娃娃的嘴。一时无话。

村东有狗在路上撒尿，歪歪跷起一只腿，斜眼看人，一时便有尿腥飘过来，臊臊的……

狗娃舅站起来，像大人似的头一梗："老三，选上可记工分？"

话刚落音，众眼一起瞪过来，瞅这好不知轻重的弹子儿孩子。队长舅塌蒙着眼皮，似睡非睡，一张"瓮"脸苦瓜似的木着，随口应道："记呗。"

一袋烟的工夫，人们似把一生来所做的"恶事"都在心里滤了一遍，越思量越不敢看人。于是，互相看一眼，目光刚搭界，又慌慌垂下头，再想平日所为，有几多对不住政策。不尽如人意之处……似乎越想越多，扯起笸箩乱动弹，沟沟壑壑都有错。又赶忙暗暗压在心底，只怕别人瞅见。这么想着，便有汗下来，脊梁沟凉凉的。

又过一袋烟的工夫，仁义些的汉子，重又把头仰起，把烟碎了，闷声说：

"……我去吧。"

对面赶忙也应上一句："唉，我去。"

"还是我去。"

"吔，我去我去。"

这谦让就更让人不能推辞，铁性汉子一拍大腿："敲了！我去。头砍了也不过碗大一个疤！"

"兄弟，家里……赌放心了。"

"选举"倒也和和气气。纵然心里怯，面子还是要的，人活一张脸哪！有小肚鸡肠的女人，在众人眼前，眼翻上几翻，也不好有二话出来。渐渐，百十号人也就选出来了。

文斗舅大概是晓得厉害的。他早早地背了铺盖出来，拣最烂的衣裳穿了，鞋也多备一双，怀里还揣了一兜子凉红薯。因为"成分"本来就高，也就不参加选了，远远地坐一边等着。贤惠女人见了，纷纷回家给上路的汉子准备。一时炊烟缭绕，一片"扑嗒、扑嗒"的风箱声。撑门面的汉子也觉得有再担一缸水的必要，各自挑了水桶出来，顶天立地地走。

一顿饭工夫，舅们各自背着铺盖出来，分明都穿得厚了些。女人扯着孩子送出来，有泪在脸上流，却逗孩子笑着叫"爹"。唯有狗娃舅没有铺盖，套了他瘫在床上的老爹的长褂，大甩袖子，人前人后晃悠。竟追着队长舅的屁股说："不会不管饭吧？"

没人应，各人脸上苦苦的。

于是，队长舅在前领着，拉拉溜溜一百几十号"坏分子"相跟，默默地往村外走去。不时有人回头，恋恋地看那站在村街里的女人。狗欢欢地跑着，一直跟屁股撵到村西，被谁踹了一脚，才夹着尾巴跑回来。

日光斜斜地洒在黄泥巴墙上，久也不动，像钉住了似的。一只拉"犁"的"牛牛"在黄泥巴墙上爬，仿佛有一世那么久了，却还在墙上贴着，总也爬不出那光的圈。它却一刻也没有停过，无声无息又无休无止，叫人不忍去看那韧的坚毅。秋风从田野上掠过来，携来了一阵阵秋凉，树叶一片片地落了，间或有几片随风荡去，终又飘落下来。于是，村舍越加显得破旧，连瓦屋的兽头也狰狞得很无力。村里时时有女人的哭声传出来，断断续续，伴着一两声单调的驴鸣。这沉沉的、燃着淡淡秋阳的白日是何等的难熬啊！

落选的汉子背着老镢头到地里来了，总也闷闷地往西看，似乎觉得亏心，只有下死力干活。那扬起的老镢头一下比一下狠，一下比一下重，腰杀得低低的，弓着汗涔涔的黄脊梁，赎罪似的背那红日头……

饭时，村里哑了似的静。倏尔从田野上飘来了野野的唱，十分的欢快、响亮。仿佛那心底的笑意也随了歌声飘来，染了一村活鲜。原是选上"坏分子"的汉子们又回来了。进村就骂：

"队长那驴日的！上头叫一村选一个，他驴耳朵竟听成两人选一个！……"

于是，欢声、笑声，鸡声、狗声，响成一团。一个个像是大赦归来，各自欢欢地回家与女人温存。

泼辣辣的妗们齐伙拥出来，在村街里把队长舅按住，扒了裤子，笑骂着抬起来在碾盘上打"肉夯"！

只是不见文斗舅回来。也没人问。

村歌四：

　　河套里有只红蚂蚱呀，

　　——红蚂蚱呀；

　　刺棱棱飞上了（呀个）灰灰兔的家呀，

　　——灰灰兔的家呀；

　　四条脚出律律律，

　　——出律律律；

扔下了兔儿子夜夜喊（呀个）妈吼，

——夜夜喊（呀个）妈吼。

…………

谷场上

谷子上场了。

汉子们在场边吸过最后一袋烟，仰脸望天儿，眼刺得芒疼。队长舅一声："起响。"纷纷站起，各自扛了扁担回家。瞭见带儿一般的炊烟飘来，始觉饿了，步也就更快。连山舅赤着一张红脸，烈子舅墨着一张黑脸，屁股亲亲地对着，只是不动。队长舅眯着眼，看看天，又瞅了两人的恨劲，在土里把烟拧了，说："后响起垛，二十分。"

烈子舅斜一眼过来："要垛垛圆。"

连山舅也不看脸，对着天说："要垛垛方。"

"——垛圆。"

"——垛方。"

"你那圆垛算个球！"烈子舅身子一拧，满嘴喷沫。

"你那方垛算个球！"连山舅扭身过来，头顶着头，一脸不屑。

"狗日的！百十亩谷草值起俩球哩垛？反了我，老子不记分！"队长舅火了，一声吆喝，背手走去了。烟布袋在胯上一甩一甩。

"不记就不记吧。"连山舅嘟哝一句，依旧蹲着不动。

"球！你那工分老子不稀罕！"烈子舅说着，刷地脱去小褂，露一身黑肉。两肩弓起，腰带又细细一勒，越显得膀宽，两行排骨，扇一般透出来，紧绷绷。就那么甩甩地到谷堆前去了，大脚一挑，一把光溜溜的桑杈顺在手里。于是两腿八字叉开，一个大字挺出去，浑然于天地之间。肩上、肋上、胯上，渐有力显出来了，阳光下，似有钢蓝在韧跳，细听听肉弦儿"嘣嘣"带音。接着便是"唰唰唰……"一阵风旋起，谷个子扬得飞花一般！一袋烟工夫，只见那案板似的大脊梁腻腻地亮了，一"豆"一"豆"地泛出七色光彩，酷似锻打的红铁。一时叫你觉得，纵然天塌地陷，这汉子也是不会倒的。

连山舅仍蹲在场边，悠悠地吸着旱烟。那眼似睁似闭，一任日光冉冉。一直待到烈子舅那圆垛的垛根盘起，这才慢慢站起，晃着往谷堆的西头去。走着，不经意地弯腰一捏，那桑杈便粘在手上，又抓一把熟土，轻轻在把儿上一捋，涩涩。就势下巴一贴，桑杈又像是粘脖子上一般。一时两手背了，那桑杈便在脖里转，初时慢，紧时呼呼生风。只见那水蛇腰软软，屁股拧拧，脑袋打花儿转，身上似无一处硬。活脱脱似那扳不倒摧不折拧不断的柳！待那屁股不拧，水蛇腰不颤，脖儿挺了，便有桑杈箭一般飞出去，准准地扎在谷捆上。人近了，软软一挑，谷个子飞走，声带哨，"嗖嗖嗖……"分东西南北向，四角四方，一个长方形的垛根定了，不用量，长长宽宽各有讲究，是一分也不会错的。看呆了你，便有生的滋滋味味从心底流出来，也想昂昂地活。日月尽管漫长，不也很有趣吗？

天上飘着一片白净的云。云下有雀儿飞，一圈一圈地在场周围打旋儿，近了，又远了，扇一般群旋在地里，再斜斜地飞起，馋馋，却又不敢靠场……

烈子舅在东头看了，也不搭话，只重重地甩口臭唾沫，更撑死那"大"的架势，脖儿犟出两条青筋，扬起长杈，手腕子极快地翻。浑身像洗过的黑缎子一般，汗水泡软了两只大脚窝。那谷个子飞飞扬扬，一个压一个，一个摞一个。只见那圆垛一层层高，一层层高，头朝里，根朝外，茬口齐整整的，像泥抹子抹出来一般光滑。远远地看，似通天立起一根圆柱……

西边，连山舅的水蛇腰像弯弓一样弹着。把一根软软的桑杈，轻轻巧巧地挑着谷个儿，一颠一倒，垒花墙一般利落。步法也是有讲究的，前前后后，那脚印竟也一环环套；方垛也就层层相叠，角是角，棱是棱，四面墙立。

日错午了。太阳斜斜地照着，场地上晃着两条动的影儿，一时大了，一时又小，映现着力的角逐。不时有呼哧呼哧的喘声出来，那影儿却还是麻花般地拧……天静静，地也静静，寂寥的旷野只有这两个汉子。

终于，烈子舅喘一口粗气出来，挑上最后一个谷个子，给那圆垛盖齐了"垛帽"。累乏了，却仍然神叉着腰，仰头要唱，却又哑了。西头，连山舅那方方的垛上竟也盖起了"垛帽"。桑杈已扬起，只差这一弯腰一直腰……

烈子舅晃晃地站直了，两眼暴起，张开冒烟的喉咙破口就骂：

"日你那方周周——！"

连山舅举着桑杈，勉强撑起水蛇腰，也骂将过来：

"日你那圆溜溜——！"

两人先是各自站在垛上"日"，整整贴上一袋烟的工夫，待气喘稍匀了些，恨极，又一蹿一蹿地"日"过来。"日"一个昏天黑地！人已累翻，气实实难咽。又甩去桑杈，各自杀紧湿浸浸的腰带，双手背了，来个二牛起架，头对头顶起来！

一只花狗叫着跑来，围着两人转了三圈，晃晃头，去了。

两人杠直脖子，一来一往，一进一退，在光溜溜的场上展开了车轮战。眼看迫近方垛的时候，连山舅死命顶回，牙咬得碎响；逼近圆垛的时候，烈子舅脖子里青筋暴紫，命一般护着。地上踏出一片湿湿的脚印，只听喉咙响……

忽然，村东村西有女人恶煞煞地喊过来：

"烈子，你死到场里啦?!"

"连山，饿你八百年不出魂，叫你下辈子托生成驴，啃谷草屙驴粪，你回来不回来?!"

似一声令下，两人这才各自退后。死翻着白眼，瞪瞪。慢慢有一口气噎上来，手抖抖地指了，半日才有话出来：

"来年看。"

"来年看。"

一时慌慌掂起小裰，迎那恶煞煞的女人去了。咕噜噜噜……女人骂，肚子也骂。

场上静了，剩下一方一圆两座谷垛，兀自立着……

村歌五：

　　　　高高地挑哟，

　　　　——我哩垛吔；

　　　　轻轻地撂哟，

　　　　——我哩垛吔；

　　　　一环扣一环哟，

　　　　——我哩垛吔；

　　　　环环紧相连哟，

　　　　——我哩垛吔。

瞎子舅

瞎子舅回来了。

进村的时候，那根引路的竹竿不再点，顺在胳肢窝里夹着，像常人一样走路，只背上多了一架胡琴，一副"呱板"，分明有艺在身了。肩上仍旧是一挂褡裢，旧的。村里人说，褡裢里定然会有一盘用荷叶包的肉包子，那是给他娘捎的。虽然他娘死了。

这次回来，光景仍不见好。对襟褂子灰灰黄黄，大裆裤皱皱巴巴黑掖着，一双旱船鞋前帮早已踏烂，污露着洞中"日月"，叫人遥想那一根竹竿敲出来的漫漫长长路。脸上空空地静着，似无忧也无喜。只是面相粗糙了，风切了纹出来，添了些许沧桑的痕印。两眼也就慢慢眨，白白睁，一副了了然然的深邃。然而却多了一个女人在身后。那是个外乡女人，显然是随他来的，一脸生怯。路也怕是走得不近了，女人脸上汗涔涔的，那穿在身上紧紧的碎花布衫倒也干干净净，有红在汗脸上浸浸，却仍然定定地跟了走。

村里人和他打招呼，痒了心地想问。

"福海，回来了？"

"哟嗨，福海，媳妇领回来了？！"

人们哄声笑了，笑得很痛快。一个瞎子能娶上媳妇吗？一个瞎子，就像针眼里穿骆驼一样叫人摇头。可又有一个女人跟着来了，总叫人疑疑惑惑地想探明白。虽然都晓得那绝不会是他媳妇。

瞎子舅站下了，手在口袋里摸着，掏出一盒纸烟来，揭了封口，扬扬地朝前伸出去：

"吸吸。二哥吸着。老三吸着。五叔……"

待那外乡女人走近些，瞎子舅缓转了半个身，寻声对那女人说：

"这是村上二哥。"

那女人低低头，红潮未消，又晕晕地润上一片："二哥。"

"这是本院五叔。"

那女人又低低头："五叔。"

"这是二大爷了。"

"……二大爷。"

一听话音，竟果然是自家村里媳妇了。众人再也不敢造次，举着烟忙忙后退，惊果了似的看那女人，失声叫道："噢，噢。上家，上家……"

聪明些的，忙又拱拱手："福海，贺喜，贺喜了。"

村里女人疯了似的围过来，雀儿一般喳喳着拥那外乡女人去了。汉子们却怔怔地蹲着，看看天，太阳正慢慢西坠，似不曾是梦。又十二分地不信，摇摇头，又摇摇头，恨恨地把烟碎去，骂一句："日日的！"

喝汤时分，一村人都拥来看"瞎子福海家里的"。端了饭碗的手擎擎地举了半道村街，手腕竟也不酸。连狗也跟着喜，"汪汪"着蹎屁股叫唤。生过娃儿的妗们又疑那女人腰里紧，怕是"那个"了。

炊烟散去了，淡月遥遥升起。夜风在村街上掠过，悄然地旋去几片黄叶。村西便有胡琴声传来，那是瞎子舅为村里人"献丑"了。

……一曲缓缓、哑哑的唱流水一般泻来。一时月白风清，狗也不再咬，但见星儿齐齐眨眼溅破点点银白在树梢。在延向久远旷野的灰带子一般的土路上，仿佛有一双沉重的脚在路上走，一踏，一踏，一踏……走碎那密织的夜。似乎连鬼火也不再狰狞，亲亲地操了乡音在说：兄弟，你不歇一歇吗？已经走了那样远了，你还要走下去，那路是无尽的呀……

听曲儿的妗子们在眼里沾了泪出来，心里叹一声：这瞎福海真能啊！

夜更深些，打光棍的舅们终于把瞎子舅返到牲口屋来，急煎煎地围住他，问：

"福海哥，你是卖老鼠药那会儿认识这女人的？"

瞎子舅默默不语。

"是算卦那会儿？"

还是不语。

众人又把凑钱打来的一斤白酒倒了满满一碗捧上：

"福海哥，兄弟们给你贺喜了，干了！"

瞎子舅接过来，咕咕咚咚一气喝干。亮了碗底后，用袖子擦了下嘴巴，有红在脸上慢慢透出，身子却一晃也不晃。只欠身拱拱手，谢过众人。

众人瞪大了眼，又问："福海哥发大财了吗？"

有一个时辰了，瞎子舅眼眨眨地说："爷儿们是想叫我算一卦吗？"

没人算，只叹他的好酒量。知道再也问不出什么，又默默地往那女人身上想……

这晚，十几条光棍汉把床上的铺草都滚翻了，一夜都在思量瞎子舅和那女人。怎样的一个角色，竟也能寻下媳妇？那媳妇竟还是自家走来的，不曾用绳索捆绑，说来就来了。这瞎子究竟使了什么妙法，居然能诓得一个活生生的女人回来？

听村里人说，这福海舅生下来就是瞎子。那时，倒也眼睛大大，眼珠白白，并不晓得会有一世黑暗等着他。只是烈哭。有一天，哭得急了，险些被他老爹扔出去！只他娘不忍心，才恩养下来了。长大些的时候，才知道世间竟还有光明，只是他一人将永世不见。于是终日坐在床上，默然地打发那无尽的长夜。

天晴了又阴了，花开了又落，庄稼绿了又黄。熬得那一轮火红的日头遥遥升起而又缓缓坠下，月牙在云中摇去一弯一弯银船，瞎子舅脸上终于熬出了木木的静。不知什么时候，他走出来了。先是掂一根竹竿在手里，后来不再掂竹竿，竟也能在村里转弯抹角了。突然有一日，人们见他掂了一只瓦罐到井里打水，直直走来，一步不差地站在井沿上，不曾试探，就松下那瓦罐，"咚"一声，提满满一罐水上来，又直直地回去，叫那打水的女人咋舌！

人说，这瞎子舅命太硬，过不多久就熬死了爹，只靠娘来养活。那日子就越发地艰难。娘背草回来的时候，常常有一串带血音的咳嗽伴着，每夜都要他捶好久才能入睡。只怕这当娘的熬不多久，也会被他熬去……

终于有一日，他突兀地摸到娘的床前跪下，久久，有两行泪出来：

"娘，你不该生我……"

说完，摸索着走出去了。此后，那瞎眼再不曾有一滴泪流出来。

他就这样走了。仅仅带去了一根竹竿。听人说，他曾在外乡的集镇上卖过老鼠药。当老鼠药也不让卖的时候，他又到更远的地方去跟人学算卦。一个瞎子，一字不识的瞎子，那阴阳八卦、天干地支、二十四时，加上五百年的历头竟也背得滚瓜烂熟。生辰日月掐指便一口说出，很有了些名气。后来，卦也不让算了，他又跟人搭班儿唱曲儿，拉一手好胡琴。他在风里坐过，在雨里蹲过，在漫天飞雪、冰冻三尺的日子里走那漫长的路。上苍从来不曾厚待过他，可他仍然默默地活着，每次回村，都会有一盘荷叶包的肉包孝敬在娘的眼前。娘死了，他恭恭敬敬地放在坟上。似乎那黑暗有多顽强这生命就有多顽强，那坚忍的活叫村里人看了发怵……

现在，他带了活生生的女人回来了。

那女人是从不串门的。瞎子舅每日到外村去唱曲儿，天一落黑便早早地回来，那女人一准倚在门旁望他，那目光幽幽的。进屋来即端上洗脸水，饭盛上，接过胡琴挂在墙边，一切都在默默无言中。于是又双双坐下：

"你吃。"

"你吃。"

也许有一片肉在碗里来回递着，夹过来又夹过去，瞎子舅会"嗯"一声，那女人也"嗯"一声，终究还是那女人吃了。

两个月之后，便有响亮的哭声从屋里传出来，那女人生了。生在屋里的草木灰上，一团粉红的小肉。瞎子舅竟弄来了极珍贵的红糖给那女人补身子。请村里女人来收生的时候，脸上破天荒地有了笑。妗子们送鸡蛋来贺喜，硬拽着抹了他一脸锅灰。汉子们让他打酒请客，他也就请了。只是把孩子抱出来看的时候，都觉得不像。那孩子白白粉粉，没有似瞎子舅的地方……又是一阵叽叽喳喳的疑惑，只不肯说出来。可瞎子舅亲孩子的样儿又叫人实信不疑。在那一个月里，他脸贴住那"红肉"，喊出了一百多个疼煞爱煞的人才会叫出的名堂："狗狗子，肉肉子，宝宝子，蛋蛋子，心肝子，心尖子，剩剩子，栓栓子……"

又过了一个月，那女人抱着孩子去了。有人问了，瞎子舅说："回娘家了。"再没有话出来。

仍旧是远远地去他乡唱曲，一把胡琴，一副"呱板"，走一条黑暗的路……

村歌六：

　　　　红红的日头一大垛哟，
　　　　长长的影儿一坨坨；
　　　　黄土路上外乡的客哟，
　　　　一步一磕朝阎罗……

老磨

灰驴戴着"遮眼"一圈一圈地走，踢嗒、踢嗒碎着。老磨就随了那碎声转，唱一支古老的歌。汪儿姥姥在面柜前坐了，白白干干皱皱的手把了细罗，"咣当、咣当"，晃一身灰白的薯粉，晃一串单调、悠长的音在静了的村街里传。于是那间隔了很久的"嘚儿、嘚儿"赶驴声线一般细出去，似要扯了那淡淡的秋日一同磨。

老槐舅爷搬只小板凳在磨坊前的朝阳处坐，半闭着眼听那老磨响。一张被岁月的纹切碎了的脸，漫散了沉沉的暮，将一星一滴的活气网死，那团破破烂烂的棉絮，也就死了的静。倏尔一声干哑的咳传出，很骤。似喝住了灰驴那无休止的转于极静的一霎，一切重又复归。仿佛不曾有过什么，那"咣当、咣当"就一直响下去。

一时，"橐橐橐橐"，光屁股娃儿跑来喊奶奶。那灰驴走，罗却停了。柔柔长长地一应，粉红的小肉闪进磨坊去了。

"咯咯咯咯"，一串童音雀儿般散出去，击乱了那淡淡秋日淡淡云。便有破棉絮探出一双老眼，追了那粉红远去，又慢慢短回来，熄了一线亮光。嘴巴磨磨地动了，仿佛自言自语：

"那年槐花开得真好……"

灰驴一圈一圈走，老磨吱吱呀呀转，不见罗响。

"一嘟噜一嘟噜……"

灰驴的"遮眼"斜了，透过朦朦胧胧一线白，极细微的一线。于是又走下去，一条长长的夜路。

"大月明地里白粉粉一片……"

罗"咣当咣、咣当咣",失了那平缓的节律。一时急急快快,乱钟一般;一时又缓细如滴,半日一"当",半日一"咣",似断如续。

灰驴仍旧一圈圈走着。只那一线慢慢晃大,慢慢晃大,终于有一只大大的眼独出来,一环环白着,凸那黑黄的仁儿。便停了四下看,仿佛知了终日在磨道里走得无味,立时蹿将起来,犟着长长的驴脖挣那套绳,险些把磨掀翻!汪儿姥姥怔怔地抬起头来,忙又慌慌地去抓那断了的套,被灰驴拽倒在地上,拖着跑了出来。在暗中待久了的驴眼被茫茫的秋阳刺了,"咹咹"地仰天长叫。

老槐舅爷动了一下,那曲成一团的破烂棉絮陡然长出七尺身量,只是极快地一跃,抓起墙边的扎鞭甩了过去,炸雷般脆响!

灰驴站了,抖着一身灰毛。于是又拉回磨道,戴正了"遮眼",一圈一圈走,重碎那踢嗒、踢嗒……

面罗重又响起来,"咣当、咣当",和着天际那悠悠淡淡的白云化入无尽的久长……

磨坊里传出了细微的一叹:

"孩子大了……"

那长了的老腰重又弯回破棉絮里去了,随着便熄了一线亮光,沉沉如死灰。老槐舅爷闭着眼,身子悠悠地晃……

队长舅一甩一甩地走来了,拍拍老槐舅爷,大声说:

"二叔,戳。"

那合拢的眼缝似移开一线,又闭了。

队长舅两手捧了嘴巴贴近老槐舅爷的耳朵炸声喊:

"二叔,给你说媳妇哩!"

"鳖儿!"老槐舅爷一声骂出来,眼随着睁了。

队长舅那张从来不笑的"瓮"脸竟也乐呵呵：

"二叔，拿戳。民政局的款来了。"

老槐舅爷在腰上抓了一把，递过那黑污污的烟布袋，布袋上拴着一颗老玉石小戳。队长舅接过来在嘴上哈一层雾气，就势在小本本上盖了。递过五元钱，又说：

"二叔，那会儿你要是不回来，怕也坐上屁股冒烟儿的车了。"

忽然磨坊里传出汪儿姥姥的骂声：

"滚！"

于是，队长舅不敢再儿戏，灰溜溜地去了。——那是他的娘。

踢嗒，踢嗒，踢嗒……

咣当，咣当，咣当……

灰驴，老磨，秋阳……

村歌七：

> 高高坡上一棵槐哟，
>
> 哥把妹的门拍拍。
>
> 有心隔窗应一声哟，
>
> 又怕黄狗咬出来。
>
> 一去十八载……

村孩儿

队长舅竟也怕一个人。

那是个孩子，眼角总粘着两蛋蛋眼屎的孩子。穿破袄露肚皮，路当间站了，鼻子"哧溜、哧溜"响着，拿一小节扎鞭梢，气势势地一指：

"老三，过来。"

"喊叔。"

"老三，你过来不过来？"

"鳌儿——喊叔！"

"老三，我日——"这孩子撅起肚，两手神气地一夹，做出仰天长骂的样子。

不料，队长舅也就乖乖地走过去蹲下了。

那孩子两腿一跨骑在脖里，叫一声："逮马！"队长舅立时驮了他起来，早有小扎鞭在屁股上抽，昂昂地在村里骑过。有时还得在村里转上三圈，才拧了耳朵放他走。碰上哪家女人，队长舅喊一声："鳌儿的裤子烂了，给他缝缝。"说了，一准儿有女人拐家拿了针线出来，好言哄他咬一根黍秆在嘴里（这样不生灾），就势蹲下给他缝。缝好，在裤裆处把线头咬断，替他拍拍身上的土，又任他撒欢去了。

久了，才晓得这娃叫国。能和我这客居姥姥家的城里人享有同等待遇的，在村里怕只有国一人了。他更是走哪儿吃哪儿，走哪儿住哪儿。在广袤的乡野，捧了小木碗出去，足可以吃遍天下。外村人问了，他自然气势势：

"爹死了！娘嫁了！"

于是有人慢慢细细打量国，在心里骂那不知为什么要走而终于走了的国的娘，心陡然地为那"爹死了！娘嫁了！"的响亮亮所动……

在村里，只有五姨的话国才肯听。五姨出门便亮了一道村街。不曾见她怎样打扮，但见那油亮亮的长辫儿，红红润润的脸，黑葡萄般的眼仁，总扯了年轻汉子的眼珠滴滴溜溜跟了转。拖着鼻涕的国又常常像尾巴一样跟着，还要五姨扯了走。就有更多的人凑来跟国搭话，争着驮他。国也就更神气，一节小扎鞭在年轻汉子的脊背上抽飞。汉子喜喜地瞅了五姨，心里也就痒痒地乐。夜里，常听五姨在喊国跟她去睡。国一蹦一蹦地蹿进五姨家，跟五姨睡在西厢房里。听见半夜有人拍门，五姨在国的腿上拧了，他便跳起来朗声骂："我日你娘！"于是，便不再有人敢来。国像躺娘怀里一般死睡到天明，他六岁了，还常拱那奶子……

第二日，有人问："国，跟老五睡了？"

"睡了。"

"老五的奶子白吗？"

"白。"

"软吗？"

"软。"

"你摸了？"

"摸……摸你娘！"一头撞将过来。

恨这娃儿跟村里最美最秀最辣的姑娘睡，恨得牙痒，却有"爹死了，娘嫁了"架着，不敢造次，只好任他撞了。

有一天，村里人在空了的大庙里拣烟。五姨无意中在泥胎后头的空洞里掏了一把。不一会儿，便肚子打阵儿疼，疼得她满地滚。慌得妗子们赶忙烧纸磕头，给五姨愿吁。国却一花眼爬上那泥胎，拿一节小棍，"啪、啪、啪"敲断了泥胎的三个指头！一屋人脸都白了，他仍叉腰在泥胎的肚子上站着，大声喊：

"姑，还疼不？"

妗子们战战兢兢地问他："手指头麻不？"

"不麻。"

"疼不？"

"不疼。"

于是，人们齐声说："这孩子是贵人。"

他便嘻嘻笑，搇搇腰，鼻涕流到了嘴边，忙又吸溜回去。

没人的时候，有大人拉了孩子在他裤裆里钻，一连钻三次，想必要借一借"贵人"的福气，只是不说。此后，每每有比他小的孩子大街上走，国便腰一夹，又开两腿，高叫："钻过去！"

忽一日有人捎信来，说国在王集偷了饭馆里的钱，被人抓住了。一时慌了全村，焦焦地立逼队长舅去王集领人。队长舅破例买了盒锡包烟揣上，饭也没顾上吃，掂了一兜窝窝便去了。

黄昏时分，国被领回来了。一村人围着看，可怜那小胳膊活活捆出了两道绳箍，疼得一干人掉下泪来。队长舅黑着脸把国领进仓屋，从捎窝头的破兜里掏出一个荷叶包来，里边是一盘肉包，冲他一瞪眼："吃吧，匪才！"

国看着他，上前两手抓了四个，馋馋地吃起来。队长舅吩咐人叫来了长辈分的老者。五姨也来了，贴着门框看他吃。待他吃光，又慢慢舔净了手上的油。队长舅一声断喝：

"跪下！"

国仰起脸，想笑。却见一屋黑气，早软了膝盖怯怯跪下了。便有皮绳从身后拿出来，上去扒了裤子，露那红红的肉。只见一皮绳劈下去，屁股上两道红印暴起！先有骂声出来，继而是弹腿哭。接下，一绳快似一绳，一印叠上一印，便杀喊"五姑"求饶了……

五姨不忍看，转过脸去，却又助威般地喊："打呀，老三，给我往死里打！"

腿不再弹了，只喊爹喊娘喊祖宗地哭……

"还敢不敢了？"

"不敢了。"

队长舅扔了皮绳，在一旁蹲了，拧烟来吸。长辈和五姨一同上来点化他。说了这般那般的好好恶恶，国却只是哭。

队长舅吸上一袋烟，又问：

"国，你长这么大，见谁家丢过一根针？"

"没，没有。"

"谁家丢过一根线？"

"没有。"

"鳖儿，丢人丢到王集去了！是短你吃了还是短你喝了？这村里多少辈也没出过贼，你他妈做贼！"

"三叔，我不敢了，再也不敢了。"

"你好好听着，再见一回，打折你鳖儿哩腿！"

国抽抽咽咽地哭起来，整整哭了一夜。村里妗们川流不息地来看他，还特意做了好吃的端来。五姨陪了他整整一晚上，烧热水用毛巾给他焐屁股……三天肿才消下来。

经了这一顿恶打，国老实多了。村里孩子见了，也不再怕他。

待我离开村子的时候，国也到王集上学去了。全村人都出来送他。国穿着队里给他出钱做的一身新褂，脚蹬五姨给他纳的一双硬帮厚底的新布鞋，陡添了不少文气；队长舅用架子车拉了那三表新的铺盖（队里出棉花出布料，妗们搭夜套的）在村口等。众人又好一阵夸他。一百多户人家，不知谁先起的头，一家拿出一毛钱来凑齐送他。有实在拿不出的，送两个煮熟的热鸡蛋，面子上又觉得对不起人。这一刻，洗净了脸的国仿佛真长大了，恋恋地叫姑、叫婶、叫大娘、叫大爷、叫叔……叫得人心里酸酸。

后来，听说国果然上了大学，干大事去了。只是再没有回村来，也没有一字给村里人写。村里人每每提起他，却总溅着唾沫星子说"咱国在外头干事咋咋……"，平添了许多荣耀。

多年之后，有幸在省城碰上了国，已无一丝乡音在口里。问他想不想回去看看，他说："家里没人了。"

淡淡。

村歌八：

> 勺子磕住门头叫，
>
> 远哩近哩都来到。
>
> 孩儿，回来吧！
>
> ——回来了。
>
> 勺子磕住床帮叫，
>
> 远哩近哩都来到。
>
> 孩儿，回来吧！
>
> ——回来了。
>
> ············

绿嘴儿牡丹

世上的女人，给我印象最深的怕也就是五姨了。

冬日很短，夜又像化了似的长。那天总也阴晦着，久久磨不出笑脸，村街就越发地单调沉闷。日子呢，像过了一世那么久，而又慢慢地重复，寡味得叫人愁。于是，五姨挑了水桶出来，村街里陡然便有了活气：天仿佛不再压头地闷。似有云动，恍恍地有光透出来；地呢，那看腻了的黄土路也就多了些贴人的温热。有深深浅浅的辙印显出来了，冻硬了的牛蹄印又似凹凸的砚台一般有趣；灰了的泥巴墙上有公鸡在悠悠散步，老牛"哞哞"

地拖出一长串村庄的盎然；秃了的树枝也似在慢慢伸展，有活力从老根处漫出来，渐渐有一点点绿透在枯了的树皮上。伴着那脚步声，仿佛有跳跳的音儿响出来，耳畔也似真有了铃儿叮当碎弹那沉沉的秋日；不曾有风，也不曾扭动，就见那扁担颤悠悠，桶儿晃悠悠，细腰软软地风柳去，顿时叫人觉得生活也还有趣。日子漫长，终也会一日日过去的。脸上就松快些。

那手更是一支欢快悦耳的歌。抓了什么，便有活活的动在上边，跳着细巧和灵捷。织布的时候，扎花的时候，纳鞋的时候，仿佛有丝弦在那手上奏着，扯那明快的跳跃。当那细小花针在绷了的白布上"咬"，一时便有鸟儿、鱼儿、虾儿跳出来，鲜了人的眼……

那时也就十七八岁，惹了多少乡下汉子做她的梦，却又不敢近前。那性说烈也烈说柔也柔，那心说软也软说硬也硬，就云儿一般在天上飘着，不是那命运的绳在黄土地里系，怎能白白地被村里汉子霸看了那多年？谁都觉得她终有一日要飞去，只盼时日能拖得长一些，再长一些……这是个能给男人百般温柔，又能贴上命为男人打天下的女人哪！

然而，她走得竟是那样的突然，那样的……

记得是县剧团到村里来了，要连演三天，免费给乡下人看。于是，一村人热闹得像过节。

日头高高的时候，女人们便早早地放工回去做饭，在搭了戏台的空场上，早有家人摆好了凳子。天一擦黑，四乡的人都拥来了，远远的十几里地都是人声。好像早年有个叫"小五子"的唱得好，人们便嘴上老挂着"小五子"，像是自家人一样。然而却又不是"小五子"，只一干人在台上蹦着唱，穿一身绿军装，脸上红红白白，十分英武。特别是有一个浓眉大眼的白脸子，很招女人的眼。于是人们又记住他叫"少剑波"。

半夜时分，到戏台后边的空地上去尿。转过身来的时候，忽然看见五姨在戏台下边猫着，不知在干什么。也就跑去了。只见五姨歪头从戏台的板下往上瞅，两眼烧烧地亮着，暗中已觉红腾腾。透过板缝的亮光，她的手在板上拃着，仿佛在量什么。

第二天，又见五姨到代销点扯了黑布回来，掩了门一个人在屋里躲着，一天都没吃饭。叫了，说是头疼。

晚上又是演戏。一村人都早早占位去了，独独五姨没有出门。待到戏散时，五姨才悄悄地来了。她围着戏台转了两圈，一直等到看热闹的小孩也走尽了，却又叫我回来，眼怔怔地望着我，嘴上咬出一圈印痕之后，才从背后拿出一双鞋，让我去戏台上给那白脸子。

此后，两人不知怎么到小树林里去了。那晚，大月明地里，我头一次见五姨穿得那么鲜亮！

三天后，县剧团走了。村子里曾热热闹闹地说那"少剑波"。过了些日子，也就淡下来，依旧慢慢地熬那老日头。只五姨脸上怅怅，像有了病似的，也从不跟人谈论"少剑波"。很想跟人说一说五姨做了鞋送人，偏五姨又吩咐不让说，也就忍着。

常常见有人提了礼物到五姨家。三姥姥又满村喊着找五姨，五姨只是躲着不见。终于有一日，一家人都上去打五姨，五姨却紧闭嘴巴，一声不吭。打急了，她疯了似的跑到井上，在井沿边边站了，一只脚高高抬起，对追来的家人说："再撵一步，我就跳井！"

于是，一村人都来求她别跳，家里也就只好作罢。

没人的时候，五姨问我："文生，你回城去吗？"

我摇摇头。

"你不想你妈？"

我怔怔。

"你妈想你了，你也不回吗？"

"妈妈……总把我锁屋里。"于是，我吞吞吐吐。

又是久久地怅然。五姨那好看的脸瘦了一圈，眼上黑了一圈……

"你回去的时候言一声，啊？别忘了，悄悄告诉我……"

我点点头。

又过了些日子，村东的哑巴坑干了。那是个死坑，夏天里水满满的，一到冬天就干。狗娃舅跳下去挖坑泥，竟挖出一双鞋来！洗净了，却是新的。连那鞋里垫的袜底也是新的，还经经意意地绣了一对绿嘴儿牡丹！

狗娃舅喜得哇哇叫："谁把一双新崭崭的鞋扔坑里？真他娘的傻！"

晾干后，狗娃舅每日里趿拉趿拉穿着在村里走，见人就张扬："老三，我捞了双鞋！"

便有一圈人围上来看。他就脱下来拿在手里，指着让人看那一对绿嘴儿牡丹，活鲜鲜的。

碰见五姨，狗娃舅趿拉趿拉地走近去："姐，我捡了双鞋，新哩。"

五姨嘴唇都白了，却说："……怪新。"

"就是大了。"

"……大了。"

"还绣了牡丹呢！绿嘴儿牡丹，挺鲜……"

"……嗯。"

狗娃舅又想脱下来让她看，见她不再问，十分扫兴，又趿拉趿拉走去跟别人说。

五姨硬硬地走回去了……

不久，五姨突然嫁人了。走时没有哭，谢过众位乡邻挺挺地到另一个村庄去。和别的乡下女人一样下地，一样生娃，一样牵了驴去磨面，听那磨响……

后来，听五姨的女婿说，五姨哪点都好，就是打从过门没笑过。好在庄稼人不靠笑过日子，这姨夫也就认了。

只可惜了那双鞋，被狗娃舅踩得不像样子。

村歌九：

> 大月明地儿里并肩肩坐，
>
> 妹子叫声郎哥哥：
>
> 一颗心儿给了个人，
>
> 十匹骡子拉不脱，
>
> 不信你摸摸……

老坟地

几株老柏寒寒地立着，枝头上散着乌秃秃的翅儿动，"扑扑"地扇着膀子黑去了，送一声闷长喑哑的"呱——"，便有一坨一坨的"土馒头"漫向久远，把千百年的死静扯到眼前来，肃然地凸向天际，让活着的人敬……远远地，一座巨大的"土丘"突兀地立在最后，丘前剑一般竖着一通石碑，丘上默然地丛一束旺绿……看了，膝盖软软地想跪，终于记了那是"子孙葱"。忽而有风旋起，冥冥之中似有苍老的魂灵在说话：

"那是老祖坟。老祖爷是从洪洞县大槐树那边过来的。听说是背着一张木犁，走了七天七夜才走到这里来，他走不动了，也就不走了，就用那木犁开地，一沟一沟犁出了一个庄！……"

一时，眼前恍恍的，似有一张巨大的木犁犁过来，犁杖上黑乌乌地亮，带着饱喂血汗后的腥气……

忽有一线柔柔羞羞的"嗯"声在耳际飘，系了那吓傻了的魂，才想起五姥姥带着才过门的新媳妇来认坟，我也跟到老坟里来了。

定睛看了，一抹粉红跟那苍老的嗓音在死死静静的坟地里闪，也就赶忙蹿将过去。

"这是恁老老老爷的坟。听说那会儿是大户，后来不知怎么就败了……"

五姥姥颤颤地跪下，恭恭敬敬地在坟前磕了一个头。

新媳妇扭扭地站着，手掩着嘴，哧哧笑。

"这是恁老祖奶奶的坟，听说是为把你祖爷养大，守了十五年寡……"

又是颤颤跪下，恭恭敬敬磕了个头。

新媳妇仍旧站着，一团红红的手巾在手上绞。

"这是恁祖爷的坟。听说年轻时候中过秀才，后来进京赶考死在路上了……"

于是跪下，磕了两个头。

新媳妇眼斜斜地看那坟丘上的裂缝，脸上忽有飞红浸浸。

"这是恁祖奶奶的坟。听说本事老大，在场里扛粮食赛过男人，八十岁还能咬核桃……"

"扑哧"一声笑出来，新媳妇掩着嘴问："娘吔，你听谁说哩？"

"听上辈人说哩。我来的时候，恁奶奶也领我来认坟。环儿，你得记住墓头哩。男人家心粗，时候长就认不准了。"五姥姥怔怔地望了新媳妇一眼，软声软气地说。

一只老鸦在天上旋了一圈，又"呱——呱——"闷叫。五姥姥仰脸朝天上吐口唾沫："呸，呸。"又姗姗地朝前走。

"这是恁爷、奶奶的坟。恁祖奶奶本事大，到恁爷这一辈就不中了，老受人家欺负。地都叫人家霸过去了。还算不赖，咱家没占上'成分'……"

说完，跪下磕了三个响头！直起身来，一脸老皱网出虔诚的宁静："爹、娘，恁孙媳妇来看恁来了。咱这一门的香火断不了啦，恁老放心吧。

节哩年哩，没钱花了，恁孙子媳妇会来给恁烧……"

新媳妇似也被这肃穆的死静罩了，一时脸也沉下来，默默立着。

"环儿，给恁爷、奶奶磕个头吧？"

"娘……"

"环儿，磕个头吧，这是规矩。"

新媳妇看了看自己的新衣裳，腰扭扭着，似听见了冥冥之中魂灵的呼唤，怯怯地跪了……

在坟地里待久了，心里怯怯地怕着什么。便往红烧的远处看。又见坟地边的一个坟头上消消停停地坐着"傻八儿"。这"傻八儿"终天笑着，这会儿正一声声地长喊："娘……娘……娘……"单调悠长的"娘"把坟地喊得阴森森的，只觉得头皮发紧，立时想尿。仿佛那小山一般的老祖坟也觉了当祖宗的耻辱，被那灰蒙蒙的阴风罩了……

转脸往东，立时见村头八斗舅家在扎根脚盖房。咚咚的夯声响着。几十条汉子亮着光光的汗脊梁，阳壮壮地喊：

> 石磙圆周周哟，
>
> ——嗨哟！
>
> 抬高猛一丢哟，
>
> ——嗨哟！
>
> 抬高再抬高哟，
>
> ——嗨哟！
>
> 抬高不弯腰哟，
>
> ——嗨哟！
>
> 咱们那（呀个）往前走哟，
>
> ——嗨哟！
>
> 咱们那（呀个）往前挪哟，

————嗨哟！

一时天光亮了些，一颗心稳稳地落在肚里，吐一口气出来，仰望那力的野和响亮。又壮胆回头一瞥，似觉老祖宗那通石碑直竖竖的，透出不枉扛了木犁犁出一个庄来的骄傲！一片一片的坟头从那石碑下漫过来，仿佛那死人的队伍也阳壮壮地一代一代排开，顶那日月的艰难……

五姥姥领着新媳妇从老坟地深处走来了。只听新媳妇问："娘，那边一片坟是谁家的？"

"那都是些不守规矩的，死了也不能入老坟。"

"谁订了规矩？"

"许是老祖宗吧。老祖宗用木犁犁出这么一大庄人家，还能不立个规矩？没有规矩不成方圆。"

新媳妇不吭了，只望那孤零零的一小片坟，望那些死了还不能入老坟的人……

快要走出坟地时，五姥姥声音低下来：

"环儿，环儿……夜、夜黑间，小雀儿卧窝了没？"

新媳妇脸腾地红了，烧烧地红到白白的脖颈处，四下慌慌看了，娇嗔地跺脚埋怨："娘吔，娘吔，看你都说些个啥吔？"

五姥姥脸上的皱花开了："环儿，不羞哩，不羞。自家娘们儿，怕啥哩？男人野性，不知疼人哩。我是怕……"

"娘，娘吔！……"

"好，好。我不问。环儿，要是……缝个垫腰的棉花枕。"

腾腾，新媳妇红着脸已出老坟地了。

五姥姥自言自语地说："哎，老没成色。急着抱孙子呀……"

风起了，萋萋荒草簌簌地唱着死亡的歌。我不敢扭头再看，一蹦子跑出老坟地。

　　远远的西天，正燃着一团火红的球。红红的霞辉里，狗娃舅和一群割草孩子回来了。一个个泥丸似的动着，亮着金红的肉……

　　我站住了，怔怔地望了望老坟地，又望了望西天红火里的小泥丸，突然也想野唱……

　　村歌十：

> 老日头哟，
>
> ——犁哟！
>
> 荒草滩哟，
>
> ——犁哟！
>
> 胖嘟嘟的奶子，
>
> ——犁哟！
>
> 小红肉肉儿，
>
> ——犁哟！
>
> 五谷丰登，
>
> ——犁哟！
>
> 百畜兴旺，
>
> ——犁哟！
>
> …………

1986 年

红炕席

······································

一

五哥是二十七年前走向河坡的，在日末的黄昏。

二十七年前，五哥沐着秋风秋光秋的气味大步向河坡走去。那年，他刚刚十八岁，阳气最旺的时候，他却到河坡里去了，怀里揣着一把磨亮了的旧剃刀。

在那个滚动着橘红色落日的黄昏，五哥昂昂地走在印有一串串牛蹄印痕的乡间土路上，那咚咚的脚步声载着无边的生气和四溢的青春之阳走向天边那红烧的日头。五哥就这样去了。

河坡里有一个极大的苇荡。秋的落日在天边燃烧着，夕烧的红云点亮了一荡芦苇，白白的芦花在秋风中摇着柔红飘动的红云，红彤彤的苇荡在夕霞的燃烧中迸射出点点耀眼的碎金。天光倏尔亮了，倏尔又暗，那残红终是不褪的，于是一团火球就在红燃的芦花上沉沉浮耀。这当儿，淡燃的红云中晃出一队割草的娃儿，一个个像烧红的铁蛋，摇摇地背着草筐走来，那日月的沉重镶在娃儿们的脸上，一片乏极的静。娃儿们眼见着五哥走进苇地里去了，茂密的苇丛一下子就把五哥遮住了。娃儿们诧异地望着苇荡，便有了哗哗啦啦的响声，那是五哥在撒尿。五哥站在苇丛里，松开掖着的大裆裤，亮出硕大的"阳物"，腥腥地撒出了一泡热尿。他挺胸而立，对着大地，对着蓝天，对着夕烧的红云，对着白绒绒的芦花痛痛快快尽情尽致地撒出了一泡阳壮的热尿！娃儿们笑了，于是齐齐撂下草筐，捧出"小鸡鸡儿"，对着乡村土路像洒水似的射出满天雨花。红烧西沉，远处的村庄里飘着一缕缕炊烟，娃儿们终还是去了。五哥依旧在苇丛中立着，天边的一抹橘红渐渐淡了，风摇着芦苇"沙沙"响，不知名的虫儿在苇丛深处"唑唑"叫，"吱吱鸟"像箭一般射向天空的极高处，然后又一头栽下来，跌进茂密的苇荡。于是五哥闭上了眼睛。

一声凄厉而又阳壮的"嗷"声冲出苇荡，冲出黄昏，飞向遥远的燃烧着残红的天际！摇摇地走在乡村土路上的割草娃儿惊了，纷纷回头，去寻那暮色中摇曳的苇荡，便见一个漂亮的血红的弧线落入茫茫芦苇中。那是极亮的一刺，溅射出千万点鲜艳的五彩缤纷的碎红。没有了，什么也没有了，天静静，地也静静，最后一抹淡淡晕红消去了，遥遥苇荡化进了一片灰暗……

于是，一个灿烂的白日消失了，一个黯淡的黑夜降临了。乡村寂静的土路上响着一串单调、孤寂的脚步，极缓。

许久之后，人们才晓得五哥做下了那件事情。

二

五哥是个倔种。

五哥生下来时极小，小得像猫一样。五婶说，看是很难恩养活的。那时，五婶下地的时候，就把小得像猫样的五哥塞进一张破桌的一只小抽屉里（生怕小得可怜的五哥被大老鼠啃了），在抽屉里垫上一层软软的旧棉絮，然后合上抽屉，给幼小的五哥一个狭小的黑暗的安全的世界。直到五婶从地里回来时，那抽屉才会打开。五哥生下来就遇到了一个封闭的黑暗的世界，五哥在抽屉里的生存日月是用他那响亮的让半个村庄都不安生的哭声宣告结束的。那昂扬的暴烈的哭声锐利地钉在村庄的上空，像号角一样传得极远。此后，五婶只好抱五哥下地了。

偃种！这话是五婶说的。好多年之后，五婶还一次又一次地给人们讲五哥的"抽屉日月"，那时的五哥是多么小哇。

可五哥还是一天天大了。大了的五哥日见清秀，眉眼日见鲜活，童年的五哥像清修的小童子一样逗人喜欢，却还是偃种一个。没人见五哥笑过，话是极少，偶尔说上一句也是很噎人的。然而，五哥眼里的"话"却极多极多，那幼小的脑袋里定然是存下了不少的怪邪的念头，只是不说。多年之后，当村里的女人私下里说悄悄话的时候，年过半百的三婶还说，五哥七岁时，她就不敢看他，那双"娃娃眼"，太邪！

五哥也是上过几天学的，在学堂里是个挺规矩的好学生。有一次，放学的路上，赶牲口的杠爷在半道上截住他问："景娃，上学了？"五哥不吭，翻眼看着杠爷。杠爷笑嘻嘻地说："上学娃儿，来来，我考考你。"五哥依旧不吭，只用脚去蹭地上的土。杠爷又笑嘻嘻地说："鳖儿，我问你：你爹和你妈谁在上，谁在下？"说完，杠爷便笑着赶牲口去了。五哥却呆住了，一个小小的人儿站在路边直到天黑，那小脑瓜里的思绪定然是繁纷而热烈的。多偃的娃呀，三天后，半夜时分，一个小小的影儿滑进了杠爷的破院，他轻声地贴着窗台叫道："杠爷，杠爷。"屋里一阵咳嗽，杠爷瓮声瓮气地问："谁？"一个童音舒舒地回道："我。"杠爷披着老袄开了屋门。月光下，他看到了两束极亮的燃烧着的绿色火苗！那小小影儿动了一下，极其认真地说："杠爷，爹在上，娘在下。"杠爷怔怔地望着五哥，又瞅瞅月白星稀的夜空，结结巴巴地问："就、就、就这话？""就这话。"五哥静静地说。说完，人便跑去了。杠爷愣过神来，哈哈大笑，笑得裤带都松了。笑完，骂道："日娘，真是个倔种！"

五叔死的时候，五哥就不再上学了。家里太穷，五叔死时是用苇席裹的，那日月的艰难自然是不消多说。然而五哥还是长成了。吃红薯面窝头喝稀汤糊糊长大的五哥，借天之精华地之孕育，在大李庄村的土窝窝里滚成了一个最俊气最阳壮的小伙。依旧跟爹一样穿破旧的老袄，胡球掖大裆裤，硬帮粗底的"旱船鞋"，但那饱溢着生命活力的阳气却是怎么也掩不住的。那个头高粱秆子似的；虎壮壮的身板时刻让人感到遍体热血的流动；那剃光了的圆圆的脑袋、亮灯似的一双大眼、高高直直的鼻梁，到处都溢着红润润的亮光。那肤色黑黑腻腻红红，仿佛是太阳、春风、雨露搅拌而成的。当五哥站在村庄或田野里的时候，那无边的原始的生命力量便从身体的各个部分胀出来，叫人不由想，大李庄村怎么会生出这样出亮的娃儿。

三

大李庄村是出好苇席的地方。有一个极大的苇荡，那一丛一丛的芦苇仿佛是一生一世也用不完的。只是早些年男人是不编席的，编席是女人的营生。编了，也仅是自己用，不卖。五哥那时候还不会编席，就终日跟汉子们下地干活。乡村的白日寡味而又漫长，那是苦作的时候，一日日驴样地在地里拽，又总是吃不饱。看老日头缓缓升起，又缓缓落下，那无尽的黄土路在一声声沉重的叹息中灰暗下去，继而又是一个一模一样的白日。

村庄呢，像死了一样的静，那旧了的被雨水浸得污浊不堪的房舍也让人心灰。牛儿偶尔叫一声，单调而悠长。汉子们又是一张张读熟了的脸，见了面也总是一样的话语："吃了吗？""吃了。""喝了吗？""喝了。"这时的五哥有什么非分的遐想吗，那是不晓得的。上地了，又回村了，一样地走，目不斜视。春种秋收，庄稼一年一度的绿，那孕育是极缓慢的，满眼都是绿色的泛滥。那无边的绿色在汗水中在一声声粗喘中把人腌了。话是没有的，五哥常常发狠地去垡地，把阳壮和气力埋进土地，随日月老磨一样地缓缓转，熬那无尽的天光。

夜里，常见五哥到牲口屋去，总是在暗影里站着，默默地听汉子们谝闲话或说一些下流的酸故事。五哥听着听着，两手便伸到裤裆里去了。以后五哥总是站在暗处，两手呢，习惯地很无趣地伸在掖着的大裤裆里。即使是听那些馋人的酸事时，五哥的神情依然是淡漠的，他两眼望着那头慢慢地倒沫的老牛，嗅着牛粪马尿那热烘烘的臭味，静然地入定一般地立着，好像并不在乎汉子们说的那些事体。人散了，他也散了。而那阳壮有力的脚步声从东到西地响过去，划着闷极了也静极了的村夜。是呀，那一个一个难熬的黑锅一样的夜，又能叫人做些什么呢？有时候，五哥会一个人在场边在树下或是墙后的暗处站着，黑黑亮亮的一个人影，自然是两手伸在裤裆里，就那么立着，很久很久。人撞见了，五哥便缓缓地走去，而后，又是一个人在夜的暗处站着……

夏天的傍晚，一群割草娃儿下河洗澡时撞见了五哥。刚刚脱了衣裳的五哥在河边上站着，亮着一身阳壮的火辣辣的肉。夕阳照在五哥那亮缎子一般的身上，那红彤彤的肉体就像着了火一样。于是，娃儿们发现，五哥那很大很大的"鸡鸡儿"是在大腿处绑着的。当娃儿们在河里扑腾了一阵子，又勾回头时，五哥不见了。

此后，五哥便做下了那件事情。

可是，为什么呢？五哥。

四

五哥沉默了。

在漫长的二十七年中，五哥的秘密是无法破译的。

二十七年来，大李庄村最精明最优秀的人物曾费心劳神地猜测破译，产生了许许多多村一级的"假说"。然而，结果是让人失望的。

经过了那么一个血色的黄昏之后，五哥脸上那润润的红光、灼人的阳气奇迹般地消失了。整个人看上去黄黄的、萎萎的，土一样的颜色。他一连在床上躺了十多天，无论娘怎样地哭泣，怎样地求他，他还是一句话都不说。此后是永远的沉默。

不晓得五哥是什么时候学会编席的，只记得他整日趴在地上编哪、编哪，名声渐渐就传出去了。在大李庄村，五哥编出的苇席是堪称一绝的。经五哥手破出来的苇篾匀、净、直，一条条都像是墨线绷出来的。经五哥手编出的苇席更是格外的出亮，那席软得像芦花一样，一领领都是"艺术"。五哥不但能在一张苇席上编出几十种图案，还能编出各样的花儿鸟儿虫蚁儿。至于编出"吉祥如意""岁岁有余""万寿无疆"的各类字样那是更不用说的。五哥编席时极专注，整个人就像是化进席里去了。从早到晚，他就那么趴在地上编，连头也不抬。五哥把自己织进席里去了，把那无尽的悠悠日月也一条条地编进席里去了。五哥哑了，话是没有的。不到农忙的时候，他极少出门，只有站在石碌上碾篾的时候他才直直腰。五哥编得最好的自然还是那织有大红"囍"字的红炕席。编这种苇席是极费心力的，一张苇席上要编出三十六种图案，还要编上四只口嘬大红"囍"字的鸟。编这样的席需要三天时间，这是五哥独有的绝活。编这样的席太费力气，开始时五哥是为亲戚们编，那是不收钱的。后来，名声传出去了。四乡的人凡要娶亲，定要在五哥这里订上一张红炕席。谁家结婚，婚床上如果能铺上一张五哥编的红炕席，那是很荣耀的。五哥给人编席从来不讲价钱，那都是娘的事。五婶与人论价，五哥呢，只管一门心思编席。连村里那些最秀气手最巧的女人，看了五哥编的席，也就叹口气，去了。

后来，地分了，政策活了，乡下人渐渐有钱了，娶亲的自然就多了。这时，五哥编的红炕席就特别抢手。往往一月前订货，到月底还不一定能弄到一领。五哥的名声越来越大了，大李庄村沾了五哥的光，成了全县有名的出产苇席的集散地，那苇荡突然就成了全村人的聚宝盆。家家编席，钱是极容易挣的。

村子日见鲜亮了。天光呢，也变得热燥起来。不知哪家闺女大胆地穿出了连衣裙，继而村街里便花花绿绿鲜人的眼。那漫漫的乡间土路像"化"了似的，暄着半寸厚的扑腾土。常有汽车、拖拉机载了订购苇席的生意人到村里来，喇叭一声声焦人的心。城里那些卖衣服的小伙也骑着摩托一趟一趟地往这里赶，把那五颜六色的花衣服亮出来，高挂着在村街里卖。那高高挑在竹竿上的丝袜、乳罩像"洋女人"一样在村街里飞来飞去。接着村东河生家的面粉厂办起来了，那轰隆轰隆的机器声一天到晚像轰炸机似的响个不停；而村西牛子家的带字锯更是"刺啦啦"地锯人的心。电灯装上了，连乡村的夜也花人的眼。空气里到处飘荡着抹了雪花膏的女人的气味；老牛那悠远的呼唤也变得急躁骚情。而那娶亲的唢呐更是响了又响，鞭炮声此起彼伏，村街里弥漫着浓浓的火药味。据说，五哥家是最早成为万元户的，可他依旧终日蹲在地上编席，即使那喜庆的"拜天地"的喊声响在耳畔，他也是绝不抬头的。五哥对这一切都视而不见。农忙时，五哥照样要下地干活，走在田间的土路上，五哥可曾闻到什么了吗？不晓得。可五哥的脸是平静的、冷漠的。两眼就像是枯了的湖，很灰。没有人能看清那里边究竟写着什么。淡淡地去了，又淡淡地回了，那躁人的热烈的时光竟引不起五哥的一点点注意。五哥难道不是人了吗？可那一切又仿佛在心里隐着，只是看不透罢了。

五婶点钱时，心是喜的。那手抖抖地动着，几乎把屋子里每一个能藏钱的墙洞都塞满了。可每每看见那"木"在席片上的五哥，却又常常暗自落泪。她又能说什么呢？

五

又是秋了，一个腻热的让人烦乱不安的秋。在这个秋天里，村里出了一连串让人惶惑的事情。于是，五哥那二十七年前的隐秘又被人重新提起。

那事情是很怪的。

先是三叔家的后生桂元，一个人高马大的小伙，在娶亲的第二天，新婚的小媳妇就提出离婚。那小媳妇拽着刚睡了一夜的汉子，两眼瞪得圆圆，无论是在村街里，还是在乡政府的大院里，她都毫不避讳地高嚷桂元"不是人"，而那五尺高的青皮汉子桂元却是一声不吭。为什么呢？又怎样的"不是人"呢？那自然没有明说。

继而，嫁到村里二十多年的六婶突然地失踪了。六婶人漂亮些，可已是年近四十的人了，家里好好的，两个孩子也已经大了，为什么会突然出走呢？那又是说不清楚的。六叔邀全村的汉子找了三天，仍是不见踪影。六婶就这么去了。

　　紧接着，那些高高兴兴嫁到大李庄村的媳妇一个个都泼起来，无端地跟男人打架，站在村街里跳脚骂大李庄的男人"不是人"！男人呢，又一个个像哑了似的委顿。

　　风气坏了。村里的姑娘有悄悄跟人私奔的。那些骑摩托卖衣服的城里小伙、走村串乡的木匠更是欢欢地一趟一趟地往村里跑，跟村里的女人眉来眼去，常有占了"便宜"的。也有小媳妇打扮得漂漂亮亮地出村去，而回家来又对男人恶声恶气地詈骂。女人野了、泼了、狂躁了，就像男人们欠她们很多很多似的。有一位恨极了的小媳妇竟然在夜里放了一把火，把自家的麦秸垛烧了！那是因为男人不离婚……

　　村子里弥漫着男人的惶惑和越来越浓烈的女人味。而后，终于觉出一点什么来了。

　　红炕席。

　　这些年村里办喜事的不少，自然家家都订了五哥的红炕席。秋天是天作之合性欲泛滥的季节。然而，每当夜来时，只要一躺在那凉凉软软的红炕席上，男人身上的阳力便神奇地消失了。无论女人怎样的温存，男人那生命的烈焰却始终燃烧不起来……

　　怎么会呢？那不过是一张席，一张五哥精心编织的炕席。五哥辛辛苦苦地破篾、碾篾，然后用心血用智慧用灵魂一条条编织而成的十分精美的有着日月星辰、花鸟虫蚁儿的红炕席，怎么会给村人带来祸害呢?!

　　说起来该是没人信的，可村里人都信。正是红炕席使汉子们失去了生命之阳。

　　旧事重提了。二十七年前，在那么一个血色的黄昏，阳壮无比的五哥走下河坡，在秋的霞辉中在红彤彤的苇荡里用一把旧剃刀割去了他那硕大的"阳物"！五哥果决地闭上两眼，挺身而立，扬起那把磨亮了的旧剃刀一挥而就，抛出了一条血红的弧线，抛去了自己的生命之阳。而后五哥踉跄奔去，一路洒下了鲜红的火热的很腥很浓的血花。点点鲜血洒进苇丛，那血气就扑了苇荡……按说，这样的事是没人知道的，可村里人都知道。

自此，五哥编的席没有销路了。娶亲的人家再也不找五哥订红炕席了。原来订过的，也纷纷找上门来退货。红炕席一下子成了耻辱的象征。睡过红炕席的汉子，竟然把五哥精心编织的堪称"艺术"的红炕席扔在村路上用火焚烧，以此来召唤那失去的阳力……

人们对五哥的鄙视和愤恨从那冷冷的目光里是可以看出来的。然而，五哥却一切都不明白。他只知道编，不停地编，把整个心思都用到编席上了。当五哥编织的红炕席越存越多时，五婶终于说话了。五婶叹口气说：

"……别编了。"

五哥愣愣地抬起头来，他不知道娘说的什么。

五婶又说："别编了。"

"咋？"

"不咋。歇歇吧。"娘掉泪了。

五哥望着那一摞一摞的红炕席，终于明白了。五哥的目光从娘的头上望出去，望着悠悠的蓝天、长长的村街，望着远处那粉红的一闪，而后又是沉默。五哥慢慢地从地上站起来，最后又望了望那编了一半的炕席……

二十七年了，五哥一生中的最美好的时光都用在了编席上。那么，五哥是为了什么呢？

六

在一个漆黑的飘荡着雪花膏气味的夜晚，五哥悄悄地扛着苇席到场里去了。他一共扛了三趟，把所存的红炕席全都扛到了自家的麦秸垛前，然后一张张地铺在麦秸垛上。接着，五哥就爬上麦垛，静静地在苇席上坐下来。

风凉凉的，暗夜中弥漫着很浓的女人的气味，不知名的虫儿在热烈欢快地叫着，远处的萤火时暗时灭，跳跃闪烁着绿色的火苗。五哥在铺了红炕席的麦秸垛上坐了很久很久，当沉默与那无边的夜色融为一体的时候，五哥从兜里掏出了一盒火柴。当第一根火柴擦亮时，小小的火光映出了五哥那绿得可怕的脸，那脸上清楚地写着二十七年来的痛苦和熬煎。五哥就这么一根根地把火柴擦着，又一根根地把燃着的火柴甩到麦秸垛上……

五哥哭了。

二十七年哪，漫长的二十七年，五哥从未向任何人诉说过心中的痛苦。可现在他哭了。

半夜时分，麦场上烧起了熊熊的大火，大火映红了半个夜空，照亮了一个黑暗的世界。五哥端端正正地坐在火海里，火光映红了五哥的脸膛，映出了一个扭曲的魂灵。五哥笑了，火光中的五哥又恢复了昔日的阳壮，恢复了生命之红润。在熊熊大火的燃烧中，五哥第一次获得了人生的快乐……

当村人们担了水桶匆匆赶来时，已是太晚太晚了。只见燃烧的余烬像黑蝴蝶一般一片片向人们飞来，夜空中到处是黑色的飞灰，黑色的漫舞的精灵……

那是五哥的魂灵吗？

赶来的村人全都呆住了。

天亮之前，七叔家的媳妇生了，生了一个男娃，亮着粉红的"小鸡鸡儿"。这娃儿阳气足足的，哭声十分响亮，号角一般地啼着大李庄村的黎明。

　　人说，那是五哥投生的。

1988 年

○　●

村魂　·······························

据家谱记载，画匠王原叫锅片王，祖上是从山西洪洞县迁来的。大迁徙时，王家族人唯恐失散人口，聚在大槐树下砸了锅，每人一锅片作为标记……后来果就失散了。带着锅片的一王家后生走到颍河走不动了，也就不走了。再后娶妻生子，代代繁衍，生出一个庄来。是年大旱，赤地千里，村里活口仅剩八人。恹恹，恹恹，又是一个庄。个个都能活。

二奶奶骂街

天晌了，日光灿灿的，村舍里飘着一缕缕炊烟，驴在磨道里叫着，伴那一嗒一嗒的风箱声。而后是泼水般的驴尿，那腥臊沿街散出去，荡得很远。渐渐有熟香飘出来，风箱声也就住了。只有日影钉住不动，静静地射在瓦屋的兽头上。

画匠王村从来没这样静过。往常，人们盛上饭就端出来了，一个个都到街面的饭场上来吃。你捧一只碗，我捧一只碗，或蹲或坐地倚在那棵老槐树下，说些家事、国事还有些扯淡事。兴了，就红着脖子抬杠，就日骂，一个饭场都热闹闹的。

然而，今日没有一个人到饭场里去吃。家家的院门都是关着的。也有人端了碗出来，探一探头，又缩回去了，怅怅的。

那时候，老马就在村头的槐树上绑着，血污把一张胡楂子脸涂得脏兮兮的，翻肿着一只眼。嘴巴打歪了，下巴斜斜地抽着，那身人们熟悉的中山服被绳子捆得很皱。老马的头大麦样勾着，一眼睁一眼闭，人看上去十分狰狞，鬼一样狰狞。开初还有孩子围着看，远远地看。怕，不敢近了。后来就没有了，都回家吃饭了。

放工的时候，人们都看见老马了，可人们都装作没看见老马；人们都是认识老马的，可人们都装作不认识老马。老马犯事了。老马原是乡里的技术员，后来又当了什么，很体面的。不晓得为什么他犯事了。现在押着他挨村批斗。押他的人都到村干部家喝酒去了，就把他一个人撂在那儿。早些年，老马在村里待过。那时他还年轻，小分头，戴一副眼镜，脸白白净净的，常在村里的大会上讲话，挨家挨户发放土地证。这些年他又来村里普查人口，给许多没名儿的村人起过名字，比如"狗剩"吧，他说，建国吧。于是就"建国"了。人们很信。后来老马就走了，再没来过。

如今老马犯事了。

天蓝蓝的，偶有小风一缕，滑过闷闷的村街，涤扫牛蹄印痕上的浮尘。日光斜斜地照在槐树上，筛下一地亮白。槐树下有黑色的蚂蚁在爬，蚂蚁们拖着一个巨大的饭粒儿，坚忍而持久地朝着洞穴的方向移动。一只黄狗晃晃地来到槐树下，诧异地望着老马，似也不敢近，又晃晃地去了。

老马就在树下跪着，面对一个村子跪着。在洋溢着明亮秋日的午后，村子像历史一样沉默。没有人走出来，一个人也没有。

　　渐渐，终于有了点声响了，那是拐杖叩地的声音。拐杖一下一下捣在村街的土路上，捣得很沉重。有人贴着门缝看了，那是二奶奶，二奶奶走出来了。二奶奶拄着拐杖站在村街里，久久地望着村口的那棵大槐树……

　　突然，晴空里就有了一声灿烂！那骤然而起的唾沫星子像碎钉般炸出去，炸出了五彩缤纷的语言。二奶奶起来了，二奶奶顿着拐杖昂声大骂：

　　"王家的人都死绝了？王家人的良心都叫狗吃了？王家的人不是人，是驴日的狗养的马操的礁礁摧的麻绳拧的牛鞭摔的葫芦瓢涮的！"

　　在八月的乡村里，在朗朗的天宇下，二奶奶骂得鲜艳而又热烈！那沉静一下子就碎了，碎在五光十色的唾沫星子里，碎在有着拖车和牛蹄印痕的村街土路上。

　　"瞎了，瞎了，都瞎了！王家的人都戴着眼罩呢，王家的人用女人的骑马布当眼罩，王家的人生来就是些钻裤裆的货！谷子有种，蜀黍有种，大麦小麦都有种，就王家的人没种。王家人的脊梁骨早就断了，生生就是让人戳的！王家人的脊梁骨是唾沫粘的糨子糊的麦秸条穿的格巴皮草系的兔子屎编的！……"

　　二奶奶走着骂着，骂着走着，从街东骂到街西，又从街西骂到街东，拐杖在村街的土路上捣了无数个铜钱大的坑坑。二奶奶的骂语油炒辣椒样地炽热，油炸黄豆般地响快，又仿佛把染房的染缸抬到村街上四下泼洒，把一个体面的村街染得黑黑黄黄斑驳陆离。二奶奶一下子把画匠王女人特有的骂街艺术提到了一个极高的水平，以至于多年后仍然没人敢骂街。

　　先是有孩子跑出来了，娃儿们一群一群地跟在二奶奶的身后，瞪着小眼珠看她骂。而在飘荡着和煦秋风和泼天骂语的农家小院里，在一家柴门的后面，汉子们一个个都勾着头，鳖样地蹲着。没人敢吭，谁也不敢吭，任那骂声像利刃样地在身上戳窟窿！骂得汉子们头往墙上撞……

"王家的女人都亏心了，上一辈杀人放火劫路，这一辈活该嫁到王家丢人现眼！嫁猪嫁狗嫁驴嫁马也会哼哼，嫁个鳖娃子也会爬爬，嫁个虫蚁儿也会叽两声，咋就嫁给这些没蛋子的货?！王家人的蛋子都叫铳铳了铲子铲了斧子剁了铡刀铡了门框挤了碾子碾了……"

二奶奶的骂语高扬在瓦屋的兽头上，又被秋风旋进小格子木窗，使画匠王村的女人们脸红心跳，一个个斜了眼去瞅男人，瞅得男人想尿。男人们硬憋住不尿，憋出了一头青筋。

骂着，骂着，就有汉子走出来了。汉子的脊梁骨不是唾沫粘的、糨糊糊的、麦秸条儿穿的、格巴皮草系的、兔子屎编的，一个个腰都挺着，很直，杠一样直。手里高擎着一只海碗，走得很沉重也很昂然。跨过门槛的时候，汉子们脸上都带着肃穆庄严的神情，凛然地走在村街的中间。这时候天光就显得很净，人心也很净。秋阳温柔地照着人的脸，秋风像梳子一样梳理着明亮的村街，连高挂在屋墙上的红辣椒串也显得格外地鲜艳、亲切。

汉子们重聚在大槐树下，把一只只蓝边海碗摆在老马的跟前。一时间，老槐树下一片海碗。有的海碗里盛的是拌了蒜汁的捞面，有的是酸汤面叶儿，有的是煮红薯，有的是荷包蛋，顶不济的也有几只隔年的红柿……

汉子们阳壮壮地说："老马，吃！"

老马的头依旧勾着，那只没肿的独眼里有泪流出来了，泪水一滴滴洒在膝下的热土上。

狗剩，不，建国，建国是最后跑来的。建国手里抖抖地举着一包烟，那是他刚从代销点买的"永红牌"香烟，一毛七一盒（平日乡里人只吸八分的"经济牌"）。建国跑到老马跟前，抖抖地拆开封包，把一支烟递到老马的嘴边，说："老马，先吸支烟。"

这时，二奶奶走过来了。二奶奶手里端着一碗面，谁也不看，就从一片海碗上走过去，噼噼啪啪踩出了一片碎响！踩得汉子们心疼。二奶奶近前来，一巴掌打掉了建国手里的烟，就面对面地在老马跟前跪下了。她把跪着的老马揽在怀里，挑起一筷子面说："老马，对不住了。村里没男人，妇道人家不知礼，你别怪。吃吧，老马，吃吧。"

二奶奶一口一口地喂，老马呜咽着一口一口地吃，泪花在眼眶里转……

慢慢，慢慢，汉子们全都站起来了，像林子一样地立着。他们团团地将那棵大槐树围住，用身子挡住了老马和喂饭的二奶奶。日光照在丛林一样的人影儿上，个个都站得很直。

这天夜里，女人们都变得分外温柔，顺从体贴地让男人干了那事。男人们也一个个变得火爆热烈，痛快淋漓，那欢乐是多年来少有的。

一村床响！

牛屎饼花

教书先生窗前有一架牛屎饼花。那花不是他种的，是他女人种的。

女人是从前宋嫁过来的。前宋的萝卜，后宋的辣椒，不出好女儿。女人自然不很好，黄瘦，病恹恹的，教书先生将就了。女人叫先儿。咋就叫先儿呢，教书先生没问过。

学校离村二里地。教书先生每日从学校里回来，就坐下吃饭。吃一碗女人端一碗，吃一碗端一碗，话是没有的。天黑了，就睡。有时候，半夜里教书先生坐起来，闷闷地吸烟，出气很重。教书先生有个挺女气的名字，叫文秀。女人说："咋啦？文秀。"文秀不吭。

后来女人就种了一棚牛屎饼花。这花种贱，一年三季开，开得鲜，朵大，牛屎饼状，爬一窗灿烂。夏日里教书先生就在花架下吃饭了。日子虽不宽余，女人也尽量整治得干净些。摆上一方小桌，几样小菜儿，端上一碗粥，几个窝窝，教书先生吃得很有滋味，也有了些雅意。有时候教书先生也说上几句话，很淡的几句话，女人笑着听。吃了，教书先生就在花架下站着，长久地注视那花。花温情地放着，无香气。花怎就无香气呢？教书先生不解……直到天黑了，花也黑了，才去睡。

女人得的是气喘病。冬天里终日咳嗽，一罐一罐吃汤药，老不见好。教书先生眉头蹙着，却不曾埋怨过什么，日子也就淡淡地过了。女人身子虽弱，侍教书先生还是照常。人回来了就摆上小桌吃饭，仍是吃一碗端一碗。纵然日子紧巴，早上一个荷包蛋是少不了的。

教书先生还是闷闷的，话少。

渐渐有风刮到女人耳里，女人便知道教书先生原是有个相好的。那相好的叫月琴，是教书先生的同学，两人上中学的时候就好上了。月琴人高挑，长得艳，笑时西施样生动，是邻近村落里百里挑一的好女人。教书先生恋得很深。只是月琴娘不愿，一是嫌文秀家穷；二是想把月琴嫁到城里去，或许能嫁个大干部，就有倚仗了。月琴家是岗庄的，离画匠王只有三里地。有一段两人过往很密，见了就哭一场……终还是没有成。

女人留了心。

忽一日，教书先生从学校里回来，女人说："月琴从城里回来了。"

教书先生愣了，脸上窘窘的，好半天说不出话来，就看那牛屎饼花。

女人说："去吧，去看看她。"

教书先生犹犹豫豫地站着，脸相很木。女人替他拍拍身上的土，把衣裳弄得整齐些，推着他说."去吧。"教书先生就去了。

那晚，教书先生很晚才回来。远远，就望见窗口亮着一盏油灯，油灯映着粉墨似的花架，疏疏朗朗的叶儿朵儿，素。教书先生心里突兀地升起一股温热。紧走几步，进了门，见女人在床上坐着，一时又很无趣，讷讷地站着。

女人问："见了吗？"

他说："见了。"

教书先生脱了鞋，见床边放着一盆温水，就默默地坐下洗脚。洗了脚，坐在床沿上，一声叹还未出唇，见女人望他，省了那叹。就躺下了。慢慢、慢慢，他就说了月琴的事。说着，说着，女人掉泪了。女人说："真好，恁俩真好。要早知道恁俩这么好，我就不来了。"教书先生迟迟地说："孩子都有了，还说这话。"女人说："要不是有孩子，我真想让恁俩……"这晚，教书先生就有了些温柔。

此后，女人只要一听说月琴回来，就让教书先生去看她，每次都催着他去。去前，总要替他拾掇拾掇衣裳，尽量让他穿得体面些。教书先生从月琴那里回来，女人就笑着问："见了吗？"教书先生说："见了。"女人说："哭了吗？"教书先生说："哭了。"女人笑笑，他也笑笑，淡淡的。该说的说了，不该说的也跟女人说了，教书先生落个心净。可有一样他没说，月琴劝他调到城里去，他没说。

时光荏苒，花开花落，第二个孩子又出生了，女人的身子更弱。这时，教书先生恰好有了上调的机会，他终于可以调到县城教育局去了。这事曾期盼过许多年，现在终于有机会了，可他却张不开口。女人病成那样，还拖着孩子，怎么说呢？要是没有那事，他可以说；要是女人待他不好，也可以说。这样，话就不好出口了。教书先生期期艾艾的，日日都想说，日日都想说。他知道说了女人会答应的，女人不拦他，可就是没法说。心里的东西。不说比说出来更可怕，教书先生心里有东西。教书先生很躁。躁了，就在花架前站站，慢慢就心静了。上调的事就这么拖着拖着，黄了。

一日，女人慌慌地跑到学堂里来，把他拽到一边，悄悄地告诉他说，有人从平顶山回来，说是见着月琴了。月琴在城里被人骗了。城里人睡了她，却没娶她，把她赶出来了，她身上一分钱也没有，这会儿拖着身子在街头要饭呢……

教书先生怔怔的，又是好半天说不出话来，眉头蹙得很紧。

女人说："去看看她吧，你去看看她，也是好了一场……"

夜里，女人不声不响地忙着给他收拾东西。吃的，用的，该准备的都准备了。哪样是给月琴捎的，哪样是让他路上吃的，一一交代得很清。临走，还给他准备了五十块钱，嘱咐他捎给月琴。教书先生没话说，他不知道五十块钱是怎么凑来的，也没有问。鸡叫的时候，女人打好一碗荷包蛋端给他，他就倚在床上喝了。临行时，他期期艾艾地在屋里站着，看了梁，看了房，说："我去了。"女人说："去吧。"

教书先生去了五天。回来的时候，远远望见村子，望见窗前那一棚牛屎饼花，教书先生眼里竟湿湿的。进了门就喊："先儿，先儿，我回来了。"

女人从屋里赶出来，说："回来了。"

他说："回来了。"

女人说："见了？"

他说："见了。"

女人说："哭了吗？"

他说："哭了。"

女人眼里湿湿的，就忙着给他做饭。他在屋里站了一会儿，就赶到灶房里，看女人做饭，女人手忙着。他看女人的手动，默默地。

冬天，下雪的时候，月琴到教书先生家来了。月琴是来辞行的。她嫁到省城去了，终于嫁了个好主，大干部。月琴一进门就喊："嫂子。"女人赶忙迎出去，拉月琴上屋来坐。月琴就在屋里坐了。说了几句闲话，月琴不吭了，教书先生也不吭了。女人站起来说："月琴，你坐，我到邻居家借个簸箕。"说着，就笑着走出去了，留下月琴跟教书先生说话……

一年后，女人又催教书先生，说去看看月琴吧。教书先生不吭声。催急了，他才吞吞吐吐地说，路远，走一趟得花好多钱呢。女人问，得多少钱？他说，光路费怕得几十块。女人不催了。

冬春天，地净了。女人围着头巾扛着篮子走村串户去收鸡蛋，收了鸡蛋再扛到集市上去卖。女人身子弱，走走喘喘，喘喘歇歇，歇了再走，夜里身子很凉。女人拖着病恹恹的身子整整收了一个冬春的鸡蛋，待牛屎饼花又开的时候，她把一百块钱递到教书先生手里，说："去吧。"教书先生说："先儿……"她说："去吧。"

这次教书先生仅三天就回来了。回来时女人不在家，下地去了。教书先生在院里站了会儿，就赶到地里。女人说："回来了？"他说："回来了。"女人问："见了吗？"他摇摇头。女人问："没找到？"他说："找到了。"而后沉默。久久，教书先生说："见了她娘……"女人看看他，说："回吧。"就回了。

回到家，女人做饭，他独自一人在花架下站着，站了很久。

这天夜里教书先生哭了。女人像母亲一样抱住他，说："不哭，不哭。"教书先生就不哭了。

后来女人死了。女人死时一声声叫着教书先生的名字，教书先生一声声应。女人说："文秀。"教书先生说："唉。"女人说："文秀。"教书先生说："唉。"女人说："文秀……"教书先生说："唉……"女人很满足，就笑着，脸上绣着两朵晕红。

女人死后，教书先生再没娶过，只年年种牛屎饼花。逢女人的忌日，教书先生在花架下摆一方桌，半斤烧酒，几样小菜，两双筷子，一杯一杯喝。那回忆很美好，很有诗意，扯一串田园的诗了……

石磙

麻五自从娶来女人后就不再是男人了。

麻五在新婚的第一夜里就没上床，女人不让他上床。麻五的爷爷曾经富过，女人的爷爷都也曾经富过，女人不得已嫁了他。女人觉得屈。女人曾经恋过一个红色军人，眼看就成了，后来那军人来了信，说是女人的爷爷曾经富过，就吹了。女人不恨军人。女人常把压在箱底的旧信封翻出来看，信封上贴着一张张八分的邮票，邮票已经泛黄了，但女人还是很动情。邮票能让女人忆起一串柿树下的故事。看了，脸就粉粉红，有泪。

虽然麻五和女人的爷爷都曾经富过，但麻五显然沾了光。因此，麻五在女人面前总矮一个头。女人说该下地了，他就下地。女人说该挑水了，他就挑水。夜里女人不让上床，他就不上床，像狗一样在灶边蜷着。睡到半夜的时候，女人也许说，过来吧，鳖货。他就过去了。不晓得为什么，女人竟有那么多恨，常常骂他。骂得他一进门就颤颤的，不想回家。有了孩子了，一个孩子叫扁豆，一个孩子叫土倌，扁豆和土倌看着娘骂。麻五脸上净是点儿。女人很白，脸上一点点儿也没有。可一点点儿也没有的女人就把他治了。女人是岗庄的，都说岗庄的女人硬性。

麻五在家里抬不起头，在村里也抬不起头。只要村里的喇叭碗一响，他就扛着锨出来了，跟那些曾经富过、曾经犯过事儿的人一起去东坡翻地。他顶着爷爷的"帽子"呢。于是麻五的腰总是哈着。麻五自己不吸烟，兜里却常揣一包八分的经济牌香烟，见人就敬，脸上笑笑的，笑得很巴结。见了队长，就说："三叔，吃了？"队长哼一声，麻五就忙递上烟，"吸着，吸着。"队长不吸，队长嫌那八分钱一包的烟赖，往耳朵上一夹，就晃晃地去了。麻五弓着身说："三叔，您忙哪，忙吧。"队长甩一句："忙你娘那脚！"麻五还是笑着："忙吧，忙吧。"

麻五通常只需立锥之地，蹲功是很好的。在家里他蹲在小板杌上。板杌小，只有两寸见方，他就那么蹲着，吃饭蹲着，女人骂也蹲着，纹丝不动。出了门就蹲在石磙上。石磙圆圆的，光光的，很滑。麻五身一纵就像粘上似的，再不动了。地里没活的时候，人们常见麻五独独地在石磙上蹲着。麻五一蹲在石磙上就显得很有智慧，很深沉，眼半眯着，身子似悠非悠，就像是看到了很美好的事体，又像是在品评什么，很有点冷眼向洋看世界的味道。有时，日错午了，他还不回去。儿子扁豆出来叫他，说："爹，咋还不回呢？"他睁开眼，慢慢地说："你娘回来了吗？"扁豆说："早回了，饭都做好了。"他说："回吧，我再蹲会儿……"而后蔫蔫地走回家去，听女人骂。

然而，却不敢让麻五进场，麻五一进场就不是麻五了。夏天收麦的时候，麻五就在场院里的石磙上蹲着。他蹲在石磙上看女人们摊场，然后是看汉子们赶牲口碾场，看屁股上兜着屎布袋的牲口在场里一圈一圈转。接着是拢堆儿。待麦堆拢好了，就有汉子走过来客客气气地说："老五，该扬了。"

这时麻五仰着头看看天，日晃晃的，就说："不慌。"说是不慌，人已下来了。就见他大甩手走到场中间，煞煞腰带，一条腿抬起来，不见他怎样用力，脚上的鞋就飞出去了；而后抬起另一条腿，"日儿"一下，另一只鞋也飞出去了，稳稳地飞出去了。睁眼来看，一双鞋在石磙上放着，周周正正地放着。接着他身子一拧，顺势抄起一把木锨在手里，待风声响起的时候，就见空中亮起一道线，落下来却圆圆的两大片，麦粒是麦粒，麦糠是麦糠，那扬出来的麦子就像是一颗颗拣出来的，很净。往下一锨快似一锨，一锨紧似一锨，风呼呼地响着，只见麦粒绸带一样地在空中舞，麦尘飞扬，人却不见了，只能瞅见一个影儿，舞动着的影儿。倏尔风势变了，扬势也变了，一时满天星，一时钉子雨，空中像罩起了一把旋转的大伞，麦粒伞样地旋着，人影就成了伞轴，滴溜溜跟着转。转着转着，待一堆麦粒高高堆起的时候，在晃晃的日影下，你才看清一个汉子顶天立地地站着，那自然是麻五。这时候麻五的脸灿烂如花，麻点一坑一坑亮着，显得分外生动。那欢乐像两条小火龙似的从眉眼里溢出，遍体燃烧。胳膊上、胸脯上、腰上、腿上处处有诗一样的东西在跃动。处处饱胀着灵巧和力量、机智和幽默。一时间天地仿佛很小，场巨大。

末了，麻五的骨头"啜啜"地响着，就又缩在石碾上了，瓮一样不动。天晚了，场里的人都走光了，他还是不动。扁豆放学回来从场里过，看见他就说："爹，咋还不回呢？"他说："我再蹲会儿。"

有一次，麻五扛着布袋到县农场去换麦种，走到人家场里就走不动了。县农场场大，跟广场似的。县农场地也多，麦割一个月了还没打完呢，一垛一垛在场边矗着。场中间有一个刚碾过的大䅟堆（没扬过的麦堆），一位老农工正在教一群知青扬场呢。那农工教得很认真，一招一式有板有眼的。麻五先是在一旁蹲着看，而后站起来看，看了，笑笑，摇摇头；再笑笑，再摇摇头。一知青见了，横横地问："你笑啥？"麻五又笑笑，说："不是活儿。"城里人不懂这话，就问："咋不是活儿？"麻五还是那句话："不是活儿。"这话说得太重，那农工忿了，转过脸来，问："你说不是活儿?！"

麻五不吭了，和解地笑笑，扛上布袋就想走人。

那农工更气，紧着问："你说不是活儿?！"

麻五说："老哥……"

那农工把木锨往麦堆上一插，喝道："你来，你来试试！"

慢慢、慢慢，麻五手松了，布袋落在地上。他说："试试就试试。"说着，就走过去了。

麻五抄起木锨，一抄木锨人就不见了。只觉得风声呼呼，钉子雨"唰唰唰唰"下着，初时还能看清一个舞着的影儿，再看就是两个影儿，四个影儿，八个影儿……看影儿时就顾不上看空中了。空中亮着五朵旋转的麦花，那儿遮天蔽日，朵朵相连，顺着闪动的锨影望上去就像一棵陡然长出的花树……看空中就顾不上看地上了，地上出现了五个圆圆尖尖的小麦堆，呈"五佛捧寿"状围在大秫堆的四周，那距离像是用尺子量出来的，环环相间，一分不差。紧着眼看时就忘了听声了，那声儿仿佛秋日绵绵细雨，又仿佛唱曲儿的小女响敲玉盘……久了，便有生的滋味从心里溢出来，想唱。

众人看傻了眼，一个个都怔怔的。那老农工先是满脸赤红，而后泛绿，绿到极处便是恨。老农工也算是行家，他悄没声地从场边的大缸里舀出一碗水来，顺势泼了出去。泼了就觉得有一股湿风刮过，低头去看，地上光光的，竟无一点湿星儿！老农工叹一声，服了，就说："是个把式，绝活！"

城里人好拍手，就齐拍手，引了许多人看。

这天，麻五换麦种就没有排队。还在农场里吃了顿饭，有肉，吃了满嘴油。

回村后，麻五一连三天哼曲儿，老是那一句，不知哼什么。哼得女人烦了，就骂，骂他个狗血喷头！麻五在小杌上蹲着，一声不吭。而后走出去蹲石磙。

每当麻五蹲石磙的时候，女人就在屋里翻箱子。箱子里藏着一小沓蓝信封，破布裹着。女人解开一层一层的破布，就看见蓝信封了。女人看一眼蓝信封，又赶忙裹住，紧煎煎地喊扁豆，没有应声。没有应声，才又去慢慢解……

秋后，麻五自然在场里扬谷子，扬着扬着，女人来叫他了。女人叫一声不应，再叫一声还不应，女人就骂了，女人骂得很恶！

不了，麻五忽一下就到了场边上。他在场边上铲起一泡牛屎，顺势扬了出去。十丈开外，女人正张大嘴骂着，就觉得有一股臭风袭来，躲都躲不及，"唰"一下，一泡牛屎贴嘴上了！女人哭着往回跑，再不骂了。

麻五一锨一锨接着扬，扬完了，气才泄了。缩缩地往家走。

响棒槌

老德不能算是木匠，老德是做响棒槌的。

老德当过七年国民党的兵，又当过八年共产党的兵，回村时已经四十一岁了，还是童子。老德不算太屈。老德出过两次国，一次去越南，跟日本人打仗；一次去朝鲜，跟美国人打仗。机关枪响跟炒豆儿似的，老德说。老德回来时领过三百元的退伍费。那时钱很值钱。老德把钱交给兄弟媳妇了。兄弟媳妇见了钱很喜欢，说是要给他张罗着娶媳妇。然而，四十一岁的男人是娶不来女人的。兄弟媳妇再不提钱的事，老德也不提。后来老德就一个人过了。他一个人过了。他一个人在茅屋里住着，看着村里的一片林子。

白日里有活计忙着。夜里好月亮。林子里墨墨白白，撒一地小钱。老德在林子里走，走一身斑驳。有时老德也踩着小钱儿走，一跳一跳的，孩子一样。风从林子那边刮过来，叶儿"沙沙"响着，有棒槌声。林子那边是颍河，沾了水音的棒槌在颍河里跳，叫人臆想那挽了红袖的白胳膊。老德转着转着就转到河堤上来了。风清清的，月朗朗的，河里还淹着一个白胖小子。水皱一纹一纹地把白小子推出来，而后又拉下去，圆圆地印着，很好。空气里有嫩玉米的甜味，有豌豆的涩香，也臭，那是栽的黄烟。远处自然墨得重了，层层叠叠地墨，墨得深邃。天反而白了，白得淡，白得高远，星儿隐隐的。碎亮。

林子这边是村子。驴叫了，狗咬，磨一圈一圈响。女人唤孩子，碎着步走。男人一踏一踏，夯着步走。老牛倒沫，日子翻着嚼。油灯一盏盏明了，窗口处都洇着一团暖色。而后油灯又一盏盏灭了，暗了一处，又暗了一处，哪家是最后灭的，老德知道。老德没去听房，老德年纪大了，不好意思。再后只有蛐蛐叫了，这儿一声，那儿一声，争着唱，很乱。连蛐蛐也不叫的时候，老德就走月色。走着走着，老德就站住了。老德扛着铳呢。老德把铳从肩上取下来，那时夜已静到了极处，老德举起铳朝着林子上空放一响，整个林子就有了喧嚣！呼啦啦的，这儿有了翅儿动，那儿有了扑棱棱……老德才慢慢走回去，睡了。老德说，很好。不知怎的，老德就开始做响棒槌了。白日里下地干活，闲了就做响棒槌。

响棒槌是杨木做的，杨木轻。林子里有的是木头，可老德做响棒槌不用好木头，用的都是些枯木，哪一枝死了，他扳下来，细的烧锅用，粗的就锯成一段一段的放着，有工夫了就做，日子漫漫的，他就慢慢地，做得很经心。做好了，还染，染成黄的。而后再画几笔。画得不好，鱼不鱼、鸟不鸟的；或是几条曲线、几片花纹，倒是红红绿绿黄黄，蛮热闹。画好了，就放到茅屋外面去晾，晾着晾着那响棒槌就不见了，老德也不追究。

有时候，老德听见娃儿蹑手蹑脚地来偷，那脚步声走走停停，一丫一丫地响，老德心里就笑了。慢慢，那脚丫响到屋前了。忽然停住，久久不动。小头一点一点往前探，弄得老德心里发紧。他就轻声说："拿吧，我没看见。拿吧，我没看见。"娃儿们抓起一个响棒槌，刺溜儿就跑了。

有时候，大人也抱了娃儿来讨。女人抱着孩子在院里站着。说："德叔，给娃儿寻个玩意儿。"老德就说："拿吧。"女人就摇摇这个，摇摇那个，挑个响的。老德说："不坐了？"女人就说："不坐了。"老德撵出门来，见窗上放着一碗蒜面，或是两个红柿，就说："嗨，这是干啥？"很感动。

渐渐，一村娃儿手里都拿着响棒槌。棒槌里装的是豌豆，摇起来"哗啦、哗啦"响。老德听见响，就笑笑。

过节的时候，老德就举着草把串庄去卖。草把上插一圈响棒槌，走一村插一村，摇得娃儿眼花。那时乡下太穷，五分钱一个也买不起。就有一群娃儿跟着屁股看，眼巴巴地。走上两圈，老德就蹲下了，蹲下来跟娃儿们说话。老德说："娃儿，回家拿钱吧。去吧，只要五分钱。"娃儿们站着不动，一个个馋馋的。老德很难为情地望着娃儿们，结结巴巴地说. "你看，我只收个工夫钱，你看……"娃儿们还是不动。也有跑回去的，而后又哭着跑回来，远远地站着看。末了，老德摸摸娃儿的小脸，说："叫我捏捏小鸡鸡吧。"娃儿就让他捏了。捏了，老德说："拿一个吧，娃。"娃儿就拿一个。这个拿一个，那个也要拿一个……末了，也没卖上钱。

后来老德就扛着草把到镇上去卖，镇上人有钱。那天，老德刚把草把扛到镇上，就被市场管理委员会的人抓住了。抓老德的是个"二刀毛"剪发头，那女人活得很警惕。她正站在凳子上往墙上画宣传画呢，一扭头就把他抓住了。她说："站住。干啥呢？"老德说："卖响棒槌哩。你要吗？"那"二刀毛"女人说："过来，你过来。"老德很听话，就过去了。

"二刀毛"的工作有了点成绩，兴奋得脸都红了。她揪住老德，说："你投机倒把！跟我走。"老德慌了，忙说："同志，同志，你看……""二刀毛"说："啥同志，谁跟你是同志?!"那女人太警惕，生怕他跑了，就说："转过脸去！"老德就转过脸去。那女人赶忙把画画用的广告色拿过来，用黄广告色在他背上写上了"投机倒把"四个字，而后又用红广告色打上了一个大"×"，看上去血淋淋的。老德任"二刀毛"女人写，只嗫嚅地说："干啥呢？同志，干啥呢？""同志，干啥呢？"女人不应，女人又麻利地做了个纸牌，纸牌上写了同样的字，挂在老德的脖上。说一声："走。"老德问："往哪儿？"女人说："往南，去市管会。"老德就规规矩矩往南。

走着，镇上人看老德身上红红黄黄的，一片鲜艳，就围着看。看了，一个个都笑。老德也笑，点着头跟人笑，笑得很正式。人围得越多，老德走得越好，慢慢步子也有了节奏，像检阅似的。

来到市管会门前，女人说："站住吧。"老德就站住了。女人严肃地问："你说吧，怎么处理？"

老德说："我不卖了，我散散……"

人们一听老德要散，呼啦一下围上来就抢……女人忙拽住老德，说："上屋去，上屋去！"

进了市管会，市管会的人搜了老德，只搜出三分钱。老德不好意思了，笑着说："你看，你看……""二刀毛"女人说："本来要罚你的，看你老实，就算了。走吧。"老德看看空了的草把，见上边还剩一个响棒槌，就取下来递给"二刀毛"女人，说："同志，给娃儿们捎回去吧。""二刀毛"拿眼瞪他。瞪着瞪着，脸上就失了警惕，平生第一次失了警惕，勾下头说："……衣裳，回去洗洗吧。"（后来，那女人一直放着那支响棒槌。看了，脸上就多些温柔。）老德说："没啥，没啥。"就扛着空草把去了。

明知不卖钱，老德还是做，就这么一年一年做下去。老德做活儿很工，夜里熬许多油。那响棒槌一时做成圆的，一时做成扁的，一时又做成方的，不重样儿。那画法也变了，不光有虫虫鱼鱼，还画些叫人说不清的东西……

那年下大雪，老德的茅屋被雪压坍了。这时候人们才知道老德死了。人们以为老德会有许多钱，可收拾了老德的茅屋，除了一些响棒槌外，只有一块六毛钱。全是分钱，是老德卖响棒槌的钱。他做了这么多年响棒槌，才卖了一块六毛钱。都说老德心好，村里出钱葬了他。

夜里，总听见棒槌响。村里人说：老德回来了。

二天，就让娃儿去老德的坟烧烧。

红薯窖

炳老实，日子就由大人撑着。

炳家女人天生肌瘦人，杆儿样。人轻便，活净，走路带风。你看她扫地吧，轻描描的，地就扫了，院子里总是光光的。你看她做饭吧，不声不响的，饭就做了，还一样一样。你看她说话吧，软软的两句，就叫人想好久还翻不过理来。人总是笑着，那笑在眼上，微微的，叫里里外外的人熨帖。炳家人口众，上有老下有小，一窝子吃货，日子必然紧巴。可炳家女人不焦不躁的，款款就应付了。吃饭的时候，女人先给炳盛。炳算是一家之主，活路重，出力大，量就足足的。而后是两位老人。老人上年纪了，牙口不好，做些软的，净面的，多些滋味。往下是孩子们，连稀带稠一锅吃，也有花样，能饱。家里人走出来，也都带着女人的一双手呢。衣裳破是破，补丁是补丁，可针线活细密、周正，穿在身上有模有样的，绝不招人笑话。

平日里，就见炳端着一碗红薯在饭场里吃。那碗海大。炳蹲在粪堆上，高擎着一只红薯碗，就像擎着一面旗帜。女人的旗帜。各家也都有蒸红薯吃的，可都没有人家炳家的红薯好。那红薯热腾腾的，块大，鲜，蒸得也好，看着很馋人。炳捧着这冒尖一海碗红薯，一块块往嘴里送，大嚼！实在叫人眼热。

每年红薯下来的时候，村人们自然都把红薯藏在窖里。红薯窖挖在西岗上，家家都如此，只有炳家的红薯不坏。炳家的红薯从秋天吃过，经过漫长的冬季，又经泛醋一样的春天，那红薯从窖里提出来，提一篮是鲜的，再提一篮还是鲜的，总吃鲜的。别家呢，提一篮是坏的，再提一篮还是坏的，总吃坏的。那年月，一年红薯半年粮，乡下人过日月全凭红薯呢。春天是坏红薯的季节，别家的红薯都坏了，他家窖里的红薯咋就不坏呢？就有人问炳家女人，炳家女人笑笑，不说。再问也不说。

到了麦口上，家家都没红薯了，早就没有了。炳家还有。就一篮一篮地从窖里提出来，大锅蒸了，给邻家送上几块，让娃儿们尝鲜。

人们又问炳家女人，套着问。可炳家女人主意正，套不出。她还是笑笑，不说。

二年，出红薯的时候，人们都看着炳家。

在红薯地里，人们都瞅着炳家女人。炳家女人带着一家人上地挖红薯，汉子们做粗活，她做细活，仍是轻描描的。男人在前边挖，她跟在后边拾掇，腰一弯一弯的，风摆柳样儿，不见多忙，就见一堆一堆的红薯在地垄上堆着。人们看见炳家挖出来的红薯一堆一堆放，也都一堆一堆放；人们看见炳家女人把红薯秧都编成辫儿，提起来一坨一坨往车上放，也跟着把红薯秧编成辫，一坨一坨往车上放。而后看炳家女人吩咐把红薯拉回去，也跟着往家拉；紧接着，看炳家女人去晾窖，就去晾窖；看炳家女人在红薯窖里铺一层细沙，也跟着铺一层细沙；炳家啥时往窖里放红薯，就啥时放红薯……除了炳家女人的细气劲学不来，其余的一样一样都跟着学了。可是，到了春上，红薯还是坏。仅是坏的少了些。

唯独炳家的红薯不坏。

总见炳端着一碗红薯在饭场里吃。那红薯"招牌"一样亮在人们眼前，看来看去竟没有一块坏的。还有一件奇事，别家人吃了红薯都放屁，臭烘烘的，可炳家人吃了红薯不放屁。

闲了，人们抽空就围着炳家的红薯窖看。别家的红薯窖在岗上，炳家的红薯窖也在岗上，地势是一样的。炳家的红薯窖是用木头做的十字窖栏，上边穿一铁条，铁条上有锁，是一把老式锁，凑近看里边黑洞洞的，闻闻里边也有一股甜酸气。人们看了一遍又一遍，也看不出有啥出奇的地方。

后来又有人问炳家女人，女人还是笑笑。问急了，就说："没啥，真没啥。"

人们不信。于是就说炳家的红薯窖里有仙家。

有人说，那红薯窖在岗脊上，有紫气，地脉好。

有人说，听见里边"刺溜"一声，白茸茸的，八成是"皮子"……

还有的说，是黄仙。里头住了一窝黄仙。八百年的黄仙成精了……

终有些不甘心的，就悄悄地问了炳家的小三。炳家三娃在学堂里上学呢，小学三年级，人实诚，品德好，不会说瞎话，一套就套出来了。娃儿说：

"先吃小的，后吃大的。先吃坏的。后吃好的。"

说了，人们都默默地，再不问了。就想起炳家上上下下老小九口人，凭女人撑出一张脸面来，老不容易！杆儿样的女人，那日月像山一样，咋就挺住了呢？

麦天里，炳家女人会蒸一锅红薯端出来让人们尝。人们就夸几句，各自给娃儿拿上一个，不敢多拿。天蓝蓝的，就见炳家女人笑着，脸上的皱儿开成了一朵花。"吃，都吃。"炳家女人说。

鼓手

王小丢，三贱：人贱，嘴贱，辈低。

他一辈子好骂玩，胡子一把了，还跟小孩似的，村里人见了他就想笑。

你不能不笑，你不笑他骂你。要不，你骂他。骂了，还得笑。

每到晌午的时候，饭场里总少不了王小丢。若是王小丢那日没来，这饭就吃得没有滋味。于是就有人说："去喊小丢，喊小丢！"小丢喊了一辈子，还是小丢，大人小孩都喊他小丢，喊了，他也应。小丢喊来了，一进饭场，人们就问："吃啥好东西，在屋里憋着不出来？"

王小丢一本正经地说："不是不出来，玉带拴恁娘床头上了，急我一头汗也没解开。"

人们日哄笑了。再笑，再笑，那赖话一串一串的，饭吃得有劲。

王小丢个儿低，矮柱子，还精精瘦，干不了多重的活计。可他凭着一张滚刀子贱嘴，也挣十分。那是公认的，没人说闲话。再重的活计，只要王小丢在场，就不显重了。人说，他嘴角上拴一串臭唾沫，甩出去就是笑！

下地干活，一歇，队长就说："小丢，唱个曲儿，唱个曲儿！"

王小丢说："定定弦，定定弦。"说着咳嗽两声，清清破嗓子，就唱：俺的头，像屎罐儿，俺的眉，像炮捻儿，俺的眼，像鸟蛋儿，俺的鼻，像蒜瓣儿，俺的嘴，像月牙儿，俺的舌，剩一半……

正唱呢，看人们笑成一堆泥，他忽然一沉脸说：

"不中不中，弦断了。"

人们更笑，骂他："娘那脚！唱吧。"

他说："娘那脚好好的，就是弦断了。"

人们知道他又编圈儿骂人呢，就问："弦咋断了？"

他说："咬断了。就剩一半了，唱不成。"

哄，又笑！笑了，明知他往下是骂人呢，还问："那一半呢？"

他四下瞅瞅，说："那一半在铜锤家女人嘴里呢。"

铜锤家女人接口就骂："丢儿，恁娘那腿筋！"

王小丢正色说："嗯，这事我不知道。你去问俺爹吧。"

大笑！笑得汉子断裤带。笑了，队长又说："小丢，来个洋的！"

王小丢又清清喉咙，说："中，来个文词儿。"说着，那老腔又喊起来了：南山耕，北山卧，对着老瓦盆笑呵呵。你出一对鸡，我出一对鹅，快活，快活！

又有人喊："小丢，唱个酸哩！"

王小丢眉一皱，咂咂嘴，苦着脸说："老少爷儿们，酸哩唱不成，今儿个没带醋。"

说是说，见人笑了，又唱："一更里，张秀才，你把老娘的门拍拍，拍拍拍拍闲拍拍，老娘不是那货菜！二更里，张秀才，你把老娘的门拨开，拨开拨开闲拨开，老娘不是那货菜！"

听王小丢唱酸曲儿，汉子们就在地上打滚笑，男男女女滚成一团，笑得筋都没了，浑身肉动。

又是正唱呢，王小丢看见一个才过门的新媳妇头勾着，脸羞羞地红，不笑。人们都笑了，就她不笑。王小丢又不唱了。他说："歇会儿，叫我调调弦。"说着，他走到新媳妇跟前，正脸正色拍拍新媳妇，说："花婶，俺叔咋着瘦哩？"

新媳妇刚过门不久，脸嫩，又见他胡子一把，正正经经地，也不好说别的，就说："谁知哩。"

王小丢紧着脸说："嗯，这几日俺叔可老瘦。"

新媳妇勾头不理他。他又说："又是那个了吧？可不敢夜夜那个，看俺叔瘦哩！"

新媳妇"吞儿"笑了，就骂他。

王小丢得意地说："我想着你不会笑哩。"

笑了，就做活儿。日头晃晃的，也不觉累，汗出得痛快。

王小丢年轻时出过大洋相，惹得一村人笑了半月。那年三月三，村里过会。邻村有个漂亮妞赶会来了。那妞长得水灵，辫子忽悠忽悠的，招一村光棍汉跟着看。王小丢也跟着看。看着，看着，他说："爷们儿，我能叫她给我笑！"

光棍汉们说："能哩？敢赌不敢？！"

王小丢一拍胸脯，说："敢！"

光棍汉们说："好，你要是能叫她笑，叫咋就咋！"

王小丢捋捋袖子说："爷们，都看着——！"

人们就睁大眼看着。

就见那妞悠悠地在会上走，王小丢在后面不紧不慢地跟着。会上很热闹，有卖杂货的，卖花布的，卖点心卖煎包的……那妞东看西看，走一处问问价，又走。王小丢也东看西看，走一处问问价。眼看着妞快到村口了，光棍汉们拥上来说："咋，不中吧？"王小丢眼一亮，说："别慌，别慌。"说了，就大大方方地走过去了。

刚好，那妞在槐树下站着，槐树下卧了条黑狗。王小丢走到黑狗跟前，扑通往下一跪，喊了声："爹。"那妞咋也忍不住，"吞儿"笑了，露一嘴白白的牙。而后，王小丢头一转，朝着姑娘跪下来，喊一声："娘。"那妞的脸立时羞得通红，骂道："哪儿的鳖娃！"王小丢接口说："画匠王哩。闺女们都往这儿来，水好！"那妞瞪瞪的，气得直翻白眼，扭头就走。日后，那妞见了他就骂，骂着骂着，竟成了王小丢的媳妇……

王小丢果然赢了，不但赢了一群光棍汉，还赢了一个花嘎嘎！惹得一村人哑嘴。光棍们气不忿，见了他就喊："丢哥，恁娘哩？"王小丢应声说："俺娘在家纺花哩。"接着，口一转说："恁娘哩？恁娘是曹后寨（槽后站）魏保千（喂饱牵）家的闺女？"光棍们接不上了，一个个恨得牙痒！

于是，人们见了他就骂。先骂，怕吃亏。结果还是吃亏。就赚个不掏钱的笑。

有一日，二奶奶病了。病得很重，三天没起床。王小丢听信就去了。他往二奶奶门口一蹲，说："二奶奶，恁孙媳妇叫我来跟你学艺哩。起来，咱练练。"

二奶奶笑了。二奶奶也是响快人，强撑着身子骂道："丢儿，恁娘那脚指甲缝里那灰！"

二奶奶一声骂，王小丢心里就美气了。也不问病，就看着二奶奶笑。

二奶奶身子虚，喘喘气问："俺媳妇哩？"

王小丢说："恁媳妇正给他老公公吃咪咪（奶）哩。"

二奶奶眼里的泪都笑出来了，"腾"一下坐起来骂道："恁娘肚里那蛐蛐套蟮蟮……！"

王小丢正色说："真哩，不信你去看看。"说着，硬把二奶奶搀起来，扶着她看去了。

一看，二奶奶笑得肚子疼！要说也不假，小丢媳妇正给村里的一个没娘娃喂奶呢。那娃一生下来娘就死了，还不满月哪，但辈分高，论辈叫，他就是娃娃爷了。

后来，二奶奶说，笑这一回，半年不生病。

要是哪一日没人骂他，他就在村里来回转，躁躁的。转着转着，见谁愁眉锁眼的，一声声叹气，他就走过去了。他走过去拍拍人家，说："出来了?"

人家正愁着，没心给他说话，就随口"嗯"一声。

他就说："刀口还没好利索，咋就出来了？歇歇吧，歇歇。"

人家不明白他的意思，抬起头，怔怔地望他。

他一拍腿说："骟猪的老六前天才走，你咋就出来了？"

人家叹口气，"吞儿"笑了，日日地骂。

他就笑着说："好好的人，咋给骗了样？有啥事说吧！"

往下，缺钱了，他去给你借钱；缺粮了，他去给你借粮。他会缠，往队长家一坐，就编筐骂起来了。会骂，骂得好，骂得队长一家人捧着肚子笑！一笑，该办的事就办了。

那年冬天，下雪的时候，王小丢的儿死了。他就这么一个娃，老娇。但还是得病死了，紧病。女人在家里哭，他用谷草裹着去埋。儿八岁了，白日里好好的，说死就死了，那心里的悲痛是无法诉说的。天上飘着雪花，王小丢抱着死孩子在村街里孤零零走着，顺墙根走，缩缩的，他怕撞见人。谁知，做木匠活的满仓刚好从村外回来。远远地，一看见是他，满仓就赶紧骂："哎，大年下抱住恁爹往哪儿哩？"王小丢没吭，竟憋住了。待走近些，满仓才看清他抱着一个死孩子！满仓心里一寒，忙说："丢哥……"王小丢竟说："嗯，我给恁女婿安置个地方。"

王小丢也笑了，眼里泪花花的。

村里人说，十天不吃饭都中，不能没有小丢。

千层底

见他娘有男人，却过的是没有男人的日子。

男人当年推着独轮车去禹县送草药，说是七日方回。走时还捎了土坯，俗称"娘娘土"，路上喝茶时捻一块土末放在碗里，消灾。可他一去没回来。后来有人说他被劫路的劫了，也有的说他被当兵的抓了，再后就有人说他去了台湾。兵荒马乱的，谁也说不清，都说人没死。

人没死就不算寡妇。

新媳妇守空房是很愁人的，好在有了见儿。开初，娃儿小，上有老人，下有娃儿伴着，也不觉得太苦。就日日盼着。夜里醒来，听见门响，就以为是男人回来了。匆匆开了门，大月明地儿，风凉凉的，树影婆娑。心里一寒，有泪。开了几次门，不见人，亲亲娃儿，就又睡了。

娃儿一点一点长，慢慢能叫娘了，离身了。白日好说，有活儿忙着，夜里空落落的，难熬。那日子像磨一样，推着推着，就推不动了。就想，小孩嘴里吐实话，问问娃儿吧。就把娃儿叫过来，问：

"娃，你爹啥时能回来？"

娃儿没见过爹，娃儿愣愣的。

娘就说："你说个数？"

娃儿看看娘，就说个数，娃儿说："三。"

娘先是一喜，觉得日子并不多。而后就不语了，觉得这不是个好数，是个不吉利数，不是成双成对的数，娘的脸沉了。过一会儿，娘又问："娃，你再说个数？"

娃儿再看看娘，看了很久，说："三。"

娘叹口气，眼里泪花花的，转过脸去了。娘还是不甘心，忽又转过脸来，擦擦眼里的泪，直视着娃儿，说：

"娃，你再说个数！"

"三！"

娘就琢磨这个"三"。想想，又觉得是个好数。爹、娘、儿。加起来不就是三吗？再说，儿说了三回三，三三见九，九九归一，那是一定回来了。娘又喜了，喜得心里扑通扑通乱跳。往下，她又想，是三天，还是三年？三天太短了，不会那么短。兴许是三年？

娘心里有盼头了。夜里睡不着，就起来给男人做鞋。做那千层底布鞋。底儿、面儿都是用的好布料。知道不急穿，就慢慢做。先糊袼褙子，把布一层一层贴好，晾干，而后照着男人的破鞋剪下样来，捻下好麻线一针一针纳……那鞋底厚，瓷实，针针见情分。一年三百六十五天，日子像山一样堆着，一针一针扎过去，日子就过得快些。此后每年做一双，做好的就放柜里。

做满三双了，男人仍没信儿。娘就想，兴许是九年？就又做下去，一年一双……

后来，老人下世了。儿也长大了。娃争气，先上小学，后上中学，上着上着就上出去了。村里人说，见他娘有福啊，养了个好娃，将来跟着他享福了。娘笑笑，心里却很苦。家里就剩她一个人了，日子过得木木的。儿子偶尔回来一次，叫声娘。娘心里很热，看看娃，爹一样大了，娘心里酸，暗暗落泪。过几日，娃走了，娘还是一个人独过。中秋节了，桌上多放双筷子。这时候，就有人来说合。说人怕是不在了，就是在，也不会回来了。老德人不错，就过一家吧，也有个照应。见他娘心里湿湿的，就说："叫我想想。"

夜里，风呜呜地刮着，见他娘心里很乱。数数柜里的鞋，已有十七双了。十七个年头，夜夜孤寂，那日子就像是针尖儿上走过来的。老德是个好人，她知道老德是个好人。老德待人诚，脾气也好。去林子里拾柴，老德常常帮她。老德不多说闲话，给她拾掇一捆树枝，让她背回去烧。想着老德，心说，就不做了吧。但又看那鞋，一双双在柜里摆着，有半柜那么多了。十七双啊！那十七双鞋叫人喜悦，是劳动的喜悦，期待的喜悦。那仿佛又是一种奖赏，好像说，看，你已等了那么久了！思谋到天亮，见他娘想，已到这份儿上了，万一回来呢？那一双双不就白做了？就做吧。就又做了。

过几日，见他娘又把鞋都翻出来看，一双双摆在床上，摆一大堆。而后把鞋一双双标上记号。心说，那一日差点就吐口了。要是答应下来，十几年就白熬了。她想，不能白熬啊，不能白熬。

做到儿子娶媳妇了。儿子带着城里的女人回来看娘。城里媳妇洋气，花枝枝一般，还戴着洋镜子，也叫一声娘。娘听了心里热热的，就掉泪了。夜里数数柜里的鞋，已有二十四双了。摸摸，再摸摸……听见儿子跟媳妇在耳房里笑闹，见他娘就走出屋门，默默地在院里站着。

叹一声，又叹一声，就望见老德茅屋里的灯亮了。老德也很孤，老德还没睡哪。这几年，见了老德就很不好意思，就觉得欠了人家什么，勾着头默默地走。可老德并没有冷她，照常让她去林子里拾柴烧，有时还帮她背回来。进了院，她就说："他叔，歇歇，喝碗水吧。"可老德不歇，老德把柴放下就走了，默默地……心说：人不就这一辈子吗？不做吧，不做了。

想了，就有热热的一股从心里涌出来，浑身躁。见他娘走出院门，走上村街，来到林子边上，却又站住了。心说：就不做了吗？已做了这么多了，就不做了……迟疑地站着，想想，再想想，又勾回头走。

二日，儿叫一声娘，媳妇叫一声娘，叫得她心麻。就着半截烂镜看了，头上已有白发，脸上的老皱儿一道一道的。心说：老了，还是做吧。万一人回来呢？

就接着做。纳鞋底已纳得手麻了，针都捏不住，就咬着牙往上扎，扎着扎着就扎出血来了。见了血，反而愉快了。鞋底上一线线带着红染，那已不是情分了，而是沉甸甸的一种东西，叫人不能歇手。那鞋底就越纳越密，越纳越瓷实，见他娘就为这瓷实纳下去……

那年秋后，见他娘死了。死的时候还坐着纳鞋底呢，一针没穿过去，人就不行了。村里人连夜给见捎了信，见回来了。埋娘的时候，见翻了翻屋里的东西，也没找着啥值钱的东西，就见柜子里整整齐齐地放着三十双千层底布鞋。城里人不穿这种鞋。埋娘时乡人都来帮忙了，见觉得欠了情，就把这些鞋送给乡人了。鞋结实，乡人就一个个穿了……

村里至今还有穿旱船鞋的，不合脚，时时踢嗒、踢嗒响。

1990 年

画匠王

—— 一九八八

画匠王，一个小小的村。百十户人家，被一段细细颍河绕着。人是很善的，水也很清。秋红柿叶，夏绿芦苇，那沾了水音的棒槌响得很遥远。很久很久了，人们像是活在梦里。

这里曾经有过庙，后来庙去了。

这里曾经垒过"请示台"，后来"请示台"也去了。

还有五爷，五爷是村里的神汉。生死祸福、添丁加口亦可问他。

不料，在四月的晴朗的早晨，"吃杯茶"叫着，一向早起的五爷围着村子走了一圈之后，突然向人们宣布说：他要去了。

五爷果然去了……

黑孩儿

村西有个篷布厂，是村人们白手起家建起来的。五年了，生意很好。厂里大多是女工，本村外村的都有，一律的厂装，很有些颜色。厂长呢，也就是村长，大身量的汉子，有棱有角的胡楂子脸，披的自然也是很挺的西装，手甩甩地走，哼得很有气派，只是不要醉。

小小的一个篷布厂，销路是不愁的，原料也不愁，自然日日红火。于是乡里县上常有人来参观指导，顺便讨些致富的经验回去推广。厂里呢，就有了一屋子锦旗鲜亮。人来了，定然是要吃酒的。鸡鸭鱼肉，猴头燕窝，分级别招待。人多时就吃流水席，八个厨师日夜候着。来了体面人物，厂长陪着，负些责任的汉子也陪着；若是规格更高些，便叫一两位有颜色的女工端菜斟酒，来来去去的，柳柳儿一闪，柳柳儿一闪，场面就热闹些。

每逢吃酒，厂长身边总坐着一个五岁的娃儿。这娃儿叫黑孩儿。名黑，脸却不黑，白白的，一身洋装，两眼活鱼一般，灵灵动动，看了叫人遥想那做母亲的秀丽。无论怎样的席面，纵是省长来了，这娃子也是要坐的。来了人，便去叫娃子，娃子来了才能开席，像是厂规。在席面上，那当厂长的汉子竟先先给这叫黑孩儿的娃子布菜，点了什么便夹什么，夹得很温柔。这黑孩儿长得虽秀，却没教养，吃急了就伸手去盘里抓。厂长见了笑笑，也不指责，任他胡来。客人总是要问的，这娃儿是谁家的孩子？便说是村里的外甥。话语淡淡的，那脸先就严肃了三分，分明不容客人多问。于是不再问了，就纷纷夸赞这娃儿长得好，有灵气。越夸，厂长的脸越绿，堂堂的一条汉子，像坐歪了似的，笑也苦苦的，只道："吃菜、吃菜。"

平日里，厂长最主要的工作就是陪酒。他喝酒是极豪爽的，举杯前总是一拍大腿："宋书记教导我们说：喝酒看工作，喝死去球！干！！"说罢，便把满满一杯扔进喉咙里去了。客人们不晓得这宋书记是哪位大爷，也不便去问，只被这轰轰烈烈的"语录"念出了豪气，纷纷与厂长碰杯，干得很痛快。但这披西装的厂长只能喝到七成，往下就不敢让他喝了。再喝就眼红了，就恨恨地瞪那娃儿，瞪得眼里喷血！野野地吐一口酒气，接着就骂："日你祖宗！"那娃儿在席面上昂然地与他对骂："日你祖宗！""日你十八代祖宗！！""日你十八代祖宗！！"再往下，这大身量的车轴汉子就哭，就扇自己的脸，就砸东西，把一桌好好的席面弄得杯盘狼藉！逢了这时候，劝是劝不下的，劝了便驴扔似的躺在地上打滚哭；或是一双眼锥子样地盯着人日骂，从天上日到地下，日遍全球！最后还得让黑孩儿出面，才解了尴尬。那娃儿只要上去喊声："舅。"厂长默默……于是，每喝到七成，便有些负责任的汉子抢上去替他喝，生怕他醉了。

也有不醉的时候，叫他介绍经验，自然说些很报纸的话：如何如何地白手起家……开始是说不好的，说着说着脸就红了，浑身的不自在，嘴里吭吭哧哧地寻词儿，人显得很朴实。慢慢就熟了，说起来一套一套的，也生动。经验是很好的，可细细品了，却没有经验，似隐了些什么。就有记者下村去采访，想日弄出活经验来去宣传，竟也问不出什么，只觉得一张张脸都有些泛绿。

正因为总结不出经验，县乡两级干部也就一趟一趟地来总结。个个都是很认真的，来了就吃酒，脸喝得红红的，说一些鼓励性的话，再松一松裤带，去了。而后再来总结。日子不是很长吗？

其实，那隐了的也极简单。画匠王原是个很穷的小村，没有什么门路。后来省里一位很负些责任的人物（多年前，他在村里驻过队）需要一位保姆，村里就派了模样好的勤快的妞去给人家当保姆。后来那当保姆的半道里跑回来不干了，村长就动员她再去。那边是给一份工资的，村里再给一份，给了也不去。那时，办篷布厂正白手起家呢，村长就给妞下跪了，村长流着泪说："妞，去吧。"妞就又去了。此后又换了一个，又换了一个……这都是看得见的，别的也没什么。再后，慢慢，慢慢，凡是在篷布厂做事的村人都有了些钱，大瓦房一所一所地盖起来了，红红的一片，像血。……就有了黑孩儿。

这是个只有姨没有娘的孩子，也是个只有舅没有爹的孩子，没有籍贯没有户口没有身份，就在厂里养着。

平时，黑孩儿由一名女工领着，村里村外地跑着玩。他在前边跑，女工在后边跟，寸步不离。饿了，走到哪家吃哪家。见了男人统统喊舅，见了女人便喊姨，没有分别。篷布厂那"咔咔咔……"的机器声就像是他生命的钟点，机器一响，他就现了，小精灵一样的。厂里的女工们既护他又怕他。不知为什么，想溜号的女工一看见他就退回去了，而后拼命地做。上夜班也是一样的，门口总有他的影子在晃。

看护黑孩儿是很要紧的。有时，看见别的娃儿都有娘，黑孩儿也哭着要娘，闹得女工没办法了，就去找厂长。那当厂长的汉子即刻放下别的事出来哄黑孩儿，常常趴在厂门口的地上让他当马骑，说："上来吧，小祖宗！""小祖宗"就上去了，骑一圈骑两圈，也就不闹了。还有一次，那照看黑孩儿的女工匆忙间办了点私事，回来突然发现黑孩儿不见了，便慌慌地告知厂长。厂长的脸立时变了，抖手给了那女工一巴掌！马上吩咐全厂停工，派人四下去找。整整找了一晌，却发现黑孩儿在二里外的碾满车辙的大路上站着，很忧郁很惆怅地站着，荡了满身的黄尘……厂长听到信儿，亲自跑去把他背了回来。于是又增派一名照看黑孩儿的女工，两人日夜监护。

偶尔，原料愁销路也愁的时候，厂长就带着黑孩儿到省城里去一趟，回来就不愁了。便有一辆辆卡车运了原料来，便有一辆辆卡车拉了篷布去。厂长就扯了黑孩儿站在厂门口看着，听轰鸣声在窄窄的村街里震动、喧嚣。这时候厂长的脸相很木，两眼像狼一样地狠着。黑孩儿呢，每去省城一趟，回来便高兴一阵子。逢人便说，他上大高楼了，一槛台一槛台一槛台，好高好高！又说舅领他逛商店了，见啥买啥，衣服全换了新的……过后，又是被两个女工带着，村里村外地走，晃着小小的忧郁……

篷布厂生意好，就常常出钱给村人们放电影，一放俩片子，四乡的人都来沾光。放电影时，最好的位置总给黑孩儿留着，自然由两个女工带他去看。乡村里演电影像是赶庙会，趁着天黑人杂，外村的青皮后生常结伙在场子里耍流氓、滋事打架。这么一闹腾，挤挤搡搡的，场子就乱了……可只要听见黑孩儿一哭，女工们就纷纷围上来，在黑孩儿周围圈一个圈儿，用身子把他护住。这工夫，要是哪个有颜色的女工被无赖们抓了奶子、摸了屁股，也不吭，忍住，紧护黑孩儿。厂长呢，就给女工们奖励，叫"爱厂如家"，送上红封包一百元。

私下里，厂长跟黑孩儿默默相望，眼里都有些异样的东西。久久，厂长说："孬种！"黑孩儿问："谁?"厂长说："我，我孬种！"往下无话。不过，厂长还是醉酒。醉了就哭，就骂，就砸东西。可来了人还是喝，还是介绍经验，还是参加农民企业家的啥子会，领回更多的奖状和锦旗。也就更豪爽地背那"喝死去球"的语录。

一天，邻村的一位村长来厂里吃酒，吃到兴处，笑嘻嘻地说："老哥，你一个球厂办得恁红火，有啥绝招?"厂长喝酒未到七成，没醉。听了这话，脸很黑，鼻头很亮，就说："叨菜，叨菜。"那人不识趣，又催道："说说，说说。"话是没有的，只把满满一盅酒灌进肚里去了。喝了，厂长那酒熏的鼻子像血染一般，鲜艳得叫人不敢看。那球人不知深浅，趁着酒热，指着黑孩儿胡呲道："老哥，咱知哩，这娃子就是经验！"

立时，一个大酒瓶砸了过去，砸了他满脸血！

此后，再没人敢说这话。

狗剩

六叔家的狗死了。六叔一向是德高望重的。他当了二十多年支书，一直活得很体面，很有威仪，也很有滋味。他叫王殿臣，却没人叫王殿臣，都叫六叔。活人不就活个分量嘛，这就够了。六叔很自信。六叔的自信是有根据的，多少年来，他召集开会从来不敲钟。早些年，他拿着手电筒在村街里晃晃，人们就知道六叔出来了，慌忙往会场里跑。再后，不论什么事，只要把六叔的皮袄往那儿一放，人们就如同见了六叔一样规矩。这会儿，眼看着年纪大了，上头叫下，也就下了。人有了威望，还要什么呢？

然而，他刚刚下台没几天，院子里拴的狼狗便被药死了一对。

这是天亮时才发现的。狗死得很惨，七窍出血瘫卧在地上，长伸着很优秀的黑舌头……

叹人情太薄，一家人都很气愤。六叔的女人气盛惯了，橐橐橐跑出门去，站在门街里跳脚大骂！把个肉屁股都拍红了，细喉咙也敲成了破锣，却没人理，没人应。看看天，还是有日头的，恍惚间竟不信有人敢药死他们家的狗。跑回去再看看，真的，竟然是真的！

只六叔一个人黑着脸不吃。那脑子轮盘一样转着，思谋是谁下的毒手。当干部这多年了，得罪人是不会少的，究竟是哪一个呢？慢慢就想起狗剩前天来帮忙的事。这所新屋落成，就狗剩来了。狗剩来帮忙搬家，招呼着抬了抬东西，别的没人来。于是就疑心狗剩。十多年前，为一个南瓜，他当众扇了狗剩一个耳光……狗剩平日里点头哈腰，身子抖抖的，可狗日的记着呢。

人下台了，管事的朋友还是有几个的。就请了乡派出所的朋友来吃酒。酒喝到脸上飘红，便说了狗剩。乡派出所的人有警服穿着，本就心躁，听了六叔的话，嘴里日骂着站起来，当下去把狗剩捆了。而后，用手铐把他铐在槐树上，叫他交代毒死狼狗的事。

狗剩是个鳖货，见了干公事的人身子就抖，就想尿。绑的时候，人已哆嗦成小偷样，也不敢问是犯了啥罪，叫去就去了。一直到上了铐子，还是迷迷糊糊的，只孙子样四下去哀求："哎，爷儿们，同、同志……"同志说："老实点儿！"他就弓弓腰，很听话。等听清了他的罪过，这才苦着倭瓜脸喊冤枉。那喊声仍是小小怯怯，很不理直气壮。待屁股上结结实实挨了一脚，再不敢吭了。继而，又试试巴巴地去送那巴结讨饶的目光。到了送不出去的时候，终于看清黑风风的六叔也在旁边坐着。

看见六叔，狗剩打了个尿颤，目光一点一点地短了回去，有泪慢慢地流出来。那身子恓惶地软在了槐树上，闭了眼去，任泪水小溪样地在脸上流。平素，他本是该咧着大嘴哭的，这次没有，只是无声地流，泪水流湿了裤腿，流湿了那本来是很宽阔的胸膛。上边流了，下边也流，已是没什么指望了，流得很净。

天不似往常了，人也不似往常了。就听见村西篷布厂那"咔咔咔……"的机器声，就听见九香家的带子锯那刺耳的尖叫，就听见六指开着小拖"嗵嗵嗵嗵"从村街里过，就听见小片家的榨油机那"嗡嗡"的响声，就听见"卖豆腐——哟！"那大嗓的吆喝……

慢慢，他睁了眼，目光一点一点地探出去。先是瞅着六叔的脚，接着惶然地升到了六叔那曾经拴过公章的腰窝处，而后躲躲闪闪地移到六叔的制服兜兜上，终还是不敢看六叔的脸……

片刻，狗剩转口说："六叔，我错了。"

这一声叫六叔轻松了许多。他重重地"哼"了一声，这狗日的终还是认了。

派出所的人厉声喝道："老实交代！"

狗剩便说："我不是人，我不是人……"

就叫他交代怎样的不是人。狗剩叹一声，晃晃头，眨巴着眼里的泪，望着六叔说：

"六叔下台了，没人来巴结六叔了，就我还想着巴结六叔，贱叽叽地跑来给六叔搬家。我不是人，我是个狗！我不是人，我是个狗……"说着，人已痛到了极处，就抱着树往地上出溜，挣着身子往下跪。手在树上铐着，跪也很艰难，可他居然跪下了，跪在地上"汪汪"地学狗叫！一边叫一边爬，爬着叫着，叫着爬着，就那么围着树转了一圈又一圈……

六叔默然。心里竟酸酸的。那话他听出来了：平日里多少人巴结，一下台就没人来了。狗剩还来，这就不易。怎能再疑心人家呢？定然不是狗剩。不是狗剩，又是谁呢？六叔的方寸乱了，脑海里成了一团乱麻。想想，撑了几十年的架子内里竟空空的，不觉中少了自信。六叔拍拍头，又拍拍头，终于叹口气说："狗剩侄子，委屈你了。"就叫人放了狗剩。

狗剩连声说："不亏，不亏。"说着，就打自己的脸，手脖已经铐肿了，巴掌打在脸上木辣辣的！

六叔很是无趣。又赶忙拉狗剩上屋吃酒，狗剩弓着腰说："不敢，不敢。"竟挣着身子去了。

狗剩回到家，躺在床上，两眼瞪瞪地望着房顶，人就像傻了一样。心说：咋就不是人呢？咋就不是人呢？脑筋憋在"不是人"上死钻。他钻了整整一天，把一生一世都钻了，仍觉得不是人！就往人上想。想想，流流泪。想想，流流泪。渐渐，一颗蜷缩的心就泡大了……

二天，风很臭，村街里更臭。忽听见六叔家炸了营一般，大人小孩齐哭乱叫。村人们纷纷跑出来看，才晓得六叔家那新漆的大门上被人摔了一罐子屎尿！

村街里人来人往，自然都看见了。看了，咂咂嘴，目光各有些讲究……

六叔没想到他已是这么平凡，平凡到竟有人敢往他门上摔屎的地步！当下就气晕了，吐了一口浓浓的血，被人急急地送进了城里的医院。六叔的女人也没了着落，只是哭。这下子，六叔一家再也出不得门，抬不起头了。

村街里臭了三天……

狗剩就坐在家等了三天。

他等人再来铐他。按说，捆也捆过了，铐也铐过了，还趴在地上学了狗叫，人已贱到了底，就不该怕了。他也是这么想的，可他还是怕。怕了，就想尿。他说：别尿，别尿。憋急了，就打自己的脸，嘴里喊着：我叫你不是人，我叫你不是人！终于没尿，干了一回裤子。

却没人来。

狗剩呢，就撑大胆子在六叔门前过了两趟。知道那红漆大门是摔过屎的，便看得低了。就觉得六叔也是人，也有湿裤子的时候。于是，平添了一些豪气。

此后，狗剩挺挺地在村街里走，说话不看人的脸了。想好了就说，说了也不看人的脸。做事呢，也有了些板眼。也有怯的时候。怯一回，他就打一回脸，嘴里喊着：我叫你贱，我叫你贱！渐渐就不怯了。常常跟匠人搭帮去做泥水活，做得很认真。钱是花力气挣的，就往宽处使，不怵。又专门去城里剃了头，人显得出亮了，就不觉得比哪个矮。

六叔病好回村。狗剩见六叔病恹恹的，人瘦了，脸色很黄。不觉就生出些怜悯，那眼光竟也是怜悯的。就款款地走上去，拉住六叔的手说：

"六叔，病好了？"

六叔很虚弱地应一声，说："好了。"

"六叔，多养养吧，多养养。"

"唉，老了……"这一声长叹，叫人觉出日月的悠长。六叔呢，也不禁落了两滴老泪。

"六叔，自己爷儿们，缺啥少啥言一声。"

四目相望，六叔无话，只默默地点了点头。

天光冉冉，话语淡淡的，心仿佛都很宽，似没了计较。但不知不觉中，都觉得流去了很多时光。

时光哇……

捉奸

已是四更天了，夜依旧很躁。九香家那尖厉的带子锯的嘶叫像刺在人心上的一片瓦碴；村西篷布厂久碎着嗒嗒嗒嗒；大路上常有"嗵嗵嗵"的小拖从人心上轧过；狗也癫狂地叫；而月光总像偷了人家似的，模模糊糊地在云层里躲闪；连猪圈里也睡了人（村里又丢了两头猪），稍有动静，便有黑黑的一条从铺了干草的猪窝里爬出来，惊慌地问："谁?!"

铜锤、铁锤两兄弟缩缩地蹲在明堂的窗下，谛听着一片黑暗。夜很凉，心里却很热。有些日子了，铜锤家女人说是夜里去圈里看猪，就不在屋里睡了。有天半夜，铜锤想干那事，就摸到圈里，却没摸到女人，只有猪。想想一个女人不容易，又掖了裤腰出去找，找来找去，却又见女人在自家的猪圈里睡着。很纳闷，自然是不敢问女人。女人很白，洋种马一样地高大。铜锤却很矮，很黑，狗样地瘦。要不是早早定了娃娃媒，女人不会嫁他。此后这种事时有发生，铜锤咽不下这口气，夜里就悄悄盯着女人。女人猫样地精灵，跟着跟着就不见了。也听过几家的墙根儿，始终摸不着头绪。渐渐，疑心是睡到明堂铺上去了。只是没有见证。就约了兄弟来捉。

　　两人是后半夜伏下来的，似听着屋里有些动静，贸然又不敢下手。舔了窗纸独眼看，只觉黑洞洞一片，分不清鼻眼。虽然心里火烧火燎地难受，也只能等明了究竟再说。

　　估摸有两个时辰了，就听见黑洞洞里有了柔柔的一声："嗯？"另一声却十分的浊重："嗯。"接着是一阵窸窣的穿衣声。"啪"，灯终于亮了，铜锤家女人果然坐在明堂的铺上，脸红红的，扭着腰说："俺走了。"床上躺着一条野野的汉子，亮一身肉，那自然是明堂。明堂伸伸懒腰，说："球哩，慌啥？"说着，翻个身，从枕头下摸出一捆钱来，随手一扔，说："拿去吧。"铜锤家女人愣了，手高高地扬起，脸上怒嗔嗔的，像是要打人，却慢慢松了下来，只说："你看你，你看你，这多年了……"明堂打了个呵欠，依旧懒懒的："这是一千块，拿去吧。"铜锤家女人看了看扔在床边的钱，又瞅瞅明堂，没了别的话说，又喃喃道："你看你，这多年了……"明堂不吭，眼斜斜地瞅着她。铜锤家女人突然羞羞地低了头，在床边摸摸索索地找鞋穿。心慌，忙了好一阵还没穿上；穿上了，又磨磨蹭蹭地坐在床边夹卡子，竭力不去看那钱。女人的眼神是很游移的，既飘动着多年的纯情，又漫散着日子的宽余，一时竟有了很多的遐想。终于，她的手抖抖地碰到了钱，便慌慌地说："那俺走了。"

　　屋外，窗台上探着两颗黑黑的人头，眼里都蹿动着腾腾的绿火。铁锤猫了猫身子，瞪着眼小声说："哥，下手吧?!"铜锤咬咬牙，喘一口粗气，说："别、别慌……"

屋里，当铜锤家女人走到门口时，明堂折了折身子，说："琴……"铜锤家女人转过脸，心跳跳地望着明堂，又下意识地看了看拿在手里的钱，忽然觉得失了什么。明堂把目光放到屋顶上，淡淡地说："琴，明儿，你别来了……"

铜锤家女人眼巴巴地望着明堂，身子瑟瑟地抖着，像是明白了，又像是什么也不明白。手心湿湿的，心里却很凉。一时，那很多个夜晚的美好就变得很低贱。她默默地流着泪问："你……有了人了？"明堂不吭。她又说："你真狠，你有了人了……"明堂还是不吭，那意思是很明了的。在篷布厂做业务员的明堂这两年有钱了，再也不是穷光蛋了……铜锤家女人再次举起了手里的钱，狠狠心，像是要砸过去，砸在那负心人的脸上！那一定是很解气的。可她的手慢慢、慢慢又缓了下来，失了片刻的辉煌，留住了日子的宽余。是了，在一个个偷情的夜晚，她说过蜜样的甜话："俺甚也不求哩，求个像样的男人，求个心。"野汉子也说过很多疼人的话，一次又一次，恨不得把她暖化了……铜锤家女人幽幽地站着，似很想挽住那昔日的美好，却又无话可说，只重复说："你真狠！"

屋外，铁锤急辣辣地说："哥，还等啥？下手吧！"铜锤两眼蹿动着绿火，呼吸声越来越短粗，人却慢慢地蹲下去了。他的头抵蹭在砖墙上，很泄气地哑声说："算、算啦。""屌哩，这……就算啦？！""狗日的说，不……不来往了。"铜锤满脸淌汗，头在砖墙上狠狠地碰着。

"咣当"一声，铜锤家女人风一样地跑出来了。

夜浓浓的，风很腥。鸡子全在树上卧着，墨一团绿一团。月儿在云中游移，一时明了，一时又暗了，更显得夜花。两兄弟蔫蔫地勾着头，深一脚浅一脚地往回走，那粗粗的喘声就像伏天里的狗。夜虽遮了脸，那羞还是随着心跳。铜锤知道这事太屈辱了，死勾着头，不敢看兄弟的脸。他知道他是想要那一千块钱，那一千块钱对他太重要了。他早就想和人搭伙买辆小拖，可钱差一些，有了这一千块，就差不多少了……可他也想要女人的清白。女人虽然已经不清白了，他还要脸面，脸面是活人的招牌呀！他心里是很矛盾的。一时看见白花花的票子在眼前飘，一时又看见女人那白白的长腿伸在人家的铺上，一晃一晃地扎人眼。他恨哪！恨天，恨地，恨女人，恨野汉子明堂，也恨自己!!

走着，走着，铁锤一跺脚，粗粗地喘口气说："哥……"

铜锤身子晃了一下，就势矮下来，很小的身量缩缩地蹲在了地上，亮着一脸汗："兄弟，你骂吧，骂吧。恁哥不是人，是畜生!"

铁锤的两眼像着了火似的，身子瑟瑟地抖着，牙关也"咯嗒嗒"地响。他干干地咽了口唾沫，就把要说的话咽回去了。他跺跺脚，站着愣了一会儿，还是忍不住，就突兀地说："叫我也日一回!"

铜锤忽一下弹了起来，狠狠地揪住铁锤的脖领子："你说啥？狗日的，你说啥?"

铁锤勾下头，嗫嚅了半晌，才说："人家、人家都日了，咱……"

铜锤一下子像垮了，脸上的汗像雨一样淌下来。他慢慢地转过脸去，闷闷地往家走。

铁锤赶上去求道："哥，反正、反正是破罐子了。我、我也给……咱亲兄弟明算账，说多少就多少。"

两股绿火相撞了，亲兄弟一下子变得很陌生。铁锤浑身像着了火一样，他三十了还没说下媳妇，太馋女人了！如果没这回事，他还能忍住。可他看见了，都看见了……他"扑通"往地上一跪，说："哥，人家……咱就不能吗?!"铜锤恨不得上去把兄弟捏死！却又无话可说，只后悔不该带他来。他慢慢地勾下头，说："她……不依。"

"你别管，你别管……"铁锤慌慌地说。

铜锤的目光游移了一下，就又往前走，慢吞吞地，一下子像老了十岁。

铁锤赶忙追着屁股说："哥，自家人，就五十吧？"

铜锤走了几步，"呲呲"地从牙缝儿里迸出两个字来：

"六十。"

"五十吧？"

"六十！"

"六十就六十。"

"不管她愿不愿……"

铁锤急猴似的喘着气说："哥，你去村头转会儿吧，多转会儿。"说着，野野地赶着走了。

无边的夜色把铜锤淹了。铜锤对自己说，去菜地看看吧，别让人偷了菜。就去了菜地。可他感觉不到自己在走，只觉得有一副躯壳在游动，那仿佛与自己是不相干的。当他的头撞在树上的时候，才猛然醒了过来，就火烧火燎地往家赶，嘴里念着："杀！杀！杀！！……"

第二天早上，铜锤家女人不见了。

捏蛋儿

桌上放着一只碗，碗里滚着三个小纸蛋儿。

碗很大，蛋儿很小，但蛋儿裹着一个漫长的用碾棍推出来的岁月。

大黑蹲着，二黑蹲着，三黑也蹲着。大黑在篷布厂做事，负一点小小的责任，因此上穿得很体面，也郑重。在厂里有了一些陪上边人喝酒的机会，就觉得晓了很多事，脸上不免带些矜持的傲气。二黑在窑上做事，终于不再下死力脱泥坯了，负了一点责任，就吸上了很好的烟。脸上呢，很自觉地带出了监工应有的表情。三黑显得躁一些。出门做了几趟生意，并没有挣什么钱，只穿得花哨了，也仿佛见识很广。手里摆弄着一只很名贵的空烟盒，就有了一副离土地很遥远的样子。女人们却紧张得实惠，三房媳妇或坐或站，眉眼儿像枪口一样瞄在蛋儿上。

椅上坐着公人。公人是特意请来的，是位很有人缘又很公平的主，绝不会徇私。那蛋儿自然也是公人监制的，各道程序都很齐备。

那么，按着规矩，下一步就该是捏蛋儿了。

"蛋儿"斜靠在门槛上，头勾着，眼闭着，像只沉睡中的老狗。日影慢慢地爬到了门口处，斜照着他那半边浑浊的脸。人已是很老了，脸自然很木，枯枯的老皱网着一条条岁月的沟壑。沟壑的底部是土黑色的，端沿儿却是灰黄，杂染着庄稼的汁液和泥土的微尘。天光在这张脸上爬出了一片混沌，混沌里透着迟滞的宁静。仅有的生意是挂在嘴边的那滴口水，那口水极缓极缓地在枯干的嘴边上流着，流出了一片极小的湿润。那湿润爬出了嘴角，似要滴下去而未滴下去，仿佛很沉重地悬着。于是老人的嘴边就有了一片光亮，那光亮书写着他那漫长而悠远的一生，书写着一个小小的生养了三个孩子的世界。那世界是用一根碾棍推出来的。

公人轻轻地咳嗽了一声，那暗示是很明显的。该说的都说了，时光已是不早，还等什么呢？

沉默中，大黑郑重地说："捏吧。"

二黑说："捏吧。"

三黑也说："捏吧。"

于是，三房媳妇都盯着碗里的小纸蛋儿。这纸蛋儿实在是已不陌生。往日里，他们曾用这纸蛋儿分过粮食，分过牲口，分过土地。

阳光慢慢地爬到了门里，送来了一片晃眼的暖意，把裹在破棉絮里的"蛋儿"映得很陈旧。老人的眼依旧闭着，头勾着，蜷着一把老骨头。渐渐有牛粪的气味从他身上散出来，随爬行的阳光游动。继而有一队庄严的虱子从破袄的污垢处探出来，缓慢地顺着衣褶蠕动。于是，在臭烘烘的阳光里，立时就有了甜甜的泥土的腥味。虱队像犁样的分散开去，亮亮的虱头像犁铧一样地扎进了一沟一沟的袄缝，重又播种去了。

大黑看着"蛋儿"，二黑看着"蛋儿"，三黑也看着"蛋儿"，看那摇摇下坠的口水。那滴口涎慢慢地从干瘪的嘴角处扯下来，扯出一条长长的线。那线垂在七彩的阳光里，悬得让人发急，却依然不坠。这沉重似乎越过了时光的限制，把人生高高地吊着。

三黑皱皱眉，似有些不耐烦了，说："大哥，你先捏。"

大黑很沉稳地说："老二，你捏。"

二黑摆摆手，说："老三，你捏。"

三兄弟都是明事理的人，自然都很客气。在这一刻，往日那些小小的不愉快顿时烟消云散了。你谦让了，我也谦让，互送着一片和解的诚挚。媳妇们即刻做出很懂规矩的样子，松了那紧着的目光，身子拧出了一片温柔。

公人笑笑说："自家兄弟，都一样的，谁先捏都一样。"

大黑叹口气，说："唉，要不是厂里事太多，我又经常出差……"

三黑马上接口说："跑生意，一天一个样儿，说走就得走。"

二黑鼻子哼了哼："球！话不能这么说……"说着，看了看媳妇的脸，手一摆，"算了。"

"蛋儿"臭不可闻地蜷缩在阳光里。在阳光的引逗下，屋里的气味越加地杂乱无序。"蛋儿"身上的血汗味经过了七十六年的酝酿，成功地与虱子屎臭虫尿蚊子的口液勾兑在一起，经过了四时的大化，风霜雨雪的侵染，就有了干浓烈横的风格。媳妇们抹的那点劣质雪花膏是不堪一击的。于是各自掩着鼻子，不停地往地上吐唾沫。"蛋儿"依然不觉，就把身子更舒服地往阳光里蜷。那滴长长的口涎垂垂地落在了曲着的干柴腿上，跨越了蛇盘样痉挛的黑色血管，摇摇地悬在离地有一寸高的地方。

公人催促道："捏吧，捏吧。"

大黑似乎还想说一点什么，很理论的什么，以示他在篷布厂是负一点责任的。可他仅仅是扯了扯披在身上的很皱的西装，就站起来说："捏吧。"说罢，很从容地从碗里捏出一个蛋儿来。大媳妇立即凑上去，战兢兢地看了，不吭，又把身子扭了过去，缓身坐了。

二黑手一伸，也从碗里捏出一个来。二媳妇很神秘地探头去看，那蛋儿就在男人手里摊着，女人慌忙抢过来，小心翼翼地展在手里。

三黑刚要去捏，手被媳妇重重地打了一下，就慌忙抬头，诧异地望着女人。片刻，倏尔明了，去读老大老二的脸。

一刻，都不说话了。众人默默地瞧着公人。碗里还有一个蛋儿，那自然是老三的。

三黑在老大老二的脸上没"读"出什么，按捺不住，终于把碗里最后一个蛋儿捏了，紧攥在手里，像抓住心似的，脸上沁出了一层汗……

倏尔，女人们"呀"地叫了一声！众人的目光全移到了"蛋儿"的身上。奇了，只见那老袄的破处，七彩的阳光下，渐渐长出一棵小小的绿芽来，一个芽头，两个芽瓣。大媳妇说："麦芽！"二媳妇说："麦芽！"三媳妇说："麦芽！"这当儿，"蛋儿"那悬在嘴边的一线口水终于落在了地上，湿出了一个小小的圆。与此同时，"蛋儿"像刚从梦中醒来一般，"吞儿"一声笑了。大黑愣了。二黑愣了。三黑也愣了。

国家教师李明玉

村东头有所学校，二亩半大，错错落落十几座旧房子。院墙是土夯的，被孩子们的屁股磨得豁豁牙牙。若是放假的日子，很像是断了香火的破落庙院。

学校原是三个村联办的，常常为摊份儿不公闹气，你出钱多了，我出钱少了；这村派了一名民办教师，那村也得派一名。弄得很伤和气。后来那两个村干脆不管了，一摊子撂给了画匠王。所以，学生多是本村的娃子。老师呢，自然有公办和民办的分别。"公办"是国家教师，端的是铁饭碗；"民办"是代课教师，端的是泥饭碗，也就凑合着教。学校里原来还有两名国家教师，一名是本村的，一名是外村的，那外村的年龄大些，五七年犯了错误才回来教书的，很有些怨言。他平反后艰苦卓绝地奋斗了七年，终于在胡子白了的时候杀回城里，带着一家老小吃商品粮去了。另一位原也是代课教师，字是识一些的，人很聪明，会一手好木匠活。于是每逢假期便到县教育局去给人家免费奉献手艺，从局长家做到股长家，就这么做着做着转成"公办"了，就这么做着做着走球了。很让人羡慕。现在，学校里挂国家教师牌子的就剩下李明玉了。

李明玉家在画匠王是单门独户，性孤，人缘就好。李明玉自小也在这所乡村学校里上过学，后来就成了这所学校的骄傲。他考上大学了，是师范专科生。这让村民们很是荣耀了一阵。都说他文才好，将来定是要做大官的。可他毕业后却又分回来了。依旧是背着被子，提着破洗脸盆，还有一捆书……这很让人失望。回来那天，就有人跑到街上问：明玉是不是犯了啥错误？

错误是没有的。成绩还是优等。就是人太腼腆，读了几年大书却没读出做人的门道，不回来又能到哪里去呢？开始，李明玉并不觉得太委屈。毕业了，没后门没关系的，能弄个国家教师的牌子扛着回村教书，也就够了。再说，人年轻，热情还是有的。于是一回来就找校长联系工作。校长是村支部副书记兼的，指示也就那么几句："弄吧。都是村里娃子，好日哄。不听话脱了鞋打屁股！"李明玉本来把教书看得很神圣，被校长几句话说得很不痛快，一是"弄吧"，二是"日哄"，就没了一点点神圣味。接着，他第一次上课就淋了雨。学校本来就很简陋，教室漏雨，教师们阴天上课都披一块破塑料布，时刻准备着。李明玉没有经验，头天上课穿了一身新衣裳，头发也梳得油亮，却不料赶到雨肚里去了。一进教室屋顶上掉下一块烂泥，刚好砸在他的头上，引得学生娃儿们哄堂大笑！往下，他讲几句看看房顶，讲几句看看房顶，像蹦猴似的在讲台上来回动……一堂课下来就有了"蹦猴"的绰号，弄得他十分尴尬。

更可笑的是，在这所乡村学校里他怎么也严肃不起来。学生娃儿全是本村的，亲戚摞亲戚，多少都有些牵连。下了课就叫哥、叫叔、叫爷，叫着叫着就没了老师的尊严。有一次，一个学生在课堂上玩麻雀，他就严肃地批评了几句。不料，那学生突然张口骂道："日你妈蹦猴！"他的脸一下子涨红了，愣愣地望着那学生，好半天才缓过来，就忆起按辈分他该叫这娃子一声叔的，很觉得荒唐，也只好伸伸脖子咽了。

渐渐，这课就上得没有滋味了。学生隔几天走一个，隔几天走一个，问了，都是做生意去了。教室里坐得稀稀落落，自然没了心情去好好讲。还有的学生吸着高级烟回学校来，大咧咧地敬他一支，把他兜里装的三毛五一盒的许昌烟衬得很委琐。后来见人连烟也不敢掏了。

在村里，办什么事也没有往常顺了。有时候连东西都借不出来，人显得很落价。有一回浇地，捏蛋儿时李明玉捏了第一名，可浇的时候电工却把他排到了最后。电工的眼就是"人秤"，李明玉一下子就明白了自己的分量，晓得国家教师这牌牌很不值钱。此后，心越来越灰。气憋在肚里，有话无处说，那日子就显得难熬。

就有人出主意说："跑跑吧，跑跑。"

于是就跑跑。一"跑"才知道，这"跑"是极有讲究的，那也是一门很高深的学问。听了村里爷儿们教给他的"跑"法，李明玉更觉得自己浅薄。读了那么多年书，原是读傻了。就诚惶诚恐地跟村人学那"跑"的学问，把那舍不得吃的花生、香油一趟一趟地往县教育局的头头家送。

就这么"跑"了两趟，村人们都知道了。一听说李明玉要走，大伙儿立时变得热情起来。他在村街里过，就有人很主动地跟他打招呼，送他一脸的笑："中，你娃子中，早看出你娃子是块大料！"弄得李明玉哭笑不得。电工见了他大老远就喊："明玉，需要啥言一声！"村长拍拍他的肩膀："明玉，上头关系重，别惜乎钱……"连捡破烂的么叔见了也关切地问："明玉，活动得咋样了？赶明儿我给你弄两瓶好酒摔摔。"

隔天，么叔果然提来了两瓶好酒，一进门就说："娃子，上头礼重，轻了不办事。这两瓶酒你拿去，准叫鳖儿给你办了！"

明玉一看是"茅台酒"，眼都瞪直了，结结巴巴地问："么、么叔，这这这……得多少钱呢？！"

么叔眨眨眼，笑了："假哩，日哄鳖儿哩！"

李明玉吓了一跳！怔怔地望着么叔，就觉得这"跑"的学问越来越深刻了。

么叔赶忙说："球哩，没事。假哩跟真哩一样，不信你尝尝。"

李明玉疑疑惑惑地打开酒瓶盖，立时闻到了一股浓香，那香味的确与众不同。他心怯，不放心地问："么叔，看不出来吧？"

么叔一拍胸脯说："娃子，请放心了，喝到底也喝不出来！"说着，"嘿嘿"笑了，"实话给你说，这俩酒瓶是我收破烂收来的。酒是一点不假，散酒。不过，我有法叫它变……"

李明玉当然不放心。给人送礼，送些假货，万一喝出来怎么办。就问他到底使的啥办法。么叔这才小声说："娃子，这法儿可不能说出去呀！实给你说，我往酒里滴了一滴'敌敌畏'……别怕，没事，一滴没事。咱日哄鳖儿哩，咱日哄鳖儿把事给咱办了。咱不坏良心。我尝了多少遍了。跟真的一样，香哩！"

虽然么叔一再保证，李明玉还是不敢送，那酒里掺的是"敌敌畏"呀！

日子一天天过去了，调令终不见来。李明玉眼看着事不成，又跑了两趟，人家总说"研究研究"……无奈，他硬着头皮把两瓶假茅台送去了。

酒送去了。有几日明玉很慌，生怕喝出事来，公安局来找他的麻烦。可没过几日，调令就下来了。

于是，李明玉又成了全村人的骄傲。在他办手续那几天里，村里天天有人请他吃酒。有时一天几场，排都排不过来。当然，请他的都是头面人物，在酒宴上都多多少少地教他些做人的"学问"，以备他进城干大事用。明玉很虚心地听着，默默地点头，再也不敢小觑乡里爷儿们。临了，都会恳切地说上一句："娃子，做了大事，可别忘了爷儿们哪！"

么叔也觉得很体面，在村里逢人就讲，是他用两瓶茅台把李明玉"日弄"出去了。

走的那天，校长带领全校师生列队在村西头欢送他，还特意借了两面破鼓敲着，场面很热烈。学生娃儿们也都不喊他"蹦猴"了，一个个亲亲地喊老师，那目光是极羡慕的，李明玉却哭了。

村口停着一辆吉普车。

李明玉走了，这所乡村学校里再没有国家教师了。

香叶

男人跪在她的面前，男人说："完了。"

那时候，男人还是很风光的。常常坐着卧车回来，喇叭鸣得很响。村里人都以为男人发财了，男人说："球！钱算啥？三十万五十万小菜一碟！"于是就穿得特别崭括，西装一套一套地换，吸最好的烟，喝最好的酒，见了人头昂得很高，把揣在兜里的小片片亮给人看，说上边有"洋文"。后来家里的饭一口也吃不下去了。烙了油馍，说不香；给他摊煎饼，又说没味儿。接着就夸城里女人的手巧，做的饭有滋有味的。有一段时间，男人嘴里渐渐露出了一点口风，男人不想要她了。两个孩子了，男人不想要她了。城里女人映花了男人的眼。男人一回来就发脾气，就找茬儿。她是个柔弱的女人，为了孩子，她都忍了。地里的活儿男人从来没干过。农忙时，她想让男人帮帮她，男人说："球！收收打打也就是几百块，撂了算啦！"男人说了大话，可从不见捎钱回来，她只好一个人死做。在土里扑腾的女人是很见老的，而男人的日子却日见喧闹，她成了男人的拖车……可是，男人突然回来了。没有坐卧车，也没有了往日的张狂。在夜半三更的时候，男人贼样地敲响了家门，进来就扑通一声跪下说："完了。"

到了这时候，男人才告诉她：他托人贷了一些款，加上合伙人摊的股份，还有一些邻人托他买化肥、农药的钱，全都被人骗了！他本意是要做大生意的，然而，却被广东蛮子骗了……

夜有些凉，她抖着身子问："多少？"

男人抓着自己的头发，泪流满面，神色十分惊恐。他吞吞吐吐地说：

"有……有，好几万。"

男人说得很含糊，言语间躲躲闪闪的，到了这般境地，男人还想瞒她。这一次，她不敢再相信男人了："到底多少？"

男人喘口气，结结巴巴地说："八、八万……"

老天哪，八万！她娘儿仨在家省吃俭用，喂猪喂鸡，加上卖粮食的钱，紧紧巴巴一年才能挣七八百块，而男人一下子就欠了八万。

男人擂着头说："我作孽呀！我对不起恁娘儿仨，让我死了吧。"

男人不想死。男人要想死，就不会在她面前下跪了。可男人的方寸已经乱了，男人扶不起来了。多年来她一直是靠男人拿主意的，现在男人成了一堆泥。她一个妇道人家又有什么办法呢？

两个孩子在床上睡着；男人在她眼前跪着。她看看孩子，看看男人；看看男人，又看看孩子……末了，她叹口气说："你走吧。"

男人慢慢抬起头，嘴张了张，却什么话也没有说出来，只眼巴巴地望着她。

她心里很乱，却不得不撑住架子说："你走吧，出去躲一躲。三年、五年……"

男人紧抓住她的手，抖抖地说："家里……"

她说："家里你别管了，天坍下来有俺娘们顶着。"

男人哭了，男人像孩子样地偎在她怀里，一声一声地喊着她的名字说："香叶，香叶，我挣了钱就回来。"

八万元，怎么去挣呢？她不敢往下想，也不让自己往下想，就说："天快亮了，收拾收拾走吧。"说着，她站起身来，从破衣柜里摸出五十块钱递给男人。男人哭着不要，她把钱塞到男人的兜里。男人又抓住她的手说："香叶、香叶，我对不起你……"男人的手很湿、很凉，哆哆嗦嗦的。她心里突然有了一丝快感，很沉重的快感。只有在这时候，男人才彻底地属于她。

男人去了。男人是从后院翻墙走的，男人连从大门走出去的勇气都没有了。当男人的脚步声消失之后，香叶一屁股瘫坐在地上，再也站不起来了。

第二天，讨债的便拥上门了。三教九流的各路债主闹嚷嚷站了一院子。有的人进门就喊："五大喷，今天你就是砸锅卖铁也得还老子的钱！"一问当家的不在，便知道那"鳖儿"跑了。顷刻间，院子里像炸了似的，债主们全都红了眼，有吆喝着扒房子的，有抢牲口的，有跳猪圈里赶猪的，也有冲进屋里拾掇值钱东西的……屋里屋外闹成了一窝蜂！

香叶从没经过这阵势，看见人腿就软了。可男人已经跑了，孩子还小，她只有撑着。开初，人们知道一个妇道人家不支事，她说话也没人理她。香叶就默默地去灶房烧水，任人骂翻天也不开腔。水烧开了，她就一碗一碗地往外端，家里的碗全拿出来了，在地上摆了一片。这当儿，两个孩子吓得扑到她怀里哭起来。她给孩子擦擦泪，轻声说："去吧，上学去吧。叔们逗你们玩哩。"一时，债主们被这媳妇的沉静镇了，又乱哄哄地围上来向她要债。香叶随手搬只小凳在当院坐下来，挺住身子说："爷儿们，都走了恁远的路，喝口水，有话慢慢说吧。"

债主们像没王蜂似的团团围住她，一个个躁躁地骂着，有的干脆张大嘴哭起来。

香叶软声说："男人在外头的事，俺也不清楚。可话说回来，跑了和尚跑不了庙。既然欠了人家，总是要还的。爷儿们消消气，慢慢说。"

乡信贷员老马挤上来，一跺脚说："哎呀祖奶奶！五万哪，我给他贷了五万……"

香叶心里打了个冷战，眼前一黑，就觉得那数字像山一样压过来。她两手抓着凳沿，坐稳了才说："大哥，你是国家的人，懂政策。有句话我不该说，他是个没星秤，这款当初你就不该贷给他。这会儿闹出事来了，这个账俺应了。你知道，五万元不是小数，俺眼下也还不起。你要当紧逼俺还账，大哥，你看看这院里、屋里，东西全折上，值不值那些钱?"

老马一时急火攻心，炸着喉咙喊道："没、没钱……我上法院告他鳖儿!"

香叶慢声慢语地说："大哥，你告到法院，就是找着把他抓起来，这账还是要还的，你说是不是? 给他一条路，他兴许能挣些钱来，慢慢把账还上。要是他挣不来那么多，家里俺也认这个账，早早晚晚给你堵上这窟窿。"

老马一拍屁股，说："现今上头就催着要款! 哪怕先还个一万两万呢，也不能叫我背黑锅呀!"

香叶端起一碗水递给老马："大哥，你别急，先喝口水。我又跑不了……"待老马接了水碗，她又说，"大哥，事到了这一步，责任你也担一些。听说贷款时你也得了些好处，这样吧，你先把那一万元好处费还上，这四万我认了，慢慢还。只要我手里有钱，都是你的。挣一块还一块，啥时要啥时给，决不赖账。要是还不行，大哥，你搬东西吧，啥值钱拿啥……"

老马傻愣愣地捧着水碗，人慢慢地蹲下去了……

余下的债主七嘴八舌地嚷着要账。有三千两千的，也有三百五百的，一个个都像疯了似的，手指头点在香叶的脸上! 唾沫星子溅在香叶的脸上! 香叶不仰头也不低头，就直着身子跟人说好话。那些有借据的，急着用的，香叶指指院里的牛、圈里的猪，又指指屋里的东西，说：

"大哥，钱是欠了。当家的虽然不在，这账俺认。你看看这院里屋里，凡值钱的，赔挑了。你说个数，把账抵上。不够呢，说个日子，俺慢慢还。知道怎挣钱不容易，话也不能说到别处……"

人们蜂拥而去，屋里屋外看了，家里值钱东西的确不多。就有人挑了牲口，有人赶了猪，有人抬了桌子、柜子……香叶眼含着泪看人挑东西，那都是自己多年辛劳挣下的呀！可她还不得不笑着说："大哥，弄到这一步，真是对不住了，恁多担待吧。"

债主们知道她男人在外边花天酒地，女人却不曾享过半天的福，如今担下了天大的窟窿，心里都酸酸的。那噎人的话再也说不出口了。

还有一群没有凭据的，也都嚷嚷着要债。香叶说："老少爷儿们，按说，借钱是该还的。没有钱，也得说个时候。各位都说明心欠了钱，到底欠了没有，欠了多少，该是有个凭据的。想各位都不是外人，人到难处了，也不会坑俺。可明心不在家，叫我怎么说？这样行不行，一是等明心回来，他只要说借了，会还的。要是明心不回来了，只要能说出几个证人，公道的证人，我也认。你们都看见了，这个家是败了。人都有落难的时候，再宽些日子吧。"

众人默默地，也都觉得这女人说的是理。有的就日骂着去了，有的还留下来死缠。

就这样，从早到晚，要债的来了一拨又一拨，她就一遍一遍地给人说好话。她是个没出过门的女人，一生都没说过这么多的话，也没作过这么大的难。有时候，人们拽她、搡她，叫骂声、嚷吵声几乎把她淹了！她就觉得熬不住了，再也熬不下去了，就想疯，想死……她恨男人，却又不得不护住男人。男人是她的。在这种时候，男人是她的。她用心中的"男人"支撑着这实在难以支撑的局面。

月上柳梢的时候，屋里屋外的东西已经光光净净了，只差房子没有扒。

香叶还在院里坐着。她哭了，哭了整整一夜……

第二天早上，人们见香叶从街上赊了一百只鸡娃。

二拐子

二拐子，小头，眼斜斜的，走路画圈。人是很聪明的，就是好赌。赌起来能一连三天三夜不吃不喝不尿，精瘦一个小人儿，那膀胱像是铁做的。赢的时候，就大堆往怀里搂钱，看都不看；点烟用十元票，奢侈得像百万富翁。输的时候，也不寒脸儿。钱输光了，就押家什，押裤子，光着屁股也干。有一回，他输了钱，出门碰见儿子。儿子七岁了，大名叫王国栋，小名儿叫丢儿。他看见儿子就喊："国栋，过来，过来。"儿子刚放学回来，就问："爹，啥事？"他说："用用。"说着，就把儿子拽到赌场上去了。进门一声："押上！"就把儿子押上了。女人听说信儿，风一样赶来，抓住他又打又骂！二拐子连声说："用用，用用。"说话间就和了一盘。女人一气之下，扯着儿子回娘家去了。二拐子三天后才晓得女人走了，也不去找，就一个人过。田里的活儿是不做的，终日夹一个破兜，兜里装一副麻将，手里练练地捏俩骰子，走着抛着，屁股一坐下来就没明没夜了。那一日刚败下阵来，就被一位本家叔叫住了："拐子，你那麦地该锄了！"二拐子一愣，接口就说："四叔，二亩麦不值啥，我把青苗押给你算了。"本家叔听了这话，胡子都气炸了："鳖儿！你，你……毁了，毁了！"庄稼人卖青苗，就等于剜心头肉。老人再也不搭理他了。

村里人都觉得这个家是败了。却不料二拐子竟练了一手绝活，渐渐发起来了。赢了钱，吃喝用不说，还宽宽地盖了六间大瓦房。房子盖起，二拐子就接女人去了。女人在娘家过得很苦，看见他眼圈就红了，问："改了吗？"二拐子不吭，就说："国栋他娘，回去吧。"女人又问："改了吗？"二拐子还是不吭。又说："国栋他娘，回去吧。"女人哭了，女人默默地流着泪，不再理他。二拐子在屋里颠了一圈儿，说："……我见见国栋。"女人说："丢儿不见你，丢儿没你这个爹！"二拐子很想儿子，四下瞅瞅，见儿子不在，问："啥时能见？"女人狠狠心，很坚决地说："改了见。"二拐子再不吭了，就从兜里掏出一沓钱放下，荡荡地出门去。女人从屋里赶出来，把钱给他扔出去。二拐子也不捡，就夹着那个破兜又走了，任女人追着屁股骂。

依旧是一个人独过，夜夜鏖战……

去年腊月，工商税务联合大检查的时候，县里派了一个检查组到画匠王来了，主查篷布厂的账。大凡乡镇企业都有两本账，这是明的，也是暗的，多多少少都有些毛病，不敢细究。篷布厂这些年已把各级工商税务部门的主管人"喂"熟了，不料这次却换了人。厂长生怕查出事来，很慌。人已来了，明着送礼是不敢的。厂长急中生智，就想到了二拐子。于是派人把二拐子请来，说："拐哥，请你帮个忙。"二拐子眼斜斜地说："啥事儿？"厂长说："检查组来人查账，想请你陪他们摸两圈儿。"二拐子笑了："小菜一碟。"厂长压低声音说："拐哥，咱村篷布厂能不能保住就看你了！我知道你能赢，可不知你会输不会。"二拐子一听就明白了。明着送礼不敢，打麻将输钱，这叫暗送。二拐子不动声色地问："多少？"厂长把装钱的提兜往他怀里一扔："这个数。"

当天晚上，二拐子就陪检查组的人玩麻将。二拐子一坐到牌桌上两眼就放光，玩得十分认真。二拐子出牌很刁，客人们就赢得分外"艰难"。玩到天亮的时候，二拐子说："罢了。"说完，站起就走，客人们余兴未尽，各自回去偷偷地数了钱，竟然都赢了三百块！第二天傍晚，检查大员们早早地就说："叫二拐子，玩玩。"于是就玩玩。一连三晚上，检查组的人玩得十分痛快，把查账的劲头全转移到玩牌上了。查账嘛，也就走了走过程。

送走了检查组的人，厂长很感激地说："拐哥，中，活儿干得漂亮！"

隔了两天，厂长亲自给二拐子送来了大红聘书，执意要聘他做篷布厂的业务员。二拐子笑了："我能做球啥？要嘴没嘴，要腿没腿。"厂长说："用你一技之长！拐哥，生产上的事不让你费心。上头来了人，你陪陪就是了。"就用了他的"一技之长"。

从此，二拐子就成了篷布厂的业务员。每逢上头来了人，就让二拐子陪他们"玩玩"。人分等级，"玩"也分等级。二拐子很会"玩"，"玩"得上上下下都很满意，也就替篷布厂做了不少的事情。有时候也派二拐子到外边去"玩"。二拐子出门很随便，就夹一个破兜，兜里装一副麻将，竟然吃遍天下。篷布厂新买的面包车就是二拐子玩着玩着弄出来的……渐渐，二拐子就"玩"出影响来了。四乡里都知道篷布厂有个响当当的业务员，很能做。

乡政府出资办了几个工厂，总是很不景气。常常不是缺原料，就是货销不出去。乡里就时常派人来"借"二拐子，用他的"一技之长"。县乡镇企业局遇上了麻烦事，局长就说："派车，请二拐子来。"这时候的二拐子已经"玩"到了出神入化的境地，活儿做得十分漂亮。一百四十四张麻将牌就像在眼里放着，两个骰子掷得溜溜转，要几点有几点，输赢是尽在心中的。出门时"行头"也变了，一身西装穿着，夹一黑皮包，皮包里自然还是一副麻将。还印了中英文的名片在兜里，上边赫然地印了一串头衔……

二拐子贡献大，厂长（也就是村长）十分器重，就想奖励他。二拐子说："别奖，我有钱。爷儿们，能不能叫我见见国栋？"厂长愣了，好半天才想起国栋是他娃儿。就知道二拐子是想女人了。厂长一拍腿说："拐哥，放心吧。村里出面，给你接回来。"于是，村长就带了很重的礼物去给二拐子接女人。到了女人的娘家，女人还是那句话："改了吗？"村长说："嗨，早改了。现今是咱篷布厂的业务员，能干哩！县上领导都夸他。"这么三说两说，就把女人孩子接回来了。

女人回到家，见了二拐子就喜喜地问："你学会做生意了？"二拐子随口说："跟着跑（麻将术语）呗。"女人又问："你腿不好，能联系业务？"二拐子说："门前清（麻将术语）。"女人关切地问："生意咋样？""发财（麻将术语）。"女人看了院里屋里，又问地里的庄稼："今年麦打了多少？""一万（麻将术语）。"女人愣了，疑他是吹牛。又说："吃啥饭？""烧饼（麻将术语）。"往下，女人越听越不对味，就怯怯地问："你……不是改了吗？"二拐子不吭了。

女人性硬，一气之下，扯着孩子就走。二拐子在后边追着屁股喊："国栋，国栋，你看爹给你买哩啥？"孩子说："俺娘说了，你要不改，金山银山俺都不稀罕。"

后来，乡里也派干部去动员二拐子女人回来，说了很多的好话。女人就这一句话："改了吗？"二拐子只好独过。春三月，二拐子被县乡镇企业局借出去"玩"业务，一连陪人玩了三夜，竟突发脑溢血，死在了牌桌上。临死时，二拐子嘴里还念着两个字："白板（麻将术语）。"二拐子死后，村里为他开了很隆重的追悼会。乡里县上都送了花圈。挽联上赫然地写着：

以身殉职

鞠躬尽瘁

二拐子女人却以为耻。她虽然也让孩子为他爹上了坟，烧了纸，却把孩子的姓改了，随母，叫杨国栋。杨国栋八岁了，上小学二年级，很用功。

菜园风波

菜园不大，七八亩的样子，是上水好地。每户人家也就分得一分二分，各种各的。乡下人吃菜不讲究，种什么就吃什么，种多吃多，种少吃少。平日里，你薅我一棵葱，我拿你两棵韭，没人计较。菜多时也分些给众人，全个情面。但终究是分了，日久情薄，渐渐就生出些嫌隙，由嫌隙而口角，于是各家都扎了篱笆，你一片我一片把菜地隔起来。

篱笆是挡不住人的，却挡出了很多的怨恨。这年四月的一天，老笨家菜地里的葱被人薅了一沟儿。他家总共才种了两沟葱，葱长势很好，本指望细水长流地吃下去，却被人薅去了整整一沟儿！老笨家女人就在村街里骂，两手拍着屁股，一蹦一蹦的。骂了半日，没人应，也就不骂了。

二天，海子家菜地里的芫荽也被人薅了，薅得很残酷，一棵不留！海子家女人是个难惹的主儿，辣货。她敲着洗脸盆在村里骂！从村东到村西，骂得响亮而又热烈，把坟地里的先人都抬出来了，引逗得一村娃儿跟着看。可她骂着骂着也不骂了。

三天，旺家菜地里的油菜又被人薅了。这主儿更狠，是用铲子铲的，一溜儿一溜儿地铲。旺家女人柔弱、老实，不会骂。不会骂也学着骂，天上一句地上一句，头上一句脚上一句……慢慢也不骂了。

此后，各家的菜都有被人薅的，很随意很无赖地薅，薅得匆忙而又散乱，整块菜地像被猪啃了啃似的，薅出了"去你×的"的意思。一时，大家都互相防着，一个个脸绿得紧。

于是，各家都出去卖菜，悄悄的。有到东乡，有去西乡，也有到镇上、城里去的。那菜的品种都很散乱，一把葱一把韭一把芫荽一捏蒜……卖得自然便宜些。

于是，各家都派人到菜园里来看菜。你家搭一个庵，他家搭一个棚，还有的把床抬到地里，用塑料布扎一个顶。各家的人手有限，有的是男人来看，有的是女人来看，有的是小伙，有的是闺女，一入夜就扛着被子来了，菜地里显得很热闹。夜里，隔着一层篱笆，你尿了，他也尿，这边哗啦哗，那边哗啦啦；你咳嗽了，他也咳嗽，东边"咳咳"，西边也"吭吭"，平添了许多野趣。睡不着的时候，就互相串，你到我篱笆里坐坐，我到你篱笆里坐坐，心里防着，面上还是笑的。夜静时，只要听到脚步声，就探出头来齐声问："谁?!"

应声也很响亮："我!"

"咋?!"

"尿!"

于是又一片笑声。

天已是不冷了，也不太热。在家里憋久了，来菜地里睡，屋宇显得十分阔大。空气自然鲜，月色朦朦胧胧的，远处颍河的水琴儿一般细淌，地下的虫蚁儿们私语喃喃，撩人想些非分的事体，便有些滋滋润润的念头生出来。一家一户的日子，本就有着许多愁绪、许多的不美满，心憋久了，放出来就是野马。一天半夜，迷迷糊糊的，海子摸到旺家女人看菜的草巷里去了。旺家女人正拧着细柔身量在月色里翻煎饼，突有野黑一条压下来，初时还挣扎了一阵，又怕人听见，也就半推半就了，做那肉肉贴肉肉的事情，竟然很入港。九香家的大娃保柱夜里睡不着，跑到老笨家看菜的闺女顺妞那里谝闲话。先是低声说笑，渐渐就有了不规矩。你抓我一把，我抓你一把，抓着抓着，保柱就捉住了顺妞的手。顺妞慌慌地说："你……我喊了。"保柱松了手，看了看顺妞，继而又捉住，手里湿湿的，握得更紧，顺妞说："我喊了，我喊了，我喊了我喊了我……"终也没喊。

渐渐有风声传出来了。旺家两口子打了一架；海子家两口子也打了一架。海子家女人又堵住旺家女人骂，两个女人撕撕扯扯地到村长家评理，村长各打五十大板，狠狠地把他们日骂一顿了事。九香家也跟老笨家骂翻了天，从偷菜骂到偷人，一说妞儿匪气勾人，一说娃儿流氓成性，闹成了一锅粥！继而各家都生了疑惑，男人关上门审女人，女人开着门审男人，越审疑心越大。整个村子像火药桶似的，天天有人干架！究竟为着什么呢，那又是说不清的。于是又换人去菜园里看菜。换了男人的，就有女人去盯梢儿；换了女人的，就有男人去暗查。一时，人都像疯了一样，生出了许多事端……

接着，事情越闹越大了。先是顺妞跟保柱趁人不防双双私奔了。海子呢，大天白日里竟又跟旺家女人在北沟里干事。就有人捎话给旺，旺一气之下掂了粪叉去找海子拼命！旺在前边跑，一村人在后边跟，嗷嗷叫着看热闹。等黑压压的人群跑进北沟儿，海子已带着旺家女人逃走了。旺气昏了头，半夜里跑到海子家，要干海子女人。海子女人性烈，自然不让，撕扯中又扎了旺一剪子！旺呢，觉得太亏，就跑到县法院告了海子一状。

月余，公安局的人先是抓了海子，后又抓了旺家女人。说是重婚罪。没过多久，竟又把旺也抓走了，说是强奸未遂。

都是不服的。海子、旺们觉得亏。人们也觉得亏。只怨菜被人薅了。

1990 年

○　●

乡村蒙太奇
—— 一九九二

镜头一

　　凤芝要进城接男人了。

　　吃早饭的时候，凤芝就跟人说男人要回来了。村人们就打趣说，你看凤芝急哩。你看凤芝急哩。一说说得凤芝脸红了。凤芝扭捏说，他啥主贵，老稀罕？可说归说，凤芝还是要去接男人。男人不容易，男人在部队上也不容易。可自己容易吗？男人在部队上干了那么多年，自己一个人在家，送老的养小的，还要用肩膀扛住男人往上爬……也是苦辣酸甜哪！人多少年不回来一回，光香油提走多少桶？一桶都是几十斤哪！一点点地，那芝麻是好种的吗？这话自然没法说，凤芝对谁都不说。可是后来，后来的时候，男人就有点那个了。男人嫌她手不光，脸上没有颜色……唉，整日在地里，风刮日晒的，人能不老吗？凤芝心里很屈。

　　走在村街上的时候，村人们见了凤芝都说："不赖，不赖。可熬出来了！"凤芝听了，却只想哭。可凤芝不能哭，凤芝笑着说："不就一个户口，熬上个户口咋着？"

镜头二

村长想去河申的饭铺里吃碗烩面。村长嘴苦，想去饭铺里弄碗烩面辣辣，就一趔一趔地趔到饭铺里去。村长进了饭铺，就对河申女人说："申家，村里的账有几个月没清了吧？"申家女人说："可不，好几个月了，一堆白条，都在那儿压着哩。"村长郑重其事地说："你算算。你算算看有多少，一势儿给你清了。"河申女人拿出单子看了看，说："两千三百七十四块。"村长愣愣的，吓了一跳。村长黑愁着脸说："咋恁些？恁些？错了吧？不对劲吧？没吃几回呀，你再算算。"申家女人气了，埋怨说："看看，我说不赊账吧，你回回往这儿领人，吃了拍拍屁股就走，弄一堆白条临了还不认账。这生意没法做了！"村长很尴尬地笑着说："你看，有账不怕算嘛。该咋是咋，该咋是咋……"申家女人把记账的小本本拿了出来，举到村长的脸上，一笔一笔地指着说："你看看，县上精神文明大检查，一桌八个，是你领来的不是？啥子治安工作大检查，两桌十四个，是你领来的不是？县水利上的老吴在这儿吃了五顿；计划生育小分队在这儿住了八天，是你吩咐哩，顿顿四个菜；烟叶大检查来了二十六个，开了三桌；啥子小康村建设来了一群，开四桌；包队的乡干部随来随吃，这也是你交代过的。啥子达标大检查，来了……"村长苦着脸说："两千多就两千多吧。上头老来人，我啥法哩？日他娘，真是管不起呀。"河申女人说："你行行好，把账给俺清了吧。小本生意，赊不起呀。这些日子肉都割不回来。"村长忙说："清，清，立马叫会计给你清。"河申女人紧追着问："啥时清，你说个时候？"村长一边往后退，一边说："村里一时没钱，缓缓，缓缓……"河申家女人追着屁股说:"啥时给,总有个日子吧? 都这样这生意一天也不能做了。"

村长嘴苦,村长想吃碗烩面。村长回头看看那热腾腾的羊肉锅,很无奈地摇了摇头。

镜头三

广臣家的拖拉机从镇上开回来了。

那拖拉机原是三家合伙买的。买了三年,撞坏了三回,没挣啥钱,反而赔了不少。于是那两家不干了,就一块堆作价给了广臣。广臣一时没钱,说好三年还债,广臣也认下了。广臣当然高兴。三家凑的,现在全归一家,他当然高兴。不管怎么说,车是自家的了。广臣狠狠心,再紧紧裤腰带凑些钱,就又修修上路了。然而没跑几天,接连被查了几次,只好开回来了。这年月,路也不好上啊。一是查得厉害,路路有卡,动不动就罚。二是路上不平静,赖人老多。广臣在村里也算是体面人,一出门上路就成了孙子了。广臣的车修好后仅仅运了两趟煤,就被查了八次。一辆破拖拉机,光上路的证就十几样。不是少这了就是没那了,查一回罚一回,少的几十,多的上百,拉一趟才挣多少钱? 广臣没办法,狠狠心,又请客又送礼的,一下把所有的证都办齐了。谁料,一上路,刚上许禹路口,小旗一摆,又查上了。那交通上人戴着大盖帽,耀武扬威地说:"把驾驶执照拿出来。"广臣赔着笑,赶忙把执照拿出来,那人翻了翻,又说:"准运证呢?"广臣又赶忙把准运证递上去。那人又接过来翻了翻,再问:"行车证呢?"广臣又把行车证送上去。那人接过来看得很细,看了,挠挠头,还问:"养路费呢？养路费交了没有？"广臣又把交养路费的证递上去。往下，那人仍不甘心，一样儿一样儿地挨着查……待查到第十四项的时候，那人抬起头来，目光定定地打量着广臣，广臣满身是汗，一脸煤灰，仍赔着小心说："同志，你看，我都齐了，叫我走吧？"那人立时大怒："你慌什么?! 你慌什么?! 看你脸上脏哩。去，去站上洗洗脸！洗脸费五块！"广臣的脸的确很脏。运煤的，脸能不脏吗？洗洗也没啥。再说，罚了五块，也不算多。可广臣哭了，广臣去洗脸的时候哭了。路上，广臣走一路哭了一路，广臣心说：我不拉了。日他娘，我不拉了。回到村里，女人迎上来说："天早着呢，你咋可回来了？"广臣破口大骂："日他娘！我日他娘！……"

镜头四

天半晌的时候，狗旦蹲在墙根晒太阳。狗旦很烦，天晴得很好，很好也烦，烦得牙一咬一咬的，不知道该干些什么。狗在地上卧着，懒懒地晒暖，狗眼里有他，他眼里有狗，狗眼里的他很残忍，狗仿佛也怕那残忍，猫样的温柔，讨好地望着他。狗旦先是捏了捏狗的耳朵，而后朝狗身上踢了一脚，狗尖叫一声，夹着尾巴跑了。于是就觉得十分无聊。狗旦站起身，伸一伸懒腰，漫无目的地朝四处看了看，心说："上哪儿去弄点钱呢？"

镜头五

　　妞妞在河边洗衣裳。河水很清，人影在水面上映着，动动的，画儿一样。小红手甩甩的，随衣裳在水面上漂，有白色的泡沫从手边溢出来，水面上浮着圆圆的晶亮的小泡，小泡随着流水荡去了，妞妞的心也随着流水漂去了。妞妞心里像猫抓一样，可还是咬牙挺着。挺一日说一日，挺一时说一时，脸上还能叫人看不出来。妞妞心说，你真是长了天胆了。妞妞望着远去的泡沫，心里很愁，怅怅的，仿佛日子也流去了似的。就说："狗都不来——"

镜头六

　　石磙卧在场边上，很久很久了，没人想起要用它，石磙很受冷落。石磙很渴望去亲吻麦粒，在碾轧中获得快感。在夏日里，跟在老牛屁股后的滚动很让它怀恋，那温热中的跳跃能激起它青春的回忆。然而，却不再用它了。它被扔在了场边上。原来四季中还两季能用到它，现在一季也不用了。它闲在那儿，被阳光照着，显得很无聊。有时候，人也在它身上蹲一蹲，蹲一蹲它心里好受些，就觉得人还记着它呢，也许有一天还会用到它。然而，人在它身上掐灭了一个烟头，就又去侍弄那喝油的铁家伙去了。石磙想：人怎么这样无情呢？

镜头七

洪昌的女人去代销点买酱油。手里掂着一个空瓶，浪浪地走着。那笑里带着日子的滋润。男人的体面和力量都写在她的脸上，叫人觉得那夜晚也是很好的。她穿一件米黄色的洋衫（自然是从大城市里买来的），大城市的衣裳不知怎的穿身上就是好看；裤子也是城里人做的，屁股兜得很紧；高跟鞋在脚下拧着，拧出一串韵儿。脸自然白，也抹了"永芳"，就浪浪地走。见了人说："成天歇着也累……"

镜头八

满仓家的门半掩着。满仓把手插在女人的裤兜里，女人竭力往外挣着，满仓的脸猫一会儿狗一会儿，一时笑着："一回，就一回。"女人恨恨地说："一回也不中！一回一回多少一回了？满仓的脸一时又黑下来："你想找死哩？"女人说："就是想找死哩，你打死我算了！"两人在屋里陀螺一样转着，你撕着我我揪着你，打得难解难分，呼哧呼哧直喘气。满仓打不过女人，女人是下力人，劲比他大，两人就僵持在那里对着骂。骂着骂着，满仓的声音小下来了，满仓小声说："娘在院里坐着呢，娘在院里坐着呢……"女人说："坐着就坐着，就是叫她听哩。"

镜头九

国正家一窝六口在窑上忙活。刚出了窑，一个个像刚从锅灶里钻出来一样，黑花脸，浑身上下的衣裳都烂着，看上去像叫花子一样。然而村里人谁都知道国正家有钱。国正爹靠砖堆坐着，乏得像抽了筋似的，手抖抖地拧烟抽。国正在地上躺着，头枕着一块砖，伸筋似的躺出一个大字。国正的女人本是有些样子的，好脸被砖灰蒙着，头发被汗水渥得一缕一缕的，却硬着腰鸭行着去点数。国正的妞七岁了，污着一张小花脸，也在地上坐着。只有国正的娃儿穿得周正些，远远地站在窑场边上望风。一时，国正娘提着茶瓶慌慌走来，黄着脸说："税上来人了……"于是就眼紧，互相望了，心悬悬的。良久，国正爹把烟掐灭，低着头说："还是国正家去吧。"国正娘也低着头说："去吧……"国正爹又说："跟人好好说。"国正娘低声低气地说："洗洗脸，衣裳换换。"国正的女人就望着国正。国正不吭，始终不吭……

镜头十

临着公路的地边上站了一群人。领头的是乡长，一行明晃晃的自行车。省里要来人检查工作，乡长慌得领人四下串。乡长对村长说："会说的叫来了吗?"村长头点得像尿不净："叫来了，叫来了……"于是就喊："狗日的，过来过来，乡长叫你呢。""狗日的"小跑着上前来，赔着笑说："乡里领导都来了？上家吧，上家……"乡长用审视的目光望着他："会说话吗？""狗日的"忙说："会，会……"乡秘书在一旁严厉地说："可好好说！说砸了可饶不了你。""狗日的"说："赌放心了，咱啥时也没往领导脸上抹过黑。"乡长客气地笑着说："不要这样嘛，不要这样……"这时，乡秘书手里的传呼机响了，乡秘书忙说："来了来了……"于是一行人骑上车就走。车骑出很远，乡长又勾回头来嘱咐："好好说，好好说……"不一会儿，明亮耀眼的车队就过来了。车队开到麦地边上停下来，有戴眼镜的男男女女从车上跳下来，围住站在地边上锄麦的村人喊喊喳喳说话。村人个个脸灰白，结结巴巴，不知如何才好。独有"狗日的"不卑不亢，从容应对。一个很有些身份的人问："对乡里领导有没有啥意见哪？""狗日的"说："有。还不少哩。"就有人忙掏出本来鼓励他："说吧，大胆讲，不要怕。""狗日的"说："我不怕，有领导撑腰，我怕啥?! 我怕个锤！"众人笑说："你讲你讲……""狗日的"说："过去那干部，人家，就不咋来。现在那干部，哼，成天在村里串……"众人催道："往下说，往下说。""狗日的"说："见人就问，化肥够不够啊？柴油够不够啊？农药有没有啊？还有啥困难没有……"说得众人点头。一时，众人上车，车队日儿日儿开走了。又一时，躲在小树林里的乡干部们又骑车日儿回来。乡长拍着"狗日的"肩膀说："中，说哩中！叫啥名呀？""狗日的"点着头说："保国，王保国……"乡长又拍拍他的肩膀说："中，保国，我记着呢……"说着，从兜里掏出一包烟塞进保国的兜里，而后，又急急地追赶来检查的车队去了。王保国喜滋滋地扬着乡长给的那包烟说："这回我可给乡里露脸了！"村长走过来一把夺过那包烟说："烧球哩，散散……"王保国急白脸说："球，一包烟，说了一嘴黏沫子，乡给包烟，还散？"说着又把烟抢了回来。村长照他屁股上踢一脚："散散！"王保国无奈："散散就散散……"

镜头十一

午后，日光晃晃的，村里的汉子们三三两两往老德家走去。老德家是个牌场。这是个明场。谁都来。来的都是些没成色货。玩也是小玩。一分二分的，高说，一毛两毛。来的人多是看家，看得心痒了，补个小场，也就一泡尿的工夫。也有屁股刚亲住凳子，又被女人拧住耳朵拽回去的。很大众化。有时也赢烟卷，都是赖烟。老德是个光棍，五十多了，没女人，日子熬煎，是老庄，常坐。其余自然流水席。老德上地干活的时候，门也大敞，反正屋里没什么值钱东西，来了人就坐……老德回来接着坐。这会儿，老德正在庄上坐着，赢了，数那一分一分的钢镚儿。坐在一旁的二娃输躁了，说："来野的，咱来野的！一分二分没意思。"坐在对面的老吹说："干啥呢？干啥呢娃子？都是急辣辣的。"老德说："野的就野的，五分?!"老吹急白脸说："不叫干算了，不叫干算了。"又小声求告："一分吧，一分吧，小玩，咱小玩……"围看的众人起哄说："起，起，怕老婆货，没钱起……"这时，满仓刚踩进门，便抢上来说："我上，我上……"人们哄地笑了："又一个怕老婆货，又一个怕老婆货！"满仓举着从老婆兜里抢来的两毛钱说："有钱，有钱……"

镜头十二

夜静的时候，就能听到一些轻微的哗哗啦啦的响动。那响声是洪昌家发出来的。洪昌家也是个牌场，暗场。村里知道的人很少，来的也都是些有头脸的人。洪昌家盖的是两层小楼，院墙很高，院里还拴着一条狼狗，夜深时，听见狗咬，就是又有一拨人来了。乡干部是常来的（在乡干部眼里，这是个明场）。乡里干部靠工资吃饭，日子很寒，洪昌是大户，不吃白不吃，来他这里玩玩，也是该的。县上也有人来，工商的、税务的、公安的……都是熟人，来了就坐。也有生意上的人来，都是关系户。洪昌的场面大，开着纸厂、窑厂，花销自然也大。洪昌的女人就每日里在家候着。来了人，就打扮出好脸，香香迎出去，倒茶递水，做些酒菜，而后扭扭地一盘一盘送上，偶尔有男人假借酒醉在她屁股上捏一把，捏就捏了，都是有头脸的人，她不吭。酒后自然玩玩，牌桌摆在内室，玩得也大，一般"硬一"（十元），也玩"硬五加翻"。洪昌是个能人。一般在牌桌上就把生意做了；出了什么事，打个招呼，就有了照应。纵是体面人，自然也分轻重。一般的，玩输了，走就走了，洪昌不拦；有赖着不走的，厚着脸问洪昌借，洪昌就甩出三十五十，让他捞，再输就不管了。很有权力的，赢了自然归自己，若是输了，不管输多少，都是洪昌会账。特别有用的，一是要他玩得高兴，二是要他赢得痛快，这就要动用很多智慧，洪昌有智慧，就不动声色地让他赢，一晚上说送多少就是多少。这就不用涎着脸去巴结，很体面不是？对方自然心知。于是，每到夜半，听见狗咬，洪昌的女人就慌慌迎出去，说："来了来了……"

镜头十三

太阳一竿高的时候，在邻近的乡村里，会晃出一个骑破自行车的人。车很旧，车带不知已补了多少回了；人也很旧，叫花子似的，头上常戴一顶吓老鸹草帽。车后架上绑着两只很大的土筐。没有人不认得他，他叫老蚰，是收破烂的。老蚰只要往村口一蹲，人们就会说，收破烂的来了。收破烂的老蚰满脸皱纹也满脸喜悦，那喜悦深镶在皱褶里，像半卷的旗帜一样掩着内心那稍稍有了一点高贵的滋润。每当有卖破烂的到他跟前来的时候，老蚰自然也客客气气，也讨价还价，生意做得很死，却没有贱气，骨子里仿佛有什么撑着似的。上点岁数的人，总爱问些家常，人家问了，他也应，脸上淡淡的，应着应着就应出了很多高贵。于是那卖破烂的也就不敢小看这收破烂的脏老头了。于是那问话就一遍一遍在乡野里重复：

"日子咋样？"

"差不多。"

"娃们都大了？"

"大了。"

"都站住步了吧？"

"没有哩。老大在北京上大学呢，老二在省里读大学，老三是个没材料货，读个中专。"

"呀嗨，呀嗨嗨，你咋恁有福哩?！……"

"啥福呀，将将就就吧……"

纵是收破烂的，脸上也写着尊贵。那尊贵像纸一样，很薄。只有跟前没人的时候，老蛐才偷偷地从兜里摸出一块干馍，慢慢塞进嘴里，像老牛反刍一样一点一点吞咽，喉咙老了，咽也很吃力，噎得他喘不过气来，他心里说：有口水就好了……

镜头十四

半晌午的时候，援朝家来了两个城里人。城里人很横，进门来径直往椅子上一坐，问："王经理呢，王老板呢，王骗子呢？"

援朝家女人看了看城里人，又看了看盘腿坐在床上的娘，勾着头说："援朝没回来，谁知道他死哪儿去了。"

城里人说："不说是不是？不说是不是？跑了和尚跑不了寺，我叫恁一家人都绳儿起来！"

援朝家女人说："绳儿起吧，这种日子我一天也不想过了。"

城里人互相看了看，就掏烟来吸，再不说狠话了。

屋里很静，也很闷。援朝的娘依然盘腿坐着，嘴里嚼着一块干馍，嘴很老了，牙也不剩几颗了，就那么一点一点磨着，把时光都磨碎了。她不看人，她谁也不看，就那么无休无止地磨。

城里人软下来了，说话的声音也小了，愁着脸说："嫂子，你别嫌我说话不好听。我也是被逼到这一步的。"说着，那城里人哭了，两手捂着脸，吸泣着鼻子，而后，他从兜里掏出手绢擦了擦脸，又求告说："嫂子，你给我说说他在哪儿，你给我说说地方，我去找他。你看这一趟一趟往这儿跑，鞋底都磨烂了，这人咋是个这呢？"

援朝家女人什么话也没有说，也捂着脸哭了……

援朝娘仍旧盘腿坐着，木然地坐着，坐出木鱼样。那苍凉遍布木鱼样的脸上，皱褶随嘴角的牵动一扯一扯仿佛要扯起一张网来，没有门牙的老嘴像是那盘在网里的蜘蛛，蜘蛛迟缓而又忙碌地动着，动出一片陈旧的地图一般的温热……

镜头十五

凤芝要随军了。

广臣家的拖拉机在门口停着，该装的东西都已装上。听说要走，邻里们都来了，说些热话，搭手帮着装车。保根在部队上干了十三年，喂了七年猪，一年连部文书，两年排长，一年半司务长，一年连长，干着干着就混上了少校营长。部队上的事情村人们不晓得，只知道保根混上大干部了。大干部可以带家小，这很好，很叫人羡慕。然而，却没人知道，那一台儿一台儿爬得是多么艰难……庄稼人，家里破烂东西太多，该卖的卖了，该送人的都送人了，还有些东西是舍不得扔的，是拿也不好，扔也不好的，送人又显薄气，都在屋里地上放着，看了让人心里难受。

十三年，换一个随军，凤芝心里本该是高兴的，可她就是高兴不起来。为了什么呢，那又是说不清的。有多少日子，她盼男人盼得都快疯了，这回就要跟男人去了，跟男人永久在一起了，可她却像掉了魂儿似的，心里很空。该搬的东西都已搬净了，她还屋里屋外地来回跑着，不知道要拿什么。

保根在门外的拖拉机旁站着，一圈一圈地给人散烟，顺便说些感谢的话。体面话是不经说的，说着说着就有些口干，词儿好像不够用了，也不想再啰唆了，还是笑着散烟，那笑容已被风刮干了，蔫头倭瓜似的，很皱。他看见女人像没头苍蝇一样屋里屋外来回跑，一股火就蹿到了脑门上，他厉声喝道："干啥都磨磨蹭蹭的，你瞎跑个啥?!"

凤芝一怔，一屁股蹲坐在地上，放声大哭，哭得昏天黑地……

保根愣了，跑上去说："这是干啥呢? 你这是干啥呢? 也不怕人家笑话。"

凤芝哭着说："我不去了，我不去了。"说着站起身来，一扭一扭地去车上搬东西。

众人忙拦住说：凤芝，凤芝，这是多好的事，大喜事! 保根给你挣个户口容易吗? 多少人争还争不来呢，别傻了。

保根也气了，保根说："别理她! 不去也成，娘那个卵子，不去咱离婚! 娘那个卵子!"

凤芝一听，哭得更厉害了，呜咽着说："离婚就离婚……"

众人忙拉住说：干啥呢，这是干啥呢……众人把两人拽到屋里，屋里的东西已搬空了，看上去很凄凉。凤芝往地上一坐，保根脸黑着，无话……

一把老锄在墙上挂着，旧日的攀绳也在墙上挂着，还有一包一包的陈年旧报纸包着的菜籽，发不出芽芽了的菜籽……

众人都不晓得说什么好，劝两句，就知趣地往外走，一边走，一边心里骂着：日他娘，日他娘吧! ……

镜头十六

　　来喜又拎着提包上路了。

　　来喜的提包里装的是药丸。来喜不种庄稼了，农民不种庄稼就去卖药。来喜卖的不是药，是一张嘴。可来喜却说不好话。他是个结巴，一说话就打结，结结巴巴的说不成句。说不成句的人显得很诚恳，来喜靠的就是这结巴出来的诚恳。提包里装的药丸名叫"金不换"，六代祖传，主治腰疼腿疼跌打损伤……药是很好的。也有证明，证明是大机关里开出来的，盖着红霞霞的公章。包装也很好，很讲究。村里人都知道这是假家伙：药丸是红薯面掺高粱面豆面拌蜂蜜团成的，证明也是假的，公章也是假的，包装更是假的，来喜不瞒村里人。然而却没人知道来喜制造这种假家伙究竟用了多少心思。来喜是精明人，按说不管干什么精明人都是可以发财的，可来喜偏偏喜欢造假药。那公章那大机关的证明是怎样造出来的呢？这很让人纳闷。来喜自然不说。这也是一门艺术，造假的艺术。来喜终日钻研这门艺术。村里人好奇，常问：城里人就那么好哄吗？来喜说：好好好……好哄。人们不信，却又不得不信。是呀，要是日哄不住人，他吃什么呢？来喜大部分日子是在路上度过的，从一个城市到另一个城市，很散漫也很惊险。回来的时候，来喜就躲在屋里开始新的制造。似乎也有日哄不出去的时候，来喜把剩下的药丸送给邻居喂猪。邻居笑说：这可是金不换呢！来喜郑重地说：药药药……霉霉了。偶尔，来喜会突然领回来一个女人。女人穿飘裙，一晃一晃地跟来喜进村了，过不两日，又突然不见了，就像根本没来过一样。村里人问：来喜，这是你拐来的女人吧？来喜很生气地说：哪哪哪哪哪……跟哪哪呀！人人人家是是来学学技技术哩。来喜有自己的宣言，来喜常对村里人说：这这人干干啥都行，就就就是不不能坏坏良良……心，咱不不不坏坏良良心。咱这这药药药吃吃不死人人……

来喜又拎着提包上路了，路是很漫长的，来喜走得很有信心……

村里人看见来喜，就说："这一趟又上哪儿日哄去？"

来喜就说：北北北……北京。

村里人很高兴，就说：对，上大地方，坑死鳖儿们！不知怎的，村人们越来越恨城里人了……

镜头十七

月琴家盖房今天扎根脚。

为盖这所新房，月琴家跟广臣家先后打了一年六个月零七天的官司。官司打得很艰难也很执着。月琴家先后扎过七次根脚，都被广臣家扒掉了。争执原本是很小的，也就一尺来宽，但广臣家就是不让。广臣家住的是老宅。月琴家是村里规划的新宅，村里把房子划到广臣家的老宅上，也就占了一尺，按说这责任在村里，可村里面对广臣的时候，也就不好说什么了。广臣家有拖拉机，村里干部们办事没少用广臣家的拖拉机，当然广臣也算是场面上的人。这样，月琴家盖房的事就很不好办。月琴爹是个死鳖货，月琴娘是个病秧子，月琴的弟弟还小，月琴呢，又是个闺女家，正上高中。这样，月琴家盖房根脚扎了七次，广臣娘就去扒了七次。乡下人盖房不容易，人召集来了，钱也花了，房却盖不成，广臣娘就躺在工地上，匠人们谁也不敢上前垒。事就这样耽误下来了，一天一天的，耽误的都是血汗钱呢！开初的时候，月琴娘曾去求过广臣，广臣很体面很大度地说：盖吧，知道恁难，赊盖了，老太太糊涂了，别理她。于是月琴家就重新请匠人，买烟买酒割肉备菜……又是人召集来了，广臣娘又是往工地上一躺，要死要活的，匠人们又是只好蹲在一旁吸烟，谁敢垒呢，那是广臣他娘啊。于是月琴一家抱头大哭。月琴气不过，月琴说：没王法了吗？咱去告他！先是告到村里，村里干部说：也知道恁难，可这是民事纠纷，事稠，不是一句话两句话能解决的，研究研究吧……一研究就研究到麦罢了，房子还是盖不成。于是又告到乡里，开初乡里判他们有理，说宅已是乡里统一规划的，谁也无权干涉，赊盖了，乡里给恁撑腰。过几日，又去找，那话又变了，说是这事也不能光听一面之词，得调查调查再说。风说变就变了。广臣就站在村里的高埂上说：还告我呢！让她告去吧。村里晓事的人说，送送人事吧，现在都兴送人事。于是就给乡里管民事的送礼。礼也送了，盖房的事还是遥遥无期。月琴娘总是哭着去又哭着回。又有晓事的人说，礼太薄了，人家广臣家送酒，一送就是一箱。可是，礼重了送不起呀……那日子只好在泪水里泡着……

今天，月琴家又要扎根脚了。匠人们来得很齐。夯声也打得很响：石磙圆周周哟，抬高猛一丢哟！抬高再抬高哟，抬高不弯腰哟。广臣娘没有出来，广臣家门关着，院里静悄悄的，一点声音也没有……

月琴就在工地上站着，默默地站着，眼前的一切都很陌生。事情一下子变得非常简单，简单得叫人不能相信。那仅仅是一张纸，一张很薄的纸。月琴收到了一张纸，这张纸是从很远很远的地方飘来的。月琴考上大学了，月琴考上了省城的医学院。这张纸是邮递员送来的，月琴收到这张纸的时候并没有给村里人说，可村里人还是知道了。于是村里干部就有人递话说：盖吧，赊盖了，村里给你做主！广臣家也太不像话了。广臣也托人递话说：多年的邻居，不能为这一尺坏了情分。盖吧，赊盖了，缺啥少啥言一声。

老人糊涂了，别跟她一样……

匠人们就在眼前，村庄就在眼前，更远的地方是田野。可月琴什么也没有看见，她眼里只有仇恨，很多的仇恨。在她的心的深处，仿佛有什么东西一下子被摧毁了，彻底干净地被摧毁了。如果事情仍然不能解决，她心里也许还会留存一点什么，她会尽力寻找说理的地方；恨也只恨一个人，还有着期望，还有着承担苦难的屈辱，还有一点点念想……现在什么都没有了。月琴很恶毒地笑了，月琴心里说：这人披上狼皮是狼，披上羊皮是羊，要是披上一张老虎皮就可以吃狼了。月琴禁不住大声说：这人就是一张皮呀！

镜头十八

保松在果园里打药。

保松三年前承包了村里的苹果园，承包期是十五年。当时村里人谁都不愿承包，一是树苗还小，得几年恩养；二是果成了怕偷怕抢；三是怕得罪人，果下来了不让谁吃呢？于是承包基数定得很低：三年不交钱，第四年头上一亩交二百块钱。当时就保松愿包，保松就包了。村人们曾私下议论说，保松是冤大头，白尽三年义务，今后还不定咋样呢。保松说，管他挣钱不挣钱呢，园子里怪静，他就喜欢静。就此，保松一家就搬到果园里去住了。一天到晚剪枝呀打药呀松土呀，挺忙活的……保松的女人娃子也都在果园里的草庵里住着，衣裳挂得烂花花的，夏天里蚊子咬一脸疙瘩。人们又说，图啥呢？人不像人鬼不像鬼的。保松终是不吭……

三年后，果树齐刷刷地长起来了，也开始挂果了，果园里飘荡着一股清香气，人们才看出来，保松是真能啊！三十亩苹果园，一亩才二百块钱，那简直就是白给呀！村人们很生气，看见那果园眼黑。然而却一点办法也没有……保松听见有人说闲话也很生气，心里说，早些时候，让谁包谁不包，这边没明没夜地折腾了几年，刚说见点沫儿，可眼红了……以后再见面话就少了。

保松已经迷上这个果园了，可以说他已把自己种在这个果园里了。三十亩大的果园，他竟然有能力把它圈起来。临村的这面他用废铁丝结了一道五尺高的网；其他三面种上了蒺藜；在一千多个日日夜夜里他都在入迷地干着这样的活计。无论白天黑夜他只要一醒来，就目不转睛地望着那树，一遍又一遍地巡查那花那果，每棵树上每个果的微小变化他都能看出来，果一点一点在长，果的生长给他带来了无限的喜悦。他把自己圈在这个果园里与果一起生长，有时候他觉得自己也变成了一棵树。当他发现果生虫了的时候，除了打药之外，还到处找些废报纸废塑料布一个一个把果儿包起来。有风的日子，远远看上去，那树就像长疯了一样，白花花的，晃着一头帽子……

这会儿，保松正背着喷雾器给果树打药。他站在梯子上，侧仰着身子，一片一片地给树打药，雾状的药液落了他一身一脸……三十亩大的园子，打一遍需要许多日子，可他不急不躁，一边打一边看树上的果。打着打着，他突然觉得眼有点痒，就用手背去揉眼，轻轻地揉了两下，眼前突然一黑，他身子摇晃了一下，喃喃说：我看不见了，我怎么看不见了呢？……他紧抓住梯子，心里说，别慌别慌，就用脚探着梯子一级一级往下挪，然而，他一脚没踩好，就一头栽下来了。保松从地上爬起来，揉着眼大声喊：叶她娘，我看不见了，我咋看不见了呢？……

镜头十九

一到天塌黑的时候，锯家就骑车回村了，车上载着两只空空的大筐。

锯家是个贩儿，菜贩，每日里骑着辆破车进城卖菜。菜是从大棚里批的，并不零卖，只是转转手，再批给城里的摊贩，挣个差价和脚力钱。锯家骑车进城卖菜时曾惊动过不少城里人：一个白发苍苍的老太太能骑车不说，车上竟然还绑着两只看上去足有一二百斤重的大筐！四十多里路，她是怎么蹬来的呢？锯家满脸枯树皮，嘴里的牙已掉光了，看上去像岁月一样苍老，其实还不到六十岁，她五十八了。五十八岁的老女人，已成了这个样子，这是很让人心酸的。可锯家并不觉得苦。她也有伤心的事，那是因为儿子，她可怜儿子。男人是个匠人，很能挣钱的匠人，可男人瘫痪了，很早就瘫痪了。男人在床上躺了二十多年，家里的许多日子是她撑过来的，她还养大了三个儿子，一个个都养得很壮。儿子养大了，媳妇娶下了，可儿子却不争气，很不争气呀……大儿子叫大锛，看上去精爽爽的，就是不成料。也成天张罗着要做大生意，只是赔了一谷堆儿又一谷堆儿，最后赔得把老娘的肉都快卖了。二儿子叫二锛，肉头，是个怕老婆货，人也窝囊，总也看不住媳妇，倘有俩钱也花到找媳妇的路途上了。老三哪，三锛子，中学光一年级就上了三年。有什么办法呢？只有每日里蹬车卖脚力了。天已黑下来了，土路上有很多车辙，很不好走，眼也不济事了，她只好推着车走。人老了，奔波一天，身上的肉很乏，只想把肉卸下来好好歇一歇，却又不能歇，一坐下来就再也站不起来了。就慢慢走吧，一点一点拧，总会拧回家的。月亮升上来了，夜变得很朦胧，村路看上去花嗒嗒的，远远地，她看见路边有一个黑影，坟头一样，慢慢近了，就觉得那温黑像是身上掉下来的东西，味儿很近……蓦地，那黑影叫一声："娘。"锯家吓了一跳，锯家说："大锛，黑灯瞎火的，你蹲这儿干啥？"大锛说："娘，我等你呢。"锯家没好气地说："等我干啥？"大锛嗫嚅着说："娘，那计划生育又罚款哩，我想出去躲躲……"锯家说："咋又罚哩？罚赌罚了，你蹲这儿干啥？"大锛就不吭了，久久，大锛吞吞吐吐地："我……我想弄俩钱儿。"锯家望着蹲在黑影中的儿子，好一会儿才说："锛儿，恁娘老了，恁娘也没栽摇钱树啊……"

镜头二十

　　妞妞在坟地里等洪恩。

　　坟地里很黑，萤火一闪一闪的，柏树上的老鸦扑扑棱棱的，妞妞却不害怕。妞妞在等洪恩。

　　洪恩跟妞妞那个很长时间了。两人是在石固会上认识的。去年，妞妞去石固的姨家赶会，会上人多，一挤一搡的，妞妞被挤到石桥边上，差点掉下河去，洪恩伸手拉了她一把，洪恩说："串亲戚呢？"妞妞说："串亲戚呢。"两人就认识了。而后，两人在镇上交粮时又见了一面，妞妞便知道洪恩是八柳树的了。交了粮，洪恩领妞妞在镇上的饭馆里吃了一碗烩面。吃饭时洪恩说他爹是在县上工作的，他不久也要到县城去了。妞妞心里就潮潮的，羞羞地抬头看了洪恩两眼……吃了烩面洪恩要去送她。一送送到河坡里，洪恩香了她，一香把她香成了一摊泥。往下就有点把持不住了，天天想见面，一见面就那个……后来妞妞也怕了，催他赶紧托人提亲，洪恩一声声应着，口甜得像抹了蜜，妞妞想，也就早早晚晚的事，就一次一次随了……妞妞随一回后悔一回，随一回后悔一回，而洪恩说的话一样也没兑现。很快，妞妞身上就有些感觉了，想吐，想吃酸的。妞妞吓坏了，见了面就央告洪恩，说洪恩洪恩你可不能骗我呀！你要骗我我就死给你看！洪恩说我不骗你，我骗你干啥？妞妞说你可来呀，你要不来就把我坑死了！洪恩说我来我来我一定来。洪恩解释说：主要是俺娘不愿，俺娘原先给我说了个河西周庄的，我不愿，就这么一直拖着，等那边的事了了，这边就好说了……妞妞问：真的？洪恩说：真的。妞妞说：你不骗我？洪恩说：我骗你干啥？妞妞说：洪恩我不能等了，我不能再等了！……洪恩说：七天，七天我一准给你信儿。妞妞说：我就等你七天，这七天我夜夜来坟地里等说着说着，妞妞哭了。哭着哭着，妞妞躺在了洪恩的身上，妞妞柔声说：你听，他动呢，他动呢。洪恩很烦，烦着烦着就又想那个了，妞妞不让，妞妞说：不，我不……撕撕扯扯的，妞妞说：你真敢哪，你真敢哪……就又那个了。事了，妞妞又哭，洪恩又哄。

妞妞坐在坟地里等洪恩，今天已是第八天了，洪恩还是没有来。妞妞眼里已没有泪了，只木然地坐着，像坟头一样地坐着。

妞妞在等洪恩，怀里揣着一把刀……

镜头二十一

树人站在屋门口，望着树上的老鸹窝发愣。

树人一心一意想当作家，树人当作家当成个傻子了。村里人都说他傻。他高中毕业，先是好好地在村里小学当民师呢，却不好好教书，狂着想当作家，红着脖筋跟校长吵了两架，校长不让他教了，于是就回家当作家。先是在稿纸上写，稿纸一分钱两张，他写一摞子，而后背着手，高擎着头，一蹿一蹿在村里走，见人也不理，嘴里还念念有词，河边望望，地头望望，一副贵人派头。一直到女人喊他吃饭的时候，才又背着手走回去。一时村里人谁也不敢小瞧，看样子不时就可成气候了。自此，树人就整天带着那摞子稿纸往外跑。先是借国正家的自行车，骑着到郑州去送稿，车上还带着一布袋黄豆，就这么死蹬活蹬地蹬到郑州去了，回来把国正家自行车的脚蹬都踩坏了，气得国正家女人大骂。而后有一张盖着红霞霞大章的笺儿飘回来，树人就拿着这笺儿四下张扬，说是省里来信了，作品马上就要发表了，一发表钱就汇来了，就是作家了！据说上头还给乡里发了信，说树人是人才，要乡里重用哩。树人就更狂，更是闲人不理半个，走路肩膀一斜一斜的，拧着分头，眼看着立马就成气候了。又写，一年一年地写，终也不见有个屁放出来。开始树人家女人还好言好语说说，后就骂起来了，祖南三北地骂，树人也不吭，只管闷着头写，稿纸使不起了，就用烟纸写，写了又四下邮，就这么写着写着把个好好的女人写跑了……爹骂娘骂，四邻乱戳脊梁骨，树人一概不理，只是像囚犯似的把自己关在屋里……树人不相信自己写不出来，他觉得自己就差那么一点点，省城的编辑也说他差那么一点点，可那一点点就是突不破。有人给他出主意说，送点"人事儿"吧，这年头都兴。于是就到处借钱送礼。第一次很蠢，他把好不容易凑来的二百块钱夹在寄稿件的信封里，把钱夹在稿纸的第二页，还自作聪明地用糨糊加上几根头发把钱粘上，又写上了许多恳求的话。然而，一个月后，熬了许许多多个夜晚，修改了无数遍的稿件还是退回来了，信封里却没有钱……他急了，那钱是他好不容易借来的，他不能当这样的冤大头，就再一次地来到省城的编辑部，转弯抹角地说了钱的事，可他没想到，却当头挨了一棒：没有人承认这件事，谁也不承认拿了他的钱。还有一个编辑竟当众教训了他一顿，说他不好好写稿，把心思用歪了。这是个好编辑，他知道这是个好编辑，他无话可说，他只恨自己。回到家里，他哭了，他用头往墙上撞。又是许多个日日夜夜，等他写到脸发绿的时候，他又拿出了一篇稿子，这一次他吸取了前几次的教训，把家里东西能卖的都卖了，而后夹着稿子再闯郑州。可万万想不到的是，那位好编辑却生病住院了。他匆忙赶到医院，把门的又不让进，万般无奈，他又闯进那编辑的家里，给那编辑的妻子说明来意，匆忙从兜里掏出四百块钱放在桌上，不料，那城里女人的脸却变了，一把把钱塞在他手里，说：这是干什么？这是干什么？说着，不容辩解，竟一下子把他从门里推出去了，门"咚"一声又关上了。

现在，树人在家门口站着，愣愣地站着。女人没有了，孩子没有了，家里空空的，只有那一堆钢笔尖磨出来的废纸……

树人心说：放把火吧，我真想放把火……

镜头二十二

坤江在小磨面房门前蹲着，槐也蹲着，两人脸对脸，都不说话。槐吸着烟，坤江也吸着烟。槐吸的是"阿诗玛"，坤江吸的是"一头拧"。坤江跟前还放着一包"许昌"，那是给槐准备的，槐没吸。槐不吸坤江心里很愁……

坤江很想让槐吸他一根烟，可槐就是不吸，槐不吸他没有办法，槐不吸他的烟他一点办法也没有。坤江很无奈，勾着头拿烟烧地上的蚂蚁……很久，坤江说："兄弟，你咋老停我的电呢？你停我的电，我还咋磨面呢？"

槐乜斜着眼说："我不停你的停谁的？你不交电费叫我咋办？恁都不交

电费，人家电业局还捣闸呢！"

坤江说："兄弟，我不是不交，是没挣住钱呢。挣住钱能不交吗？恁哥是那兑赖的人吗？宽宽，再宽宽吧，挣住钱一准给。你看，你老停我的电，没人来磨面，我上哪儿给你弄钱呢？"

槐说："哥，你哄谁呢？一个多月了，开门一个多月了，你没挣住钱？你哄谁呢？"

坤江说："兄弟，我给你赌咒吧？几十几的人了，我能哄你？一个多月不假，开初是机子没安好，老出毛病。今这儿了，明那儿了，一项活也没做成。后半月光夜里来电，你说这半夜三更的谁来磨？你说说。这话越往下说越丑，兄弟，都是一样的人，你咋不一样待承哪？你对洪昌家啥样？你对国正家啥样？你对广臣家又是啥样？人家有钱，人家都是大户，可你也不能就这样阴报恁哥呀？恁哥给你烟你都不吸？你是嫌恁哥的烟赖呀？兄弟，咱是近门，没出五服呢，打断骨头连着筋呢。"

槐说："哥，你中，你敢日骂恁兄弟。你人物！你头圆！不错，我没掐过他们的电。人家月月交电费，我凭啥掐人家的电？这年头你也别说出五服不出五服、近门不近门，近门你也没把磨面机抬俺家！我当个鸟电工，黑天白日熬，也没少落骂，我图啥？还是那句话，你交电费我就送电，你不交电费我就掐电。我也不管你三叔二大爷，这年头情面不值钱。"

坤江说："兄弟，我骂你了吗？我就是长天胆也不敢骂你呀。兄弟呀，你抬抬手我就过去了。你能眼看着恁三奶奶点油灯？"

槐把烟碎了，抬身站了起来，说："我管不了那么多了……"

坤江也慢慢站起身，望着槐，说："兄弟，你真不叫恁哥过了？你是看恁哥没成色，你欺负恁哥哩？他们电费真的都交了？真的就恁哥一个没交电费吗？洪昌家昨个还说，她家差着一千多块电费钱哪！"

槐又乜斜着眼说："不错。一张支票就拨过来了，可人家跟你不一样，人家是大户。"坤江盯着槐，吐一口气，说："兄弟，你欺负我呢？"槐傲傲地说："随你说，我就是欺负你呢。"坤江说："你不叫人过了？"槐说："不叫人过了。"四目相望，眼很毒……

镜头二十三

快晌午的时候，狗旦被五花大绑地捆进了乡联防队。

乡联防队归乡派出所领导，人都是各村抽来的，平时协助派出所管管治安，也协助乡政府收收罚款什么的，"形势"来了，就是"小分队"。也都是发一身绿衣裳，一个个走出去横横的。一般人见了派出所的人不怕，那总还是讲理的地方，有法律管着呢。怕的就是这些"二爷"，惹上了二话不说，先捆一绳……

狗旦是在镇上惹上乡联防队的。开初狗旦只是在镇街上闲逛，没干啥坏事。后来一晃晃到打台球的几只破桌前，看台球桌的小伙说：咋，来一盘吧？狗旦说：来一盘就来一盘。说着，就上去接过杆子。那小伙给他摆好球，说：先说好，一盘五毛。狗旦也想耍耍大爷，两手伸在兜里晃晃说：爷儿们，没钱，一分钱都没有……那小伙气了，说：没钱出来"胖"什么？一边去！狗旦心说，你算个鸟啊！毛孩子一个……就很气派地笑看着这毛孩子，一把抓起球托，甩手扔了出去。那小伙一愣，也不去捡那甩在粪堆上的球托，就说：你等着，有种你等着！……说着，扭身跑去了。狗旦很大胆，就站在那儿等着，狗旦心说，我怕谁呢？然而，等他想跑的时候已经晚了……

狗旦栽了，狗旦没想到那家伙跟联防队的人有亲戚。现在狗旦被铐在树上，屁股上也挨了几脚，踢得狗旦想尿。联防队的人说：又是你，又是你，操你妈！又出来捣蛋了不是？先罚款二百！……狗旦说：该咋赔咋了，我没钱……联防队的人说：日你妈还嘴硬？！……于是又照狗旦的屁股上"亲"了几脚……后来狗旦娘就来了，狗旦娘拧着小脚见人就央告，举着买来的一包好烟四下敬。联防队的人说：回去拿钱吧，罚款二百。啥时钱凑齐了，啥时放人……一时，抱树而立的狗旦就觉得身上的血很热，喊道：娘，你别管我，别去借钱。看他能咋我？娘看看他，眼里的泪下来了，娘说：鳖孙，还嘴硬呢，你不就是吃嘴上的亏了吗？在家好好的，你出来干啥？娘数叨了他几句，又去求告联防队的人：同志，同志，你看，日子紧巴，家里也没啥进项，错是犯下了，能不能少罚点？少罚点吧？一个人说：不行，二百。一分也不能少！另一个说：看你态度不赖，一百五，不能再少了。这个说：你干啥？二百，我说了，二百，一分也不能少！这回谁说也不中！狗旦娘扑通一声就跪下了，说：同志，求求你了，家里确实没进项……另一个就说：算啦算啦，看这老婆怪可怜的，一百五就一百五吧，不能再少了。去吧去吧，去凑钱吧……

阳光很好，阳光下的狗旦在榆树上铐着。狗旦对着阳光高声喊道：娘，你别管我，你走吧，你走啊！说着，狗旦竟嗷嗷地哭起来了……

镜头二十四

晌午时分，村长领着几个村干部在村街里走，一个个懵头倭瓜似的，走得很散漫，后边还跟着两个乡联防队的人。村长头勾着，腰一磨一磨的，像是别了扁担，身后的影儿拉得很长。村长走得很慢很沉闷，鞋踢嗒踢嗒的，一副很无奈的样子。

村长是出来收款的。趁晌午人都在，村长领人出来收款。款是县里派的，县里要修一条公路，叫作"致富路"。县里没钱，只好集资修。全县按人头摊，一人摊三块。乡里呢，干部们也都急辣辣的，顺势加了两块，这就五块了。村里干部也得活呀，上头来人检查工作，总得管人家吃顿饭吧？来人还一拨一拨的，又总是赶到饭时，酒赖了人家还不喝……村里不敢多加，只加了一块，这就六块了。上头千条线，下边一根针，针眼小，穿不进也得穿哪。那就收吧。

走着，会计问：先收哪家？村长闷闷地想了好一时，说：楼院？就楼院吧。一行人就往楼院走，仍是慢腾腾的，走得很愁。

楼院是洪昌家。一行人来到洪昌家，人还没开口，狗先叫了。洪昌家喂了一条大狼狗，狗像虎犊子一样，蹿起来一人多高！狗汪汪叫着，吓得人不敢往前走。村长就远远地叫：洪昌，洪昌……

这时，大铁门吱扭一声开了，洪昌家女人探出头来，问：谁呀？

村长说：洪昌家，你看恁家玛丽（狼狗），咋不拴住它，老吓人！洪昌呢？

洪昌家女人说：有啥事？说着，倚在门框上，也不让人往里进。

村长知道这女人不当家，也不与她多说，只管趄着身子往里走，一边走一边赔着笑说：县上派下的事，见见洪昌，见见洪昌……

女人很不情愿地开了门，嘴里嘟哝说：啥事都找俺洪昌，俺家也不是栽着摇钱树哩……

女人也太不给情面了，说得干部们十分尴尬。村长硬着头皮往里走，人们也跟着走，个个小偷似的。一行人进了院子，又怯怯站住。村长说：来吧，玛丽不咬，进了院玛丽就不咬了。洪昌家这狗是洋种，起了个洋名。人家弄哩老得劲哪！又喊：洪昌，洪昌在家吗？

洪昌这才从客厅的沙发上欠了欠身子，问：谁呀？上屋吧……

村长领人进了门，便赔着笑说：洪昌在家呢，知道你老忙，有点小事，不多耽搁。

洪昌笑笑说：看老叔说哪儿了，坐吧，坐。有烟，抽烟……

众人欠着半个屁股坐下，村长拿起茶几上放的半包"红塔山"，四下散：洪昌这儿有好烟，都吸都吸……说着，很自觉地自己也叼上一支。

洪昌笑笑说：有啥事吗？老叔。

村长笑着说：小事。小事。搁你身上是九牛一毛。是这，上头闹腾着修路哩，款派下来了，论人头摊，也没几个钱，我想着跟你商量商量，要是……？

洪昌皱了皱眉头说：老叔，这事还用着你说吗？别说了，该多少是多少，我摊。五口人，该摊多少？咪咪她娘，给老叔拿钱。

一时，村长的脸像霜打了一样，结结巴巴地说：是是是这，我想着数也不大，要是……

洪昌摆摆手说：老叔，我明白你的心思。你看我这一摊子怪大，可大有大的难处。市里县里乡里轮番来，这儿也要钱那儿也要钱，集资哩，办学哩，扶贫哩，办电哩……锅再大也搁不住窟窿多。

洪昌家女人插嘴说：我就知道是来要钱的，来了就没好事！这也叫俺出那也叫俺出，不给，一分不给。

洪昌瞪了女人一眼，说：瞎吵啥？哪儿有你说的话！一语未了，女人立时不吭了。洪昌很客气地说：这样吧，老叔，各位跑跑颠颠的，也老不容易，我拿五十块钱，不用找了，余下的不用找了，各位弄包烟抽。

听了这话，村长像吃了个蝇子似的，吐又吐不出，嘿嘿笑了笑，讪讪地站起来说：不了，不了，该咋咋吧……

洪昌站起身说：那好，就不多留各位了……说着，又看了乡联防队的小伙一眼：二位是乡联防的吧？回去跟你们王所长带个好，老王和县局的刘局长是我这儿的常客。

当几个人重新回到村街上的时候，就对着日光骂起来了。骂一阵，待肚里憋的那口恶气出了，几个人又慢慢往前走。这回村长走在最后，村长一边走一边嘟哝说：日他娘，如今这事老难办。这事，本想着叫洪昌兜了算了，他是大户，不在乎这几个。日他娘，弄个长脸！这干部是老难当啊，成天跟要狗肉账样……接着，又说：往下，看我的眼色行事。唉……

村长领人进的第二家是保国家。进门时保国正捧着老海碗吃饭呢，村长上去照他头上抚一把，说：鳖儿，你还老美哩！会计也跟着上前抚一把，跟着说：鳖儿，美哩，可吃上了……

保国一边躲闪着，一边赔笑说：爷儿们，干啥哪？不到二月二哩，摸啥摸？等龙抬头那一天再摸吧。

村长说：鳖儿，没工夫跟你哩嘻，掏吧？……

保国眨眨眼说：啥钱哪？又叫掏哩……

村长照他屁股上踢了一脚，说：掏吧，鳖儿，不亏你。上头派下来的修路款，好事。

保国嘟哝说：多少呀？

村长说：三口人不是，三口人十八块。掏吧。

保国捧着碗，抬头看看村长，说：不能缓缓？手老紧。

村长说：鳖儿，就你的事多，哪恁些废话？

保国把碗往地上一放，说：中中，恁等着，我去给恁拿……

村长感叹地说：你看难不难，这还是好说的，要是遇上那碴子，遇上那二杆子货，你算没法儿……

当一行人站到满仓家门前的时候，村长的喉咙都喊哑了，就是没人开门。院里很静，鸡在悠闲地觅食，一些碗筷还在院里的石块上放着，人却没影了……

村长站在门前日骂道：满仓，日你娘，出溜得没影了！你他妈是兔子？钻老鼠窟窿里了？你知道找你干啥？给你送钱哩。鳖儿，给你送钱你也不要？你不要俺可走啦……

院子里仍然没有动静。村长仍旧站在院门口不动，只说：俺走了，你不要俺可走了……片刻，只见屋后的厕所里慢慢探出一个头来，他一手提着裤子，一手端着面条碗，正是满仓那小舅！村长厉声喝道：满仓，藏吧，看你还往哪儿藏？你躲了初一躲不了十五，娘那脚，你吃面条吃到厕所里了?!

满仓一怔，知道躲不过，就势往地上一出溜，说：我没钱，反正我没钱。恁把我捆走吧，恁法办我吧。

两个乡联防队员刚要上前，村长拦住了。村长拍拍二位的肩膀，小声说：算了。我知道他是真没钱，你把他捆走还得管他小舅饭呢，算了。这是个没成色货，挣不住啥钱，还好玩。这鳖儿头日从他女人兜里掏两毛钱，想玩玩（小玩），女人死活不给，两人祖南三北地骂，厮打到街上……村长又大声对满仓说：鳖儿听着，县上修路呢，伸头一份，谁也少不了。知道你一时手紧，我给你三天时间，三天必须凑齐！

满仓一听，知道躲过去了，忙满口应承：行啊行啊，凑齐我给你送去，一准送去。

村长小声嘟哝说：送你娘那脚！而后招呼人说，走吧爷儿们，走吧。

一行人又进了两个门，拍拍，没有人，只好退出来。日光斜斜的，再走。村长一边走一边埋怨：老难，如今办啥事老难。上头光会说……

国正家一窝正蹲在窑场上吃罐饭，村长领着一干人来了。村长打招呼说：吃饭呢，国正。窑上咋样？国正愁着脸说：唉，费用老大，顾不住本儿……村长说：慢慢就中了，刚扎摊……是这，国正，上头修路款派下来了，催得老紧。你看……国正家女人立马接口说：没钱，俺没钱。国正娘说：税上人刚走，收拾得净光光的。国正娘看了村长一眼，又说：老歪，早先你咋说哩？你不是说能免就免……村长赶忙截住话头，（村长盖房时来窑上拉过砖，那时村长说过话，说以后上头有啥事，能免都给你免。）说：大娘，这，这回不比往常……你看，上头催得老紧。国正家女人说：歪哥，税上人才把钱弄走，真没钱，你看着办吧……村长看看国正，国正却一声不吭。村长为难地说：你看，县上领导都在这儿呢，（说着，村长偷偷地跟乡联防队的两个人挤挤眼。）这回不比往常，要有一点办法，我也……这时，国正开口了，国正说：歪哥，真没钱。拉砖吧，你还拉砖吧。村长尴尬地说：国正，看你说哪儿去了？这话都不够一句。要不这样吧，缓缓，也没多少，等过两天有钱再说，有砖还怕变不成钱吗？村长又看众人，众人看着村长，都不说话。看样子都不想得罪国正。村长只好说：那，忙吧，俺走了……国正依旧坐着。也不说话，就这么看着村长来了又去了……村长一边走一边心里骂道：日他娘，不就拉了你两车砖吗？

当村长领着一行人转到村口的时候，刚好碰上收破烂的老蚰。看见老蚰，村长招呼说：蚰哥，忙哪？

老蚰淡漠地应道：忙啥，穷忙。

村长像孙子似的赔着笑说：蚰哥，上头修路呢，款按人头下来了，数不大……村长本不想这样，可这个收破烂的老蚰养了三个好儿子，三个儿子现在都在外头上大学呢，将来有一日万一哪个做了大官也就说不定。

老蚰自然知道三个儿子在外上大学的分量，说话也就不怵：老歪，咋又收钱哪？那集资款不是才收过……

村长说：蚰哥，不是一码事。那是那，这是这。你一口人，六块钱。要不，我给你垫上算啦。

老蚰很固执，竟然一点情面也不给。老蚰说：六块钱是不多，这情我欠不起，我不能塌你的亏欠。这政策我也懂，你把那"政策"拿来我看看？

村长自然拿不出"政策"。县上的确下的有文儿，可那文儿上写的是三块。村长笑着说：蚰哥，这还有假吗？县里……乡里领导跟着哪。县上有文儿，可那文儿也到不了咱手里呀。你说是不是……

老蚰翻翻眼说：官凭文书私凭印。我不管你咋说，只要你拿出"政策"，一百我也拿，别看我是个收破烂的，我砸锅卖铁也给你凑。要是没"政策"，一分我也不掏。

两个联防队员先就躁了。跑了一晌午，口干舌燥的，心里窝了一肚子火，就日骂说：这老头熊事不少！推他的车子，车给他下了！叫他去乡政府交钱领车子，烧球哩？！

老蚰翻眼看了两人一眼，慢吞吞地说：推吧，把车推走吧，我不拦恁。一个收破烂的，谁想咋欺负咋欺负。

村长忙拦住说：算了蚰哥，算了。咋也不会弄到这份儿上。年轻人不晓事，你别计较。钱的事不急……村长心想，说来老蚰也不算啥，老蚰算个球，可人家有仨好儿，人家那儿子说不定哪天就站住步了，就当上大官了，三十年河东，三十年河西，可不能为这事成了仇家。

于是，又走……

在狗旦家，狗旦娘说：歪哥，家里真是没钱。我也不嫌丢人了，狗旦不成器，在镇上叫联防队弄住了。一家伙罚二百，不交钱捆住不让回来。好说歹说才减到一百五，亲戚邻里都借过了，刚把钱给人家凑上。我要说一句假话叫龙抓我！

村长挠挠头说：你看，你看这……

一个联防队的小伙瞪着眼说：那不行！罚是该罚。这是修路款，不一码事。该交就交了，交得晚了还得罚哩。

狗旦娘说：真没钱哪，他哥，他叔，真没钱。

村长蹲在地上，眼塌蒙着，一声不吭……

这时，狗旦从屋里跑出来，气冲冲地说：干啥？又要钱哩？要钱没有，要命一条！

两个联防队的小伙更冲，日奔儿就蹿上去了，手里晃着绳子，日骂道：好啊，又是你！捆起！再捆他一绳，看他鳖儿还犟不犟了？！

狗旦娘慌忙上前拉住，求告说：同志，干啥哪？这是干啥哪？俺又没犯法。有啥恁说嘛，咋动不动就绳儿人哪。

联防队的小伙说：你没犯法他犯法了。扰乱治安，对抗政策！

狗旦娘看拦不住，又转脸求告说：他叔，他叔，你说句话吧。你说句话……

村长这才把烟拧了，站起来说：这样吧，他家确实没钱，捆他一绳也是没钱。这娃儿犟，恁别跟他一样。

狗旦背着手一蹿一蹿地喊：来吧，来捆吧！我今儿不活了。

村长眼一瞪，日骂道：还犟哩？人家乡领导不敢捆你？瞎扎实。站一边吧！

狗旦娘也劝道：孩儿呀，别犟了，哪儿有咱说话的地方？你别吭了，听恁叔哩……

村长说：是这，款哩，上头催得老紧。他家也真没钱。借哩，怕是一时半会儿也是真借不来。那吧，这院里挂的有玉米，恁把这玉米拾掇拾掇拉走算了。

两个联防队员本来不想拉玉米，互相看了看，迟疑着没动。不料，狗旦娘竟往地上一坐，呜呜地哭起来了：拉吧，赌拉了……

狗旦娘的哭声竟把两个"乡领导"激恼了，说：拉，非拉不中！说着，就上去拾掇玉米……

村长在一旁劝道：狗旦他娘，你也别难过。该多少是多少，你赌放心了，不叫亏你。我也是没法呀……

　　炎炎的中午，已过了饭时了，村长仍领人在村街里走着。路看似很短，却又很长，有好说的，有歹说的；有善对的，有恶对的。得信儿的人都纷纷躲起来了，那款却还得收下去。村长的腰弯得更低了，走得也更慢了，就这么一户一户串下去，何时是个了呢？……

1993 年

满城荷花

一觉醒来，已是三十年了。

茶泡上了，再燃上一支烟，窗外有树……穿过时光的尘埃，我看见了家乡的小城。

就有小小脚丫贴在小城的木桥上，一板一板走，踩出一片岁月的吱呀声。

竹竿小院

在童年的记忆里，城很小，被一条窄窄的护城河绕着，有不多的几条街。用童年的脚丫去丈量，歪歪地就到了桥头。

城里就这一座木桥。桥很老，桥板翘了，一块一块凸着，有经年的灰尘和着人的唾液粘在木桥的缝隙里，人走上去摇摇的，不小心会跌跤。桥栏上有岁月摩挲出的光滑，带肉味的光滑。荷花开的时候，有粉粉白白点在水面上，荷叶上摇着银色水珠，衬得桥瘦。曾记得木桥也新过几天，那是一年国庆的时候，木桥被漆成了蓝色，鲜了几日，白日里娃儿在桥上蹦，夜晚有年轻人来这里谈恋爱，看印在水里的月亮。而后又有了很多唾沫、废糖纸、尘土……旧下来了。

走过木桥，顺河沿会看到一个旧竹竿围成的小院，院很小，很静，有两间草屋，门常关着，像不曾住人，院子里的地却扫得很光，很洁净。夏日里，透过竹竿望去，院子里仿佛有一股神秘的气味。仿佛藏着什么。偶尔，孩子们会看到晾晒在院子里的几件衣服。衣服是旧的，也仿佛刚刚挂出来，有水珠往下滴，地上润着一片新湿，独不见人。

顺河街的女人和孩子一样好奇。舌头探出很久，才有了一句话。女人指着静静的竹竿小院，神秘地说："那里住着一个官太太。"

怎样的官太太呢？官人又是谁？很茫然。小城很能藏人哪。

小院的时光太暧昧，叫人不由得猜想。然而却没有人见过这位"官太太"。秋阳把天空洗得明亮，而后是树叶落的一大片日子。白日里，有人看见竹竿小院里落了一地树叶。到了第二天，小院就又是光光净净的。在荷叶凋零、阴雨连绵的日子里，有人看见了湿湿的脚印，小院里有湿湿的一行脚印。那新湿的脚印轻浅地印在地上，仿佛走得很轻。第二天，风和日丽，那脚印又被扫去了。仍然是一段沉默。

忽一日，不知哪家娃儿把屎拉在了竹竿小院门口。这在小城已是非常过分了，会有人出来骂街的。小城的女人是能忍的，但忍也忍不过骑在脖子上拉屎。于是，人们都期望着这位"官太太"能走出来，站在门前骂街，好看一看她。然而，人们又一次失望了。没有，她没有出来。一切都很平静。三天后，人们只看到了一片小铲的印痕，有人用小铲把屎铲去了，铲痕很浅。

竟然不出来。这不是很欺负人吗？顺河街的女人们这样想。于是就像疯了一样去打听这位"官太太"的丝丝缕缕。终于有了一点点消息，有人在桥上见过她，她独自一人在桥上走，也就看见了一个背影，高高挑挑的一个影儿。说是很素净的一个人，脖颈很白。就这些了，就这些。

后来又有了突破性进展，搬运工人老罗锅的女儿在察院（察院是古老的名称，城里人嘴顺，都叫察院，那时是专员公署）门口见到过"官太太"。老罗锅的女儿撇着嘴说，也不过是一个织毛衣的。她说她去一个同学那里玩，亲眼看见"官太太"把一件织好的毛衣递给了一位老太太。人们听了，跟着喊喊喳喳说一阵，却也半信半疑。

童年里，搬运工老罗锅的女儿原是丑丑的一个小黑妞儿。时常出现在她父亲那拉搬运的架子车前，吃力地拽着一根长长的襻绳，在小城那坎坷不平的路面上洒一路墨点样的汗水……

在老罗锅的日甚一日的骂声中，长着长着就出亮了，人也白了许多，鲜得辣，成了顺河街最漂亮的姑娘。那时，她正与一个年轻的军官谈着恋爱，总是很高傲的样子。也正在学织毛衣，好把爱情织进去。而那日从察院回来，突然就把织了一半的毛衣拆了……

日后，老罗锅的女儿就时常盯着那小院，远远地看那小院，目光像锥子一样，很有些意思。小院里仍无动静，仿佛烟化了似的……

那一年，夏天非常热，河里的水也少了许多。初时有炫目的大字贴在街上，渐渐有戴红袖标的年轻人神神气气地在街面上走动。忽一日，就有一群戴红袖标的年轻人在老罗锅女儿的带领下，乱嚷嚷地闯进了竹竿小院。这时，人们才看到了那个女人。女人是被拽出来的，就在院子里坐着。戴红袖标的年轻人乱哄哄地在她屋里搜，东西一件件抬出来……人们看到了许多原本不属于小城的衣服，衣服上弥散着一股陈旧的气味。女人就坐在那里，仿佛坐着一段往事。她一声不吭，脸上异常的平静。很白的一个女人哪！头上绾着发髻，那坐姿很让人气短。戴红袖标的年轻人本是天不怕地不怕的，望着那女人的时候，一时竟不知该如何才好。

后来，老罗锅的女儿不知怎的就恨上来，抓起一把剪刀冲到女人跟前，"咔嚓、咔嚓"就把她的头发剪了。那头发很黑很长，一缕缕散落在地上……女人仍正身坐着，听任罗锅家女儿剪她的头发。头发也似凝着往日的时光，落地时仿佛有活鲜的飘动。女人终也无话，只有剪刀咔咔地在头上响。谁知，女人头发秃了之后反而显得年轻了，细条条的白净。于是，罗锅的女儿狠狠地朝地上吐了口唾沫，带着人去了。

而后有许多日子，这女人像是消失了。竹竿小院的门时常锁着，院子里落了一层树叶。

…………

据说，曾有人见过她，那是在天黑透之后，或是黎明之前，有一个包黑头巾的女人匆匆从木桥上走过，看到的仍是高高挑挑的一个影儿……

时光荏苒，当我重又回到小城的时候，顺河望去，看到的是一座一座的高楼，竹竿小院已经不在了。问起昔日的邻人，多有摇头的。一位从小捏过我的小鸡鸡儿的老人说，你说的怕是"大肚家的"吧？是不是当年蹬三轮车的大肚家的老婆？也是后走（改嫁）的。她在电影院门口卖茶鸡蛋哪……当然不是。远远看了，一个又黑又丑的老婆婆，哑着喉咙高声叫卖。

自然不会是。怎么会呢？

问起罗锅家的女儿，邻人说，现今人家可阔了。男人本是当军官的，转业回来分配到了地委，早搬走了。头些时还领着她女儿回来，她这闺女可了不得，长得高高挑挑白白净净，比她娘还漂亮，先是在北京上大学，这会儿听说又嫁了个大官。

夜晚，我独自一人走在顺河街的水泥路上，望着静静的流水。河面上很空，没有木桥，也没有荷花。

专员

专员姓王，胖胖的，细眯眼，人称王马虎。

早年，专员原是玩猴的。肩上架一小猴，常在桥头耍，也到四县走走，铜锣一响，猴儿翻一跟头，换俩小钱。解放了，竟是在做地下工作。于是就当了专员，副的。

专员喜欢在街上吃饭。常一人，坐小摊，两个咸鸡蛋，一碟花生豆，二两好酒，花两毛五分钱，小辈，就又去了。街面上多有认识他的，熟的。打一哈哈，没架子。

王马虎的诨号是从一车皮粮食说起的。三年困难时期，上头打电话，令他把一车皮粮食调往宝鸡，专员亲自接了电话，说："嗯，嗯，宝丰，知道了。"于是粮食就调到了宝丰。

也不是什么好粮食，红薯干。粮食一调去，宝丰县的老老少少就分了。过后知道错了，也已到了肚里。专员挨了处分，工资降一级，也落下了"马虎"的诨号。

专署机关的干部们都知道专员马虎。专员说话不看人，眼眯细细的，给他汇报工作，半晌才"嗯"一声，很急人。出门也不讲身份，见人就打哈哈。连打字员都认为他极不称职，一直"副"着。

"文化大革命"时，当官的都倒了，他也倒了。人马虎，又是副职，斗了几趟，也就罢了。于是下放劳动，问他去哪里，说："宝丰。"就回了宝丰。乡村里是论辈分的，他辈长，回来就是爷了。孙辈的当着支书，也没分派他干什么，就说："爷，你卖茶吧。"就派人搭一凉棚，让他在路口上卖茶。于是就坐在茶摊上。夏日戴一破草帽，大裤衩，一把破扇，眼皮塌蒙着。没人看出这就是专员。来人喝茶，倒上一碗，给钱也罢，不给也罢，不看。红日西坠，自有孙辈娃儿来喊他吃饭。饭是派饭，一个村子轮着吃，没人怠慢过。外乡人从这里路过，见一光脊梁大肚老汉，打趣他说："爷们儿，肚不小啊！"他眯眼一笑，拍拍肚皮，说："官肚，一肚子糠菜屎。"惹得路人都笑……

一日，忽然来了辆卧车，说是来接他的。他又当上了地区革委会副主任，要他立马上任。

就从茶摊上站起，默默望着来报信儿的孙辈支书，说："去了。"就去了。

突然拉到了地委大礼堂。一下车，见一会场人黑乎乎坐着。和一些生熟面孔贴贴手，就让他上台讲话。讲话稿自然有人写，就念。摸摸没带眼镜，也罢。就高声念道："颍河地区革命委员会……稿纸！"一语未了，赢来满场大笑。会一散，满城人都说："王马虎回来了。"

官复原位，就又有了秘书。这新来的秘书姓刘，原是宣传部门的笔杆子，很能写，就一路写上来。刘秘书报到时，恭恭敬敬站在老专员面前，给他汇报工作。专员依旧眼塌蒙着，似听非听，头一栽一栽的，像是睡去了……刘秘书不敢走，就悄声问："主任还有什么要求？主任？"仍无话。刘秘书怀疑专员确实睡着了，正要悄悄离去，却见专员睁开眼来，一亮，说："有。"刘秘书慌忙拿笔来记，专员说："不用记。一条。我下台的时候，你揭发我要实事求是。"刘秘书愣了，脑袋里"嗡"一声，好半天醒不过神来……再看专员，眼又闭上了，缓缓说："就这一条。"

自此，刘秘书就跟着专员，一日日地开会……跟得久了，公事、私事也知道不少。专员常到木桥上走走，不让车送，就一人去，且多是晚上。刘秘书有急事找他，一找就找到木桥上，见他在木桥上站着，定定望着什么……自然不问。有时，专员也让他给人送点什么，不让送家，送到另一个地方，很神秘……自然不说。只吓得吐舌头。

二年，专员又被打倒。刘秘书才晓得专员那双细眯眼极亮。那日，专员唤刘秘书过来，让他坐下，亲自给他倒了杯水，而后坐下来望着他，久久，专员摆摆手说："小刘，去吧，没你的事了。"

刘秘书没走，刘秘书站起来，说："专员，我……"

专员又摆摆手："你不必说了。"

二日，就有人把刘秘书叫去，让他在三日后的万人大会上揭发。事关前程，刘秘书也害怕，也想揭发。但想想老头说过的话，就忍着没有揭发。知道有人要揪斗专员，牙一咬，连夜找车把他送到了宝丰。于是刘秘书被停职反省，去乡下劳动改造。走时，刘秘书哭成泪人，实觉得屈。

转年，专员再次复出。刘秘书暗暗吸了口气，心说：值。

不几年，专员离休，在干休所住着。闲时养养花、钓钓鱼，也到乡下走走，他说，蛮好。

刘秘书时来运转，一直升上去，也做了专员，副的。上任时也对秘书说："我下台时，你揭发我要实事求是。"秘书笑笑，私下对人说："圣人蛋！"

然而，刘专员官运不济，很认真地做，做着做着却做到政协去了，于是很有些牢骚。百思不得其解，终日找老专员诉说委屈……

老专员听了，笑笑。也不为刘专员排解。人一走，就摇着蒲扇上街去了。穿汗衣，大裤衩，到街头上看人下棋。

人面橘

那时，老徐年轻，在市文教局干事，很体面。老徐的女人在工厂上班，富态。老徐嫌女人胖，很想跟女人离婚，女人就是不离。于是老徐经常打女人，还罚女人下跪。女人很怕老徐，跪就跪，就是不离。有时，已到了下半夜了，邻居们夜起，看见老徐屋里灯亮着，探头一看，老徐女人还在灯下跪着。邻人就喊："老徐，老徐，算了……"老徐醒了，从床上坐起，揉揉眼，没好气地说："起来吧。"女人这才起来，洗洗，重给老徐睡。

老徐自然有些事。那时，整个文教局才三五个人，一二局长，三干事，统管文化、教育、卫生，权力很大。老徐分管文化，文化管着电影院、剧院、剧团、图书馆……所以，剧团的女演员们很热乎老徐，见了老徐哆哆的，加上有色有貌，老徐很吃香。不过，老徐谨慎，并不曾干出舆论来。由于谨慎，就带来很多的压抑。老徐的脸一回家就苦着，对女人打得越发仔细。有一次，老徐抓住女人的头发往水缸上撞，一连撞了十几下，女人竟一滴血都没流。越打，女人越坚韧；越打，女人越适应；越打，女人侍候得越周到，端茶递水、洗衣做饭，接着就有孩子生出来了。这就像做活一样，做着做着就没了兴致。老徐很无奈。渐渐，老徐也断了念想，只是隔三岔五地偷偷嘴罢了。

在文教局，老徐要做的事情并不多，也就是开开会，传达传达上头的精神什么的。余下的一大片日子，喝喝茶，看看报，打打瞌睡。很无趣。当然也有些很重要的工作，那就是逢年过节的时候分发戏票、电影票。每逢过节的时候，好票由文教局统管，也就是由老徐统管。

这时，老徐就显得非常滋润。在大街上，每走上三五步，就有人亲热地跟老徐打招呼。市直机关的干部见了老徐就像见了爷一样，亲切得让老徐感动。老徐的中山服六个兜，外边四个、里边两个，票也分了六种，一个兜里装一种。一等一的好票是给市委领导的，那要送到家里。一等二的好票是给直属领导的，分场合送。余下的就看关系了……于是每到这个时候，老徐非常忙碌，男男女女都围着老徐转。老徐很有面子。人一有面子就有了些身份，老徐走路的时候，中山服就架起来了，有点撑。

有了给领导送票的机会，也有了想当局长的念头。老徐已是老干事了，这念头一起就非常强烈。在这方面，女人跟他空前一致。每逢过节，夫妻双双一起到领导家，不但送票，也送礼品。这时，女人打扮出来，也算有几分颜色，手儿肉肉的，甜着对领导笑。领导轻轻拍着老徐女人的肉手，眼望着老徐，说些很含蓄的话："好好工作吧。啊……"回到家，两人会温存一小会儿。对女人，老徐打还是要打的，不过，不常打。

日子很碎。而耐心就像水一样，流着流着就枯竭了。这中间似有很多机会，文化、教育分家一次；局长调走一次；一次又一次……老徐每一次都很有希望，可每一次当希望来临的时候，却又黄了。老徐很生气，一生气就打女人。女人绵羊似的，就把肉摊开，任老徐打。打归打，送票送礼依然持之以恒。在这中间，女人悄没声地把关系办到了剧院，成了老徐的下属。老徐不问。可女人又悄没声地成了剧院管票的。自此，老徐再不去送票了，送票的事交给了女人。女人每一次送票回来都捎一些话给老徐，使老徐看到希望的亮光。比如，刘书记说："老徐该解决了……"

年数委实不少了。可事情呢，却常常出现意外。有些领导，送着送着，人调走了，一切又得重新开始……终于有一日，冯书记把老徐叫去，亲切地说："老徐，该解决了。组织上已经研究了。老同志了，就留在局里吧。"老徐自然说些感激的话。回家的路上，心里像扇儿扇。

　　似乎三五日，任命就下来了。局里人见了老徐，也都喊徐局长。老徐笑笑，算是默认。这时，老徐已算是有年份有肚子，态势早厚了，缺的是一张薄纸。然而，就在任命要下的那天，老徐出了事情。那天下午，纪委的人先一步来了，纪委的人关上门跟老徐谈了半日，出门的时候，老徐像傻了一样……

　　七天之后，老徐被抓进了监狱。是局里有人把老徐告了。老徐前一段抓过平反落实政策的事，自然有不少人上门求他……一查，就查出了受贿的事。落实下来，有四千之多，一下子就判了七年。

　　老徐没有住够七年。他是一年半之后被女人接回来的。老徐在监狱里得了脑血栓，老徐瘫痪了。老徐回来的时候连话都不会说，半边身子像木了一样，成了个半死人。开初，女人对他还好，也给他治过两次。渐渐就不行了，女人这会儿已当上了剧院的经理。女人忙，也没了那么多的耐性。女人就想跟他离婚。可和一个不会说话的半死人没法离婚。女人就说，你死吧。

　　于是常常三两天不给他饭吃。老徐在床上躺着，不会说话，就眼睁睁地看着女人。女人下班回来，第一件事就是赏他一口唾沫！唾沫吐在老徐的脸上，老徐也不擦，他不会擦。于是有一层层的唾沫擦在脸上……

　　孩子们开始还可怜老徐，隔三岔五地给他端碗饭。日子久了，看他一身屎一身尿的，嫌脏，也烦了。于是就把老徐弄到一个人们看不到的小屋里，想起了，给他碗饭，想不起就让他饿着。女人还是坚持不懈地赏他一口唾沫！有时恨了，就呸呸呸吐两三口，说："你咋还不死呢？"

　　老徐活得很有韧性，却也不死。每日里静睁着一双眼，显得很深刻。

　　时间长了，老徐躺的小黑屋里臭烘烘的，一推门就能看到一片白花花的亮光，那是干了的唾沫。有一日，老徐的女人端着半碗剩饭给老徐，嘴里还噙着一瓣橘子，一推门闻到一股子臭气，便呸一口把嚼了一半的橘子吐到了老徐脸上，连核带梗黏糊糊的一片……不料，没几日，老徐脸上长出了一棵嫩芽。那芽儿慢慢长，慢慢长，竟然长成了一棵小树，那是一棵小橘树，叶儿七八片，绿油油的。

半年后，老徐脸上的橘树结了一个小金橘，先绿，渐渐鹅黄……

不知怎的，这事竟被本市一个搞盆景的知道了。经多处查访找到了老徐家，非要看看。家人自然不让。此人倒有个缠劲，硬是在门前转悠了三天，瞅个人不注意的时候，进了那小黑屋。一看，惊得这人倒吸了一口气……二日，此人专程来找老徐的女人，说要买那棵橘树，张口就给十万元。女人愣了，心里湿湿的。女人问："你给十万？"那人说："十万。不过，有个条件，我要活的，得带土……"女人不解："带土？培点土不就行了。"那人解释说："这棵橘树主贵处就在这里。它是血肉喂出来的。你把它拔下来它就死了，必须带血带肉……你考虑考虑吧。"老徐的女人一怔，那人撂下五千块钱，说这是订钱。说完站起走了。

三日后，那人又来。看了，两眼放光，说："那根须已扎进血管里了，缠在了脑骨上，光带血肉取怕是不行了……不过，如果带头卖，可值百万。主贵就在一棵橘树长在骷髅上。"家人商量半日，终怕落下罪孽，不敢下手。老徐女人还专门到法院去问，说已是植物人了，可不可让他早走？法院的人答复，目前法律还没有这条规定。也只好等着。

老徐竟然不死，依旧睁着两眼。那棵橘树慢慢长着，结下的小金橘红艳无比……

圆圈

上小学的时候，恨一个老师，爱一个女同学。

老师姓陈，名庭中。高鼻梁，聚光绿豆眼，戴瓶底厚的近视镜。冬日里常围一驼色围巾，不时甩一下，很神气。揩鼻涕也揩得极有特点，远远地擤一下，教室里立即噤声，说：四眼来了。

在槐树街小学，陈庭中老师治学有方，严厉是出了名的。上课的时候，陈老师的讲台上备一粉笔盒，里边放的全是用过的粉笔头，注意力稍不集中，便听见"嗖"的一声。粉笔头子弹一般射过来，正中脑门！准头很见功夫。若再不注意，便疾风一样走下讲台，趁你不备，一手托脖子，一手扳住你的头，恶狠狠地说："看，看，洋鬼子看戏，你傻脸了吧?!"没人敢笑。常常，一堂课下来，班里同学一脸白点，奸臣一样。老师的处罚很有创造性。有时来晚了，让你站在门口，称为"庄子"；有时没完成作业，让你站在教室后面，面墙而立，谓之"达摩"；若是下课跳桌子让老师撞见，也不让动，就让你骑在桌子上，让全班同学看着你，叫作"张果老"……也有例外，班里有一叫冯小美的女同学，从未受过处罚，陈老师见了她总是笑眯眯的。冯小美不但学习好，长得也好，简直是瓷娃娃一个。老师常说："看看人家冯小美……"全班都看冯小美。那时，她穿一花格格裙，站在队前打拍子领我们唱歌："戴花要戴大红花，骑马要骑千里马……"真是阳光灿烂呀！

冯小美就在我前边坐，我天天看冯小美的脖子。她的脖子细瓷瓶一样，白乳乳的，似乎敲一敲会响，禁不住想摸一摸，却又不敢，偷眼去看那粉粉的小手，眼里也就生出一只小手来，慢慢地慢慢地往前探……这时一声霹雳："往哪儿看？往哪儿看?!"老师的教鞭已重重地落在课桌上，一双绿豆眼怒冲冲地对着我。我吓坏了，小声辩解说："我看苍蝇……"课桌边上的确趴着一只苍蝇。老师气冲冲地说："上课不看黑板，看苍蝇……我让你好好看看苍蝇……"说着，两手捧住我的头，往那只苍蝇跟前推。苍蝇飞向东，老师就把我的头扳向东；苍蝇飞向西，老师就把我的头扳向西；我的身子随着头转，头随着苍蝇转，转着转着，我哭了……

又有一次，记得是全班在操场上集合的时候，我说话了。老师便喝令我站出来，而后，他用粉笔在我周围画了一个圆圈，又吩咐班干部冯小美："看着他。他要敢出圈一步，你告诉我。"于是全班同学都迈着整齐的步伐劳动去了，只有我孤零零地在操场上站着。老师的圈画得并不圆，有一个很大的豁口，可我仍在圈里站着，不敢动。当然还有冯小美，冯小美是留下来监视我的。我沮丧地站在圈里，不敢看冯小美，却想看冯小美。偷偷地瞥一眼，却发现冯小美并没有看我，她在看书，看一本很厚的书。我很失望。看着冯小美，我并不觉得太委屈。我很喜欢冯小美，我曾经在放学之后背着书包在榆树街转来转去，目的就是期望能看到冯小美。那时，冯小美就住在榆树街的市委机关家属院里。然而我却从未跟冯小美说过话，我是坏学生，那时好学生是不与坏学生说话的。现在，我终于有了跟冯小美单独相处的机会，这是我有生以来第一次和冯小美单独相处，我很狼狈。我真的很想跟她说一点什么……可站着站着，我想尿，却又不好意思张口，就拼命地夹紧双腿。我浑身抖起来，浑身筛糠似的抖着，可我坚持不开口。有一阵，冯小美抬头看看我，仿佛很吃惊地问："你是不是有病了？"我不吭声，我一声不吭。我知道一张嘴我就会哭出来。那时，我觉得整个世界都不存在了，整个世界就是一个冯小美。我得坚持住。然而我的身子太不争气，两个小时之后，我觉得腿上有湿热的一股在缓缓流淌……那一刻，我真想钻进地缝里。

夏天来了，在那年的夏天里我度日如年。自从在冯小美面前湿了裤子，我的头就再也抬不起来了。我越发仇恨老师。也越发恐惧老师。那是五月的一天，我又迟到了。我刚走进学校，便看见老师慌慌地从教导处走出来。一夜之间，学校里贴了一院子大字报。我没注意这些大字报，我注意的是老师。我一看见老师便六神无主。我结结巴巴地问："今天不上课吗？"老师看了我一眼，便匆匆从我身边走过去了，我仍是惶恐不安地望着老师的背影，不明白他为什么不批评我。就在这当儿，一群戴红袖标的大学生从校门口拥进来，都是些从槐树街毕业的学生，他们杀回来了。他们把老师围在校门口，不由分说，把满满一桶糨糊兜头盖脸地浇在老师的身上！老师站在那儿，一头一脸一身全是糨糊，老师的眼镜被糨糊冲掉在地上，一脸的愕然……许多年后，当我从梦里醒来，老师愕然的神情仍历历在目，老师身上的糨糊哩哩啦啦地往下滴着，一脸愕然……

老师那至高无上的权威就这样被一桶糨糊冲刷掉了。此后，当老师又站在讲台上的时候，总是战战兢兢唠唠叨叨地重复着一句话："同学们，我有罪，同学们……"在老师"行动"的鼓励下，我们班的"大嘴"率先造反了。在班里，"大嘴"学习最差，是受老师惩罚最多的学生。那时"大嘴"总是张着大嘴哭，他组织了一个只有三个人的战斗队，命令老师每天向他报到。老师就向他报到。他是老师的学生，也没有什么新招，就每天在校园里用粉笔画一个圆圈，让老师在圈里站着。老师就在圈里站着。"大嘴"画的圈很小，只容下一双脚。"大嘴"说："老实点。不能蹲，一蹲屁股就出圈了，出圈我收拾你！"老师就不蹲。那会儿，我实在是很羡慕"大嘴"！

夏天很快过去了，我们异常轻松地进入了中学（那一年没有考试）。而后是下乡……在乡村的许多个没有灯光的夜晚，常常梦见老师，梦见那狠嘟嘟的四眼，不由打一激灵，便有句子流出来了："一二得二，二二得四；三七二十一，四四一十六""一三五七八十腊，三十一天永不差；四六九冬三十日；只有二月二十八""一只乌鸦口渴了，到处找水喝……""工欲善其事，必先利其器""九层之台起于累土，千里之行始于足下""王婆卖瓜，自卖自夸""他山之石，可以攻玉……"这都是老师狠出来的。我知道我完了，我永远是个小学生。再没有人这样逼我了，从一年级到六年级，他虐待我们六年哪！

重回小城，已近不惑。忽然想去看看老师，就去了槐树街小学。学校还在，人却不在了。问遍所有的人，竟不知陈庭中是谁。学生摇头，老师也摇头。没见过，也没听说过。我嗫嚅着，不禁惶然。

看望老同学"大嘴"。再问冯小美，"大嘴"说，前年，她已死于车轮下。"大嘴"说，你知道冯书记吗？"文革"中自杀了，那是她爸。后来，冯小美"神经"了，终日披头散发在街上唱，身后跟一群小孩子。走着走着，还用粉笔画一圆圈，就在圈里站着。"大嘴"说："多好的一个小瓷人呀！"

说话间，"大嘴"的女人回来了，进门就问："今儿'跑'了多少？""大嘴"说："叫我算算，三七二十一，四七二十八……小打油儿，一百四十八。"

"大嘴"是出租汽车司机。

1994 年

○   ●

钢婚 ·······································

—— 一九九二的永恒

一

三十六年前，倪桂枝住在槐树街 66 号。66 号是一个很顺的门牌。

后来，倪桂枝搬进了 99 号王保柱家。99 号仍然是一个很顺的门牌。

二

自小，倪桂枝是在颠簸的架子车上长大的。

倪桂枝的父亲是拉搬运的。人很黑，人们就叫他老黑。老黑膝下无儿，就把倪桂枝当破小子养着。炭黑的一个老子，却养出了一个活鲜亮丽的女儿，那种是很可以让人怀疑的。

每当槐树街 66 号走出那辆破架子车时，也走出了一片鲜活。早年，小城人常常看见倪桂枝被拴在一辆载满黑煤的架子车上，拽着一根长长的缆绳，在小城那坎坷不平的路面上，洒一路墨点样的汗水。也常常把架子车停在路边，父女二人一边喝凉水，一边吃火烧夹牛肉，狠吃。

养女儿就像养辣椒一样，养到鲜亮的时候就辣眼了。辣到一定时候呢，出味儿。倪桂枝长到十七岁时，已成了小城的一枝花。那时，她梳两条大辫子，辫子上缠着小红绳，浑身上下弹弹软软、悠悠忽忽的，扯一街眼珠子乱蹦。

市曲剧团曾抢一般地把倪桂枝叫去，说要听听嗓儿。忙碌好一阵，团长叹口气，惋惜地说："唉，要是早些培养，能捧出个红堂堂的角儿也说不定啊！"

三

倪桂枝十八岁时，成了小城钢厂的一名工人。

那正是大炼钢铁的时候，小城里处处是高炉，炉火把小城人的脸烤得红彤彤的。在红彤彤的时期里，热情很高的小城人先是献上了铁锅，而后献上了门鼻儿。

应该说，拉搬运的老黑首先贡献的是他的女儿。

倪桂枝进的是小城最大的一家钢厂，国营的。倪桂枝是个好工人。进厂之后，她很快成了小城钢厂的模范人物，先后戴过两次大红花。那时时兴"连轴转"（昼夜不息）。在"连轴转"的日子里，倪桂枝曾七天七夜不合眼，连续奋战在高炉上，熬倒了无数好小伙（只有一个叫王保柱的例外）。不用说，倪桂枝自自然然当上了班长。

钢厂男工多，倪桂枝当班长就特别的顺利。无论她说什么，都会有男人为她奋不顾身。于是，不管她调到哪个班组，钢厂的"流动红旗"就跟到哪个班组。她在小城钢厂扛着红旗，也扛着男人的眼珠，一度曾使小城钢厂的生产出现了惊人的火箭速度。在许多个红彤彤的夜晚，倪桂枝站在高炉旁，使许多男人目光如炬、彻夜不眠……

这是倪桂枝一生中最为辉煌的时期。那时候，倪桂枝的笑声飘荡在钢厂的角角落落，她的活鲜倩影也映现在钢厂的角角落落。钢厂人没有不知道倪桂枝的，空气里到处都是辣椒味。直到有一天，她接到了厂长的通知。

那是一个阳光明媚的下午，倪桂枝下班洗完澡，一身轻松，光洁鲜明地朝厂长办公室走去。有人给她捎信儿，说厂长让她去一趟，她就去了。

厂长很客气地接待了她。厂长笑着，仅仅是有点语无伦次。厂长站起时碰倒了一把椅子，又赶忙扶起来。厂长笑着给她倒水，给她让座，厂长说："坐坐坐坐坐，坐坐坐……"而后轻轻地关上了门。那时，厂长才四十一岁。四十一岁是男人的黄金季节，偏巧厂长在黄金季节里死了女人，于是厂长就说了一些很浅显又很深奥的话。厂长脸上有很多肉，手上也有很多肉，厂长的肉手轻轻地拍着倪桂枝，像捧瓷器一样，很有耐心地望着她，脸上挤出许多生动……倪桂枝却忽地站了起来，站起来的倪桂枝一下子比厂长高了半截，倪桂枝圆睁着眼，望着厂长那胖嘟嘟的肉脸，骂出一句使厂长终生难忘的话。倪桂枝拍着桌子说："爬你妈那×吧！"

厂长一下子被呛住了。厂长也是喜欢吃辣椒的。厂长吃了四十年辣椒，到这会儿才吃出味来。厂长几乎不相信这是从倪桂枝嘴里骂出来的。那是一张多么鲜艳的嘴呀！厂长怔怔的，好半天没醒过神儿来，直到门很响地摔了一下，他才发现倪桂枝已经走了。

倪桂枝走后，厂长还像傻了一样在那儿坐着，一声不吭地坐着。一直坐到很晚很晚，他才愤愤地学着骂了一句，骂得很没有底气。

这是一个很辣的女人哪！

四

倪桂枝从厂长办公室出来，就去找王保柱了。

倪桂枝没把厂长当回事，也没把这事太当回事，她路上甚至还买了包瓜子嗑着，仍是一路鲜活。

倪桂枝和王保柱是从小一块儿在槐树街长大的。倪桂枝的父亲是拉搬运的，王保柱的父亲也是拉搬运的，都拽着一根缆绳长大。王保柱野，倪桂枝辣，自小都很投脾气味儿。进钢厂之后，两人又分在一座高炉上，王保柱总是护着倪桂枝；倪桂枝呢，时常把节余的杠子馍留给王保柱。渐渐，两人心里都有些那个……

倪桂枝走进男工宿舍倚门站着，一边嗑瓜子，一边对王保柱说："我把那龟孙骂了。"

王保柱一米八的大个子，一顿能吃七个杠子馍，像头牛一样。他忽地站起来问："哪龟孙？谁？！"

倪桂枝吐着瓜子皮说："厂长，我把厂长骂了。"

王保柱听了，举着双拳伸了伸懒腰，不在意地说："你骂厂长干啥？嘴痒了。"

几个泼皮小伙也围上来，笑嘻嘻地说："咦，你敢骂厂长？胆子不小啊？！"

倪桂枝把瓜子皮吐到他们脸上，笑着嗔道："去去去，一边儿去！"

接下去就不再说了。倪桂枝又给王保柱交代了一些生产上的事情。两人都是班长，都在"红旗一号高炉"，倪桂枝是一班班长，王保柱是二班班长，谈的都是炉上的事。交完班又聊了一些闲话。倪桂枝把吃剩的馍扔给王保柱，就回女工宿舍睡了。

那天晚上，她仍然睡得很香……

事情发生在一个月后。一个月后的一天夜里，当厂长端坐在办公室里，喝着茶叶水，温和地与另一位姑娘谈话的时候，倪桂枝犯事了。

她是被当场抓获的。午夜时分，当倪桂枝和王保柱在工棚里抱着亲嘴的时候，被厂保卫科当场抓获。保卫科长一手掂着手电筒，一手掂着枪骂道："娘那卵子，跟了你一个月了，颠得老子腿肚疼！"

夜审的时候，保卫科长晃着手枪喝道："说，谁主动？"

倪桂枝抢先说："我，我主动。"

保卫科长"嘿嘿"一笑，脸上的麻子闪闪发光："好，怪不得你连厂长都敢骂！"

第二天，倪桂枝脖里挂着破鞋，被五花大绑地推出了厂门。保卫科长还专门叫人借了一面响锣，亲自带着一群保卫人员押她去游街。令人惊异的是倪桂枝竟然没有哭。她在保卫科关了一夜，出来时仅仅是脸色有些苍白，头却是昂着。当她在小城那凹凸不平的石板路上游街的时候，简直是万人空巷啊！一街两行全是人。她走到哪里，人们就跟到哪里。游到十字街口的时候，交通堵塞了。围观的人群乱成了一窝蜂！人们嗷嗷叫着，掀翻了路边的水果摊，满地滚的都是苹果。于是苹果像雨点似的向倪桂枝飞来，吓得保卫科长慌忙把锣顶在头上。倪桂枝却木然地站在那儿，任人凌辱……

当倪桂枝游回到钢厂门口时，已是下午了。下中班的工人们全都默默地望着她。没有人说话，谁也不说话。看到钢厂的工人们，倪桂枝掉泪了，倪桂枝眼里的泪像断线的珍珠一样流下来。这时，王保柱从人群里走了出来。他觉得他再不出来，他就不是个人了。他默默地走上前去，站在倪桂枝面前，冷冷地对保卫科长说："完事了吧？"保卫科长正给倪桂枝解绳子，一看是王保柱，厉声喝道："咋？找事来了？也想叫捆你一绳！"

王保柱斜了保卫科长一眼，一把抓住倪桂枝的手，当着众人的面宣布说："结婚。我们现在就去登记结婚！"

保卫科长一时蒙了，他指着王保柱，好半天说不出话来："你，你你你……告诉你，她，她破坏生产，已经被开除了！"

五

倪桂枝结婚之后，从槐树街66号搬到了99号，开始了她火焰一般的婚姻生活。

倪桂枝和王保柱是结婚的当天晚上开始打架的。

仿佛是从一句话开始的。一句很平常、很普通的话。在新婚的那天夜里，客人走过之后，当新房里只剩两个人的时候，就有了那么一句话。那是一句本身没有任何意义的话。是没话找话。开初的头一句总是这样的。但那话像是一个阴谋，是掺了锯末的玻璃碴，一下子就有了血淋淋的燃烧。两人就像是等待了很久似的，都紧紧地攥住那句话，你一句，我一句，把那话拉得更长更远，而后用刀子一段一段地割开，说着说着竟打起来了……

王保柱和倪桂枝都是刚性人。倪桂枝从小在槐树街跟爹长大，辣是出了名的。王保柱也是在槐树街长大的野孩子，打架是出了名的。倪桂枝钢牙铁骨，不依不饶。王保柱一米八的个头，浑身是力。按说，女人是斗不过男人的。可是倪桂枝打起来不要命，死不低头。打倒了，她冲上去；再打倒，她又冲上去，越见血越有精神。打到最后的时候，倪桂枝竟然提着刀往自己头上砍……等邻人跑进来劝时，新房里已是狼藉一片！

有了第一次，就有第二次、第三次。开初的时候，两人都年轻，都不屈服，却都希望对方屈服，哪怕有一方说句软话，这架就打不下去了。可谁都不说软话，结果是谁也战胜不了谁。归根结底还是因为那一句话，那句话像有魔性似的，沾住就打。

两口子打架也有惯性，一种对抗的惯性。你要这样，我偏要那样，于是就产生无休无止的对抗。小打天天有，大打三六九。他们家的东西几乎每件都是残缺的：凳子腿是断的，水缸是烂的，镜子是胶布粘的，床是用砖头支的，更新最快的是铁锅……

这是一种烧起来你死我活的日子。也是一种"碎碎"平安的日子。无论怎样打，怎样拼命，打过之后一切又归于正常。两人从未提出过离婚，一次也没有。

六

这年秋天，当倪桂枝和王保柱打得不可开交的时候，厂长却光荣地再婚了。

必须说明，厂长娶的仍是一位在槐树街长大的姑娘。她也是钢厂的女工，也很有几分姿色。只是更温柔些。厂长曾私下对这位再婚的妻子说："叫倪桂枝后悔一辈子！"

厂长结婚那天，槐树街鞭炮齐鸣，出现了从未有过的热闹。当一辆挂着红绸的吉普车开进槐树街的时候，人们几乎惊呆了。从槐树街出嫁的姑娘从没有享受过如此的殊荣！这是一种官家的荣耀，是槐树街这些平民做梦都向往的荣耀。那时，吉普车是市长才有资格坐的呀！当厂长的新夫人穿着厂长特意叫人从上海捎来的高跟鞋，一路碎蹾，"嘚嘚……"走向吉普车的时候，人们又一次被高贵的包装所震撼，槐树街的老太太甚至掉下了眼泪："二妞命好哇！"

槐树街的人不会知道，黄二妞这个名字，厂长是不喜欢的。厂长勇敢地把黄二妞改为黄献枝，厂长说："就叫献枝吧。"于是，在鞭炮声中，挂红绸的吉普车"呜"一下开走了，黄二妞这个名字也就永远地消失了。

这一天，对倪桂枝、王保柱来说，是和平的日子。当鞭炮炸进院子的时候，倪桂枝正坐在屋里包饺子。她包的是萝卜馅的饺子，皮儿擀得很薄，包得也很精致，包出了许多花样。王保柱正好倒休，就坐在那儿看她包饺子。王保柱说："想不到你还有这一手。"倪桂枝说："你才知道哇？"说着，还难得地笑了笑。言语到了这儿就打住了，没有再说什么。甚至当黄二妞的母亲甩着大脚片子，挨家送喜糖的时候，两人也没有多说什么，笑笑接受了。只是这天两人都没有出门，就在家里坐着，很平静地坐着。

第二天，为了一件芝麻绿豆样的小事，两人又重新开战。于是，那包喜糖像子弹一样从屋子里飞了出去，接着是茶瓶……

七

一九六三年，钢厂下马了。

一千多名工人为之奋斗了六年的钢厂，在抛下了几十万吨没有任何用处的废铁疙瘩之后，被迫下马了。

钢厂下马之后，一部分农村来的工人下放了。一部分工人改行生产塑料。只有厂长走得体面，厂长是被一辆小汽车接走的，由于级别的关系，厂长荣升为市委副书记。

这一年对钢厂工人王保柱来说，是灾难性的一年。钢厂改为塑料厂，他又得重新学习生产塑料。可他的身体垮了。原本一肩能扛四百斤、一顿能吃七个杠子馍的王保柱，先是得了肺结核，后又得了胃溃疡，几乎成了一个废人。由于心情不好，他和倪桂枝的战事仍然无休无止地进行着。当然，这时候已经是打不动了，但情形依然是很激烈的。打不动的时候就骂，一人坐在床头，一人坐在床尾对着骂，骂不动的时候就互相瞪着，死死地瞪着……

那时候，倪桂枝已到街道上织草苫子了。为了生计，也为了给王保柱治病，被钢厂开除了的倪桂枝每天站在槐树街的路边上和老太太们一起织草苫子。那是些满脸风尘的日子，无论冬夏，倪桂枝都两手不停地把缠满粗麻线的砖头在谷草上绕来绕去。冬天里两手冻疮，夏天里一脸汗污。而后把换来的钱送到一个有几十里路远的偏远乡下，去换回一种泡在瓶子里的叫作"胃宝"的偏方。那是一种泡在糖水里会生长的酸酸甜甜的东西，样子像白色的蘑菇云。那时，她家里到处都是瓶瓶罐罐，到处都弥漫着酸酸甜甜的气味。这种生长在糖水里的"胃宝"对治疗胃溃疡有特效。然而，这些瓶瓶罐罐大部分在精心制作之后被两人干架时打碎了，而后又重新制作。这是一种回环往复的循环，循环的结果是两人的脾气都越来越坏，屋子里到处都是流淌着糖水的玻璃碎片。

倪桂枝站在街头上织草苫子时，曾再次遇见过荣任市委副书记的原钢厂厂长。槐树街离市政府很近，每天都有小汽车从这里开过。有一天，当市委副书记坐车从槐树街路过时，不知怎的，就看见了倪桂枝。他让司机停下车来，摇下窗玻璃，探出头来往路边看。不用说，站在冬日寒风里的倪桂枝蓬头垢面，显得异常憔悴。而倪桂枝开始并未察觉有人在看她，她勾着头，正飞快地用生满冻疮、到处都是血口的两手一扔一扔地织草苫子。当她抬起头来时，一眼就看见了那辆轿车，看见了坐在轿车里的人。这时，倪桂枝一甩头发，扬声大骂："看你妈那啥子哩！"仅一声，小汽车一溜烟地开走了。此后，市政府的小汽车再没在这里停过。

八

有一段时间，倪桂枝很想要一个孩子。

她跟王保柱争吵过许多次。两人关在屋子里，倪桂枝点着王保柱的鼻子说："医生说了，你有毛病。"

王保柱就点着倪桂枝的鼻子说："你有毛病！"

倪桂枝说："你肯定有毛病！"

王保柱说："你肯定有毛病！"

而后，两人就撕撕扯扯地拉着去了医院。医院检查结果是两人都没有毛病。两人虽然都没有毛病，却仍然没有孩子生出来。

就在两人为生孩子争吵的时候，当了市委书记夫人的黄献枝却抱着刚满月的孩子回娘家来了。书记夫人生了贵子，自然要回娘家荣耀一番。带儿子回娘家的黄献枝已不是当年的模样了。她梳着那时最时兴的"二刀毛"剪发头，穿着市委女干部时兴的卡腰翻领的月白衫，一张脸被市委机关食堂的好油水供得油红似白，润展展的。进了槐树街，那腰身禁不住地扭着，脚下的平底女皮鞋也响得很有节奏，一走就走出了高贵。她身后还跟着一个保姆，那孩子是保姆抱着的，保姆一手抱着孩子，一手拿着一个灌满鲜牛奶的瓶子，摇摇摆摆，也很体面似的。

槐树街的老太太们自然又要惊乍一番，一个接一个抱过孩子看了，赞叹说："这孩子官相！"

那时，倪桂枝就在街头上站着，手一扔一扔地织着草苫子。她看着黄二妞从眼前走过，看着老太太们一个个赞叹不已地夸孩子，此后又是老太太们羡慕不已的议论……倪桂枝一句话都没有说，她只是更快地扔着手里那些缠着粗麻线的砖头蛋子。

此后，倪桂枝再没有提过要孩子的事。

然而，就从这天起，倪桂枝得了一种很奇怪的头晕病。她站着站着，突然头一晕就栽倒了。当人们把她送进医院时，她又会突然醒过来，醒过来她又说："没事，我一点事也没有。"而后，她起来就走，真的一点事也没有。

回家后，倪桂枝对王保柱说："我非死到你手里。"王保柱说："我非死到你手里！"

九

倪桂枝第三次见到当了市委副书记的钢厂厂长是在"文化大革命"的时候。

那时候，小城人就像过节一样，天天热闹非凡。不断有一群一群戴红袖章的年轻人把什么人牵出来游街。终于有一天，市委副书记也被牵出来了。市委副书记头上戴着纸糊的高帽子，两只胳膊向后做飞机状，被一群高呼口号的年轻人押在大卡车上游街。

那时，倪桂枝仍站在街头上织草苫子，一边织草苫子，一边看街头上的热闹。当押着市委副书记的大卡车开过来时，倪桂枝眼忽地一亮，猛地扔下手里的砖头，咚咚咚……跑了过去。

当时，汽车开得很慢，倪桂枝很利索地扒上汽车，在红卫兵的惊愕里，照市委副书记的脸上吐了一口唾沫！倪桂枝愤愤地说："你也有今天哪！"

市委副书记睁眼看了看倪桂枝，而后默默地把眼闭上了……

倪桂枝从车上下来的时候，手一直抖着。她拾起扔在地上那缠满粗麻线的砖头，手依然抖动不止，她又把砖头一扔，说："我今天不干了！"

回家后，三句话没说完，倪桂枝又跟王保柱打了一架。那时，因病吃劳保多年的王保柱已是破罐破摔了。他几乎天天蹲在院子里跟人下棋，下完棋又接着跟倪桂枝斗，斗完了又去下棋。这是一个循环，无休无止的循环，在循环里王保柱也算是有声有色。倪桂枝也一样。倪桂枝一边织草苫子，一边制作那种叫作"胃宝"的偏方，而后再把这些盛偏方的瓶瓶罐罐一一打碎……这也是一个循环，自始至终弥漫着一种酸酸甜甜的气味，这气味是很容易让人急躁的。

十

日子就像树叶一样，过着过着就发黄了，过出了一种陈旧。

在发黄的日子里，倪桂枝与王保柱的争斗开始趋于平缓，吵还是要吵，打还是要打，似乎已闹不出特色了。这就像音乐一样，曲子里开始有了间歇，有了降调，有了平静的时候。但那句话仍然左右着两个人，时不时就会突然出现高音。有时候，槐树街的老太太会问："那两口子不在家吗？"但话音未落，就会听到一声脆响！马上就会有老太太说："在家呢。你听……"

也许是"胃宝"起了作用，或者仅仅是那种气味起了作用，王保柱的病渐渐好了。好了的王保柱也早已失去了当年的气力。他就像药一样，熬得太久了，只剩下有气味的渣。不过，在病好的同时，他又得下了另一种病，这病不大，但异常痛苦。这也许是吃药吃出来的副作用，他解不下来大便。每次上厕所，他都要长时间地蹲在那里。开始需要蹲一两个小时，越蹲需要的时间越长，有时候竟需要三四个小时。

倪桂枝的头晕病也时有发作，说晕倒就晕倒了。但倪桂枝从不吃药，她坚持不吃药。她一边自己不吃药，一边到处跑着给王保柱配制新的治便秘的药。在跑这些事情时她显得精力无穷，仍然是一边争吵，一边配制；一边毁坏，一边建设……但王保柱的便秘却是无法治愈的，无论吃什么药都治不了。

有一次，王保柱在厕所里整整蹲了三个半小时。倪桂枝忍不住跑到厕所门口，大声说："你屙石磙呢?!"

王保柱涨着脸在里边说："你别管!"

倪桂枝又说："你屙石磙呢?!"

王保柱骂道："滚!"

十一

更名为黄献枝的黄二妞再回到槐树街的时候，已是八十年代了。

这时，黄献枝由市委副书记的夫人跃为地委副书记的夫人。她是在丈夫升地委副书记的第三天回到槐树街的。她穿着体面是不用说的，一张微微发胖的脸白润丰腴，一走就走出了一片灿烂。槐树街人的赞叹恭维更是不用说的。老太太们说起来更是接驾一般的荣耀。一个个说："看看多有福！看看多有福！"

当黄献枝回槐树街展示荣耀的时候，倪桂枝正在男厕所门前蹲着。倪桂枝蹲在那儿，朝里边问："仨钟头了，咋回事？"

王保柱急头怪脑地说："回去吧，你回去吧！"倪桂枝便骂起来了……

那时，黄献枝正一家家诉说荣耀。她也仅仅是诉说了三个小时。三个小时之后，地委一辆小轿车接她来了。小轿车直接把她拉进了医院。在医院里，她看见了她的新任地委副书记的丈夫。丈夫是在和一些老同志喝酒时突然发病的。黄献枝扑到病房前，听见丈夫正喃喃自语："桂枝，桂枝……"

黄献枝马上说："我是献枝，你说吧。"

地委副书记已经口齿不清了，仍说："桂枝……"

黄献枝又说："我是献枝……"

地委副书记却再也不能说了，他得的是脑出血，由于兴奋过度，他瘫痪了……

此后，黄献枝再没有回过槐树街。可槐树街的人仍然以黄二姐为荣耀。槐树街是一条平民街。住在槐树街的人只有黄献枝走进了官宦之家。黄献枝家的亲戚全由于黄献枝而得到了体面的工作。黄献枝的两个孩子先后都上了大学，永远离开了槐树街。

黄献枝作为瘫痪了的前地委副书记的夫人，仍然住在地委大院里。走出来时，依然矜持。

十二

一九九二年冬天，小城下了一场鹅毛大雪。这是一场少见的大雪，天地间一片白。

下雪时，王保柱正在厕所里蹲着。他从晚上八点一直蹲到夜里十二点，却还在那儿蹲着。应该说明的是，槐树街只有这么一个厕所，三十六年来，槐树街的厕所没有变。这厕所离王保柱家有二十多米远，因此，王保柱每次进厕所都像急行军一样。

十二点的时候，倪桂枝找王保柱来了。夜空里是飘飘洒洒的大雪，倪桂枝站在厕所外边的雪地里，高声问："保柱，你咋回事？"

王保柱在里边"嗯"了声。

倪桂枝怒气冲冲地说："我听见你说话脑子眼儿疼！"

王保柱又"嗯"了一声。

倪桂枝叫道："保柱……"

王保柱还是"嗯"了一声。

几十年来，王保柱第一次没有回嘴。倪桂枝有点慌了，她连声叫着："保柱……"

"嗯。"

"保柱！"

"嗯。"

"保柱！！"

"嗯。"

倪桂枝的喊声越来越高，王保柱的回应越来越低，于是，倪桂枝一头冲进男厕所里去了……

一直到第二天早上，人们在厕所门前发现了一个大雪丘，雪丘下盖着两个人，那便是倪桂枝和王保柱。两人都死了，死时两人抱得紧紧的。

死因不明。

三十六年前，倪桂枝住在槐树街 66 号。66 号是个很顺的门牌。

后来，倪桂枝搬进了 99 号王保柱家。99 号仍然是一个很顺的门牌。

1994 年

○　●

天眼　· ·

　　风脆了，风里有沙了。

　　我感觉到风里有沙了。书上说，黄河从这里流过，在地图上从这里流过。但整个夏天都没有看到像样的水。这里的水几乎全是从水管里流出来的，水管里的水是药水，是从漂白粉里泡出来的，有一股锈迹斑斑的药味，还有一股死老鼠的气味。这是一座地图上有河而实际上看不到大水的城市。我喜欢大水，有波澜的水，可这里没有。这里的水全是棉线做的，是那种发污的坏棉线，天上下的和水管里流的，全是。有时候线很细，非常细。而秋天的时候就有沙来了，风送来的沙，沙就是河了。在这个城市里，沙就是河，黄颜色的河。我闻到河的气味了，是沙从河上裹过来的气味。这是一种没有了湿度的气味，是一粒一粒的气味，很碜。这种气味从天上撒下来，在窗户上慢慢地行走，到了晚上的时候，才显现出黄黄浅浅的一层，上街的人脸上都会有这么一层，这一层就算是河了，这时候，你会觉得有河，河就挂在人的脸上。在秋天来了的时候，你可以从人们脸上看到黄河。那自然是一粒一粒的黄河。

　　我是医生了，当人们带着一脸"黄河"来到我面前的时候，我已经是这个城市的医生了。我开始给这个城市看病。

　　这一切都是新妈妈安排的。我能看到别人看不到的东西。新妈妈说我有"特异功能"，就为我开了一家"特异功能诊所"。新妈妈在体育馆门前租了两间房，就叫"特异功能诊所"。这样，我就是诊所的医生了。病人很多，我的病人非常多。自从冯记者、杨记者在报上连续发了一些介绍文章后，我的病人越来越多了。人们都希望活，人们是在活中腐烂，在腐烂中活。现在我的眼睛专门看那些烂肉，我的眼睛成了一双专门伸进人体内观察烂肉的眼睛。我总是想呕吐，看得多了我就想吐……病真多呀！

　　病例一：

　　坐在我面前的是一个"钢笔人"。我看出来了，他是一个"钢笔人"。

　　我看着他，我在他身上闻到了墨水的气味。他身上确实有一股蓝黑墨水的气味。那股味已渗进他的血管里去了。我发现病灶是在他手捂着的那个地方，那个地方是肝。病灶在他的肝上，他的肝已经下垂了。他肝上长出了一个蓝黑色的瘤子。那瘤子长在肝部的下端，像是一串鼓鼓囊囊的连体蓝葡萄。那"葡萄"里有一格一格的小抽屉，我看见那瘤子里排满了写有"绝密"字样的小抽屉。抽屉里存有各种各样的墨水，有的墨水在时间中已经干了，墨水干成了蝌蚪样，"蝌蚪"结成各样的队形，一排排地在抽屉里爬动……

　　我看见第一个抽屉里装的是一方手帕，一方由"蝌蚪"编织成的手帕。那是一块红格格手帕，上边有"1969 天津"的字样。上边记录的是一个小学老师和一个十二岁小姑娘的故事。那故事已经干了，那故事在时间里干成了一片米粒样的"蝌蚪"。

　　第二个抽屉里装的是一片记录纸，一片横格记录纸。这片记录纸是被撕掉了的，上边有一些撕烂揉皱的痕迹，还保留着一些烟味，那是一个会议记录的片段，一个想毁掉而没有来得及毁掉的片段。里边藏着一个有关十二个人表态的故事。那故事里有各种形态的人脸，那故事里的人脸在时间里已经风干了，人脸干成了一个一个的微型蜡像。

第三个抽屉里装的是一张"全国流动粮票"。那是一张标有"50"字样的"全国流动粮票"。那张粮票上印有两个椭圆形的指纹，一个是男人的指纹，一个是女人的指纹，只是那男人后来死去了，那男人死在一根绳子上。这是一个与粮票有关的故事。故事里的旧日"蝌蚪"跳动得非常厉害，"蝌蚪"的嘴虽然已经贴上了封条，上边连续贴了十二张封条，可封条还是被挣开了，露出许多缝隙来，缝隙里露出来的是一些肉色语言，一些褪了色的旧肉的语言。那些有关一个男人和两个女人的语言是从粮票上破译出来的……

第四个抽屉里装的是一枚邮票，那是一枚盖过邮戳的邮票，邮票上的时间是"1974. 6. 21"。在这个时间上藏着一些蓝黑色的"蝌蚪"，那些"蝌蚪"在信纸上爬来爬去，爬出一片树林里的故事。有关树林的故事记录着一个最为详尽的细节，那是一双白尼龙丝袜子的细节。那个细节反反复复地记录着脱袜子的过程：

"为什么要那时候脱，你说说为什么要那时候脱？"

"我说过了，我不是已经说过了。就是那样……"

"你再讲一遍，有出入的地方你再讲讲。"

"在树林中的草地上，草很软，草还有点扎……"

"停住。你慢一点，是什么地方扎？是哪儿扎？扎在什么地方？"

"我也说不上是哪儿扎，就是就是心里……心里扎窝得慌……"

"这就对了。你往下说，往下说吧……"

"我就说，我说，脱吧，你脱了吧……"

"脱什么？你说脱什么，说清楚。"

"我是说脱袜子，我先把袜子脱了，也让她脱……"

"说动机吧。你当时是怎么想的？说说你的动机。"

"我说了，我是想、想看她的脚，我没别的，开始没有别的，就想看看她的脚……"

"你为什么想看她的脚？那么、那么些……是不是？你为什么只想看她的脚？"

"她的脚老在我眼前晃，她穿着一双白色带花边的尼龙袜子，脚绷着，绷出很好看的弧儿，我就……"

"往下说吧。"

"她、她把脚跷到我身上，她把脚跷到我身上了。她说，你给我脱。我就给她脱了。"

"不会这么简单吧？你说说你是怎么脱的。你说详细点，你是怎么脱的？"

"我，我先是从脚尖的地方脱，我只抓住她的脚尖那一点点地方往下拽，可我没拽下来，尼龙袜子紧，我没拽下来。"

"看看，看看，说呀，怎么不说了？老牛，你的问题也不大，弄清楚就是了。往下说嘛……"

"后来我抓住她的脚脖往下脱。"

"往下说呀。"

"我说过了，我都说过了呀……感觉白，藕样，热乎乎的，一节一节的……"

"怎么不一样了？怎么跟上一次说的不一样了？是一只手两只手？"

"两只手。我用的是两只手。一只手抓住她的脚脖，一只手往下拽。我的手凉，我的手有点凉，她、她就笑了，她'咯咯'笑了。"

"光笑了？就光笑了？没说什么？"

"我、我忘了……"

"嗨、嗨。竹筒倒豆子，竹筒倒豆子……"

"她……她说，我受不了了。她咯咯笑着，说我受不了了，我受不了了……"

"你再说一遍，她是怎么说的，她当时是怎么说的，还说什么了？"

"就这些了。她就说我受不了了我受不了了……别的我都说过了。"

…………

第五个抽屉里装的是一张表，一张由墨色"蝌蚪"组成的招工表。这张招工表上挂着一条"大前门"香烟、一桶五斤重的小磨香油和五个指头肚上的指纹。这是一个"九斗一簸箕"的故事……故事里的墨迹是纹路形的，那些"蝌蚪"在抽屉里围成了一个个弧状椭圆。在椭圆里包着一段沾满唾沫星子的话：

"老韦，那个事你再谈谈吧。看看有没有补充的。"

"从哪儿谈？经济上就那些事，该谈的都谈过了，还要怎么谈？"

"从头，从头。好好回忆回忆……"

"头一次，我都说过了，是在办公室……一条烟一桶油，就这些。"

"她坐在哪儿？"

"就坐在我对面，就坐在对面那张椅子上。"

"手呢？手放在哪儿？"

"放在，放在桌子上。她两手绞在一起，在桌上放着。"

"你呢，你的手在哪儿放……"

"我我我……也在桌上，对了，我手里捧着茶杯。"

"说手，还说手，手是怎么伸到一块儿去的？"

"就是那个，那个那个……她低着头，她的头一直低着看她的手，她一直在看她的手，她说她的运气不好。她说兴推荐的时候轮不上她，兴考试了，她的年龄又过了……我就说，叫我看看你的手，看手就知道了……"

"她是怎么说的？"

"她什么也没有说，她把手伸过来了。她伸过来后，我抓住她的手看。"

"这就是动机，动机你得详细说说。"

"我抓住她的手，她的手肉乎乎的，有点湿，我感觉她的手有点湿。我抓住她的手一个一个指头看，我没看别的，我看的是纹路，圆的是'斗'，不圆的是'簸箕'。"

"抓住指头有什么感觉？"

"也，也没有啥感觉。就是潮。"

"哪儿潮？哪儿潮？"

"是是、心里，心里有点潮。我看了之后说，你的手好，你手上是福相，一、二、三、四、五、六、七、八、九……'九斗一簸箕'，你是福相，肯定有贵人相助。"

"她呢，她怎么说？"

"我记不清了，时间长了，我记不清了。大概，大概是说……叫我帮帮她。"

"手呢？这时候你的手呢？"

"我抠她手心儿了，我已经说过多少遍了，那会儿我抠她手心儿了。"

"她呢，她手缩了没有？她有没有表示？"

"她、她的头勾着，她的头一直勾着……她的手开始的时候往回缩了一点，我抓住了她的指头，她就不动了。"

"她没有说话吗？她一句话都没说吗？"

"她没有说，她一声没吭。就是、就是她抿了抿嘴。"

"下边呢？往下……"

"那就那事了……"

再往下看就全是"零件"了，每一个抽屉里都装满了这样那样的"零件"。这些"零件"全是有颜色的，"零件"分门别类，被染成了各种各样的颜色。"零件"是在想象中重新装配的，"零件"在"钢笔人"的时间里化成了可以咀嚼的东西，化成了悄悄放在枕头边的甜点，这是一个人独自享用的甜点。这时候，"零件"变成糖豆了，"零件"变成了一粒粒五彩的小糖豆。这些关在一个个小抽屉里的"糖豆"随着血液的流淌开始无限循环……"糖豆"总是出现在脑海里，它不断地出现在脑海里，成了大脑的主要营养。每当大脑"饥饿"的时候，就会有一枚"糖豆"流进来，大脑慢慢地品尝"糖豆"，一点一点地泡那"糖豆"，一直到"糖豆"融化了，才让它随着血液流回肝脏。这是个在循环中凝固和融化的过程，"糖豆"在无数次的循环中又变成了"蝌蚪"状，变成了垂在肝脏下端的一个葡萄状的慢慢生长的瘤子……

"钢笔人"说："过去我没有什么不好的感觉。就是最近，最近这一段我这个地方有些坠得慌，有时候还疼。可就是查不出毛病，我跑了很多医院都没查出毛病。"

我说："你别再吃'糖豆'了。"我看着他说，"你别再吃那种'糖豆'了。"

"钢笔人"说："说老实话，这话跟别人是不能说的，我就这么一个嗜好。二十多年了，这是我唯一的嗜好。"

我想我得给他割掉，我用目光给他割掉……

可他却站起来了。他说："我不看了。现在讲钱，我没钱；讲权，我也没权。我是个'钢笔人'，我有这个嗜好，我就靠这些东西滋润呢。活一天我滋润一天，我不看了。"

病例二：

这是一个"口号人"。

我发现他是"口号人"。他坐下的时候喉咙里含着声音，他的声音是带"！"号的，带有一串"！"，这些"！"一直在喉咙里含着，看样子已含了很久很久了。他很想把那些"！"吐出来，可他吐不出来，所以他的声音很小。他的声音像蚊子一样，"头儿"很细，一丝一丝的。他说话的时候还带有一股棠梨的气味，是那种涩沙的小棠梨味。他说："我喉咙里很痒，我喉咙很痒。我的喉咙就像是在辣椒里泡着一样，又辣又痒。我每天都得用手卡着喉咙，用手卡着，稍稍好受一点……"

我看着他的喉咙，他的喉咙里长满了肥大的"！"号。可他的嘴很大，他嘴里的空间也很大，他一定是靠嘴生活的，我看出来了，他曾经是靠嘴生活的。因此，他嘴里存活着一些旧日的细菌。这是一些上了年纪的细菌，细菌老了，细菌正在溃烂处缓慢地蠕动着，走着一条由紫变灰再变黑的路。他的声带也旧了，他的声带已经失去弹性了，他的声带上有很多摩擦出来的印痕，经过无数次高强度摩擦后，声带成了一根长了灰毛的软面条。我终于看见了他的喉头，他的喉头被压在"！"号的下边，他的喉头上挂了许多紫红色的气泡，气泡也是旧的，气泡上面亮着一些时间的标志，气泡下面却是一个紫红色的小肉瘤。肉瘤里存放了一些旧日的声音，那都是一些高强度的声音。最早的声音是从"1966"上发出来的，我在上边看到了"1966"的字样。"1966"上跃动着一片黑压压的人头，像蚂蚁一样涌动着的人头，人头上飘动着一个红色的声音。一个年轻的红色声音从人头上炸出来，炸出了一股狮子的气味。那是一个很大很大的广场，我看见了广场，声音是从广场上发出来的。在广场上，声音一跃而起，飞到了飘扬着红色旗帜的主席台上，那是一连串的"打倒"和一连串的声"脚"（讨），我一共看到了十八个"打倒"和十八个声"脚"……那声音像飓风一样从广场上刮过，刮出了一股强大无比的脚臭气。人们立时就醉了，广场上的人全都醉了，人们在"第一强音"里醉了。人们从来没有听过如此高亢的声音，那声音当场就杀掉了一个胆小的人，那声音把一个跪着的胆小者从台子上扔了下来，扔出了一片应和的欢呼！而后是醉浪一样的人头，人头在声音里波浪起伏，炸出了海浪一样的呼啸……接着声音坐在了人头之上，声音在人头椅上摇来摇去，摇出了一朵小小的粉红浪花。粉红说："你就是雷，你是我的雷。从今后，我就叫你雷……"这是喉咙的第一次辉煌。那个最大的气泡里记录着喉咙的第一次成功。这时候，他已经开始成为"口号人"了，他的声音被一双眼睛看中，于是他就成了一个街头"口号人"。他的声音在街头上响起的时候，后边总是跟着许多"胳膊"。在长达三年的时间里，总有树林一样的"红色胳膊"跟在他的身后。当然还有声音赢来的"颜色"，"颜色"也紧紧地跟着他，"颜色"把胳膊高高举起，嘴里却念着："雷，我的雷……"

接着是声音的第二次辉煌。我在气泡上又看到了"1971"的字样。我看见他在"1971"融进了一片麦苗绿，这时候他已经成了一个"口令人"。他穿上军装后，就完成了一个从"口号人"到"口令人"的过渡。他的声音最先是被团长发现的。在他当兵三个月后，一次上操的时候，他的声音被前来检查工作的大肚子团长拾到了。那天，由于班长喉咙痛，让他来代替班长喊操。他的洪亮的"一、二、三、四……"引起了团长的注意。团长带着人来到了他的面前，团长说："同志们好。"他马上领喊道："首长好！"他的"首长好"声震八方，整个操场里到处都回荡着"首长好"的余音，那余音像皮球一样在广阔的操场上弹来弹去，弹出了一股烫面饺子的气味。团长笑了，团长很高兴，团长用力地拍了拍他的肩膀说："好，好。小伙子挺胖啊！"他只是稍稍怔了一下，紧跟着又领喊道："首长胖！！"他的"首长胖"再一次在操场上滚动起来，从东到西，又从西到东，滚出了一片橡皮鼓样的回响……回响下又是一片绛红色的声浪。团长哈哈大笑，团长笑着问："你叫什么名字啊？"这一次，他的声音小了，他有点不好意思地说："报告首长，我叫雷振声。"团长"噢"了一声，这一声"噢"出了一股面面的甜瓜味。第二天"首长胖"就成了本团的第一口头禅。团部大院里到处都流传着"雷振声"和"首长胖"的口语，"首长胖"的口语使他名扬全团……四十七天后，他的声音再次显示了威力。那是军长来团里检阅部队的时候，那天，当全团官兵全都集合在大操场上接受检阅时，"面甜瓜味"灵机一动把他叫了出来，让他来代替值勤参谋喊操。这次他终于亮出了他在万人大会上的实力。他的"立正、稍息、向右看齐……"具有极强的穿透力，一声就把一千多人的团队喊成了一根直溜溜的棍子！紧接着他的声音像签子一样穿在一千多个魂魄上，"一二、一二……"地扎出了全军的最佳队列……操完后，军长说了一句话，军长说："不错，口令不错。"军长的一句话，使他彻底地成了一个"口令人"。一年之后，他的军装由两个兜变成了四个兜，是他的声音使他得到了四个兜，他成了本团唯一的排级口令干部。每到出操的时候，他的声音就出现了，他的声音自然是本团本军的"一号声音"。他也常常站在山头上练习，他的"喊山练习"直到越过五个山头、喊出酱油味为止……

再往下是"1975"。"1975"是声音被封住的日子。在"1975"里，他从部队回到了城市。这些日子是有颜色的日子，他在城市里获得了颜色，却丢掉了声音。这时候有人喊"雷"了，"雷"被喊成了"小雷"。九年之后，粉红变成了绛黄，"雷"也喊成了"老雷"。喊声里的颜色干了，喊声里失去了很多水分，也失去了很多热情。我在这个时间里看见了一个牌子，这是一个挂在楼房前边的牌子，牌子上写着"环境卫生管理处"的字样。这时候，他的声音进入了"环卫阶段"。他的声音在"卫生"的阶段里开始被分割，他的声音被隔在一个一个的房间里，隔在房间里的声音总是碰在墙壁上，一不小心就撞在墙上了，撞出了一片白眼，他的声音总是在房间里碰到白眼。于是声音开始小心翼翼，声音不得不降调，声音变成了躲来躲去的小老鼠。这时，他想出了一个办法，他把声音泡在茶杯里。一走入房间，他就把声音藏进茶杯，这样，声音就很快染上了茶叶末的气味，那也是一种绛黄色的气味。绛黄色的气味具有很强的腐蚀力，它一日一日地浸润着声带，慢慢就把能翻五个山头的声带泡软了，泡出了一股麻婆豆腐的气味。这时喉头开始发痒，他总是觉得喉头上有一股猩红色的声音。他很想把声音吐出来，只有吐出来才会好受些，可他却没有地方吐，他无法吐。后来有了一个气泡，那是一个很小的气泡，也是声音的最后一个亮点。那次机会使他有了发声的借口，那是处长让他找一个人，处长有急事让他找一个人。他一连走了三个房间都没有找到，他很高兴没有找到，接着他就用声音去找，他终于获得了使用声音的权利，他只喊了一声，只一声就把那人找到了。那是"陈天奎"三个字，他送出的三个字依然不同凡响。"陈天奎"三字一发出来就连续穿过了五层楼的一百九十八扇窗户，两千四百七十六块玻璃，直达那人的耳朵……紧接着就有很多头从窗户里探出来，一个个脑海里都出现了地震的信号。而后是一片呵斥声："你干什么？你疯了？这是机关，你想干什么?!"从此，在有茶叶味的房间里，声音一次次受到指责，声音被彻底封死了，声音只好重新埋在茶杯里，间或发出绵羊味的哼哼啊啊。他的"!"号在喉咙里一串一串地卡着，他很难受。

　　声音的第三病期是从一天晚上的"管治"开始的。从那天晚上起，夜也被封锁了，夜晚成了无声的夜晚。当声音在白天失去功能之后，曾经有一段时间他把声音转入了地下。这时候他成了一个声音的地下工作者。这是从一栋楼向另一栋楼的转移，回家后，他试着把声音用在女人和儿子身上。我看见了从晚上发出的声音，那声音已经降调了，虽然声音一次次地降调，可仍然遭到了全楼住户的询问。每天女人上班时，就有人问："你们家夜里吵架了？你们两口天天夜里吵架吗？"终于有一天，女人忍不住说：

"够了，我听见你说话脑子眼儿疼！我再也听不下去了！有什么你上班去说，别在家里叨叨。我受不了了！你再这样咱就不过了。"于是，声音就哑了。哑了的声音开始生虫，我看见声音里生了很多绛红色的小虫。小虫一群一群地在他的声带上繁殖，爬出一片一片的蜂窝样的小洞。这时，喉咙里的旧病和新洞联合在了一起，旧了的声带在茶叶里失去了韧力后，紧跟着就是快速腐烂，这样瘤子就长出来了。那是一个紫红色的瘤子，在紫红色的瘤子里，埋着一些灰黑色的声音。这时，他的喉咙里出现了一窝一窝的马蜂的气味，那气味蜇得他碰头，疼的时候他就撞墙，我看见他一次次地撞墙。他也曾想把这些声音释放出来，没人时他想悄悄地放出来，可墙壁又成了他的敌人。到哪儿都是墙壁，墙壁无处不在，墙壁总是把他的声音弹回去。他刚一张嘴发声，墙壁就把声音弹回来了，发出去的少收回来的多，墙壁的反弹力反而大于他的声音。他不得不重新把声音吞回去，他吃了很多带砖的声音，这样病情就越来越重了……

我看着他。我看见他用蚊子样的声音说："你帮帮我，你帮我把声音找回来。这会儿，我女人醒过劲来了。她说，要早知道这样会生病，我就不拦你了。我再也不拦你了。她说等我好了，就让我去做生意，现在兴做生意了，她说让我摆一个小摊，让我可劲吆喝……"

我知道我能把他的瘤子去掉。我的目光可以把他喉咙上的瘤子割掉。可我不知道我能不能保住他的声音。他的声音太旧了，他的声音已经变质了，他的声音是跟瘤子连在一起的……不过，我想试一试，我想我应该试一试。

当我用目光盯着他时，我听见他又用蚊子样的声音说："凉，我感觉凉，非常凉……"

病例三：

他是一个"乙肝人"。

他说，他是一个"乙肝人"，他的"乙肝"是吃饭吃出来的。

他说，他的老婆跟他离婚了。离婚后，他不想一个人在家，一个人在家很烦；他也不想一个人做饭，一个人做饭太麻烦，怎么吃也吃不出味来。于是就每天上街吃饭，开始是吃碗烩面、喝碗胡辣汤什么的，将就了。后来吃蹭饭，吃着吃着档次升高了。他在区工商局工作，蹭饭很容易。一个是蹭"会议饭"。工商部门检查多、会多，一开会吃饭的问题就解决了，顿顿有酒有肉，差的也是四菜一汤。再一个是吃"个体饭"。"个体饭"更好吃，他是管个体工商户的，是人们求着他吃。下了班，走着走着就被人拦住了，说："走，走，喝二两。"喝二两就喝二两，反正回家也没球意思。就这么蹭着蹭着，蹭出嗜好来了……

他说，到了这份儿上，他也不想再隐瞒什么了。他的嗜好是排着饭店吃。有一段，他是这么吃的：一个饭店他只去一次，不管谁请客，只要吃过一次的饭店，他就不再去了。就这么吃，他还是吃不过来，新开张的饭店太多了，有的档次也太低，都是些吃熟的菜。后来，他就换了一个吃法，专吃那些有打火机的饭店。这时候吃已经不重要了，重要的是需有打火机。他的要求也不算太高，中档以上，只有中档以上的饭店才发打火机，吃一次发一个一次性的打火机。他已经有了收集饭店打火机的嗜好。这种印有饭店名称和电话号码的打火机他收集了三年。三年，他收集了整整一箱子。他没事的时候，也常拿出来看看、数数。一共是一千零七十一个，其中有四百二十五个是带圆珠笔的，其余的不带圆珠笔。当然也不是每天都去吃，只是有时赶上了，一天吃三四家……

他说，到了后来，吃不吃都无所谓了。其实是不想去吃，看见菜恶心，主要是为了收集这种打火机，就去坐坐，偶尔动动筷子，吃得很少，就等着小姐送打火机来。有两次，菜一端上桌，没吃他就吐了。别人问他怎么了，他说有点感冒。其实，他是恶心那菜的味，那味太熟悉了。他本来打算收集够一千六百八十八个就罢手，这是一个吉数，"1688"，一路发发嘛。可他没收集够，他只收集了一千零七十一个，结果却把"乙肝"收集来了。

他说，他没想到自己会成为"乙肝人"。他没有病，也从来不生病。当然也有过头疼脑热，那不能算病，那是气候的原因，通常是喝二两酒，发发汗就过了。他的病是检查出来的。单位里集体去检查身体，一查给他查出了个病，说他是个"乙肝人"。这样一来，单位里的人看他的眼光就有点"那个"……当时，他也有点接受不了，他身体好好的，一点感觉都没有，怎么会是"乙肝人"呢？他想可能是化验单弄错了，就去找大夫要求更正。大夫说，化验结果不错，他的确是个"乙肝人"。没有病的感觉也不错，这说明他是一个"健康带菌者"。大夫讲了很多，可他都没有听到心里。他只是心里不痛快，怎么一点感觉都没有呢？怎么就白白地检查出一个病呢？

他说，回到家之后，往床上一躺，也怪，感觉马上就来了。就觉得身上有个地方疼，隐隐地疼。他的手从胸口开始按起，按着按着就找到那个地方了，那是他的肝，就是那地方疼。第二天，他又觉得身上没有力，越想越没有力，而且不想吃饭，紧接着就有了呕吐的感觉，看见饭就想吐。他心里非常后悔，后悔不该去街上吃蹭饭，这都是吃蹭饭吃出来的。也恨那些请他吃饭的人，一群王八蛋让他吃成了个"乙肝人"！这一段，他不再出去吃饭了，也不收集打火机了。只是每天吃药，盼着早点把这个"乙"字去掉。可吃了一段之后，身上既没有好的迹象，也没有坏的感觉，还跟往常一样。问了大夫，大夫说：这个"乙"字你去不掉了，你会永远带着……

他说，这时候，就是这个时候，他开始有了第二个嗜好。传染给别人的嗜好。

他说，想想，既然这个"乙肝人"是吃饭吃出来的，是别人传染给他的，既然也去不掉了，那就往下传吧。他说，他也知道这想法有点亏心，可他就是忍不住，忍不住想干。这就是他的第二个嗜好。

他说，他的第二个嗜好也持续了三年的时间。在这三年里，他又继续上街吃饭了。这次他把标准降低了，什么饭店都行，什么人请都行，目标只有一个，培养、传播"乙肝人"，人有了目的之后，吃饭就不一样了，不但能吃出情绪，胃口也好了，吃什么都香。在饭店里，每次都是他第一个伸出筷子，说："叨，叨，叨！"无论他喜欢吃的菜还是不喜欢吃的，他都要把筷子伸进去蘸一蘸，他说这是"剪彩"，他每次都要"剪彩"。吃了饭，他还要问一问同桌人的姓名，每次他都不忘记问人家的姓名，这里边当然有熟识的，也有不熟识的，不熟识的就问人家要名片。要名片是个好办法，他又开始收集名片了，凡是同桌吃过饭的，他都想法让人家留下名片。三年来，他又收集了一抽屉"同桌"名片。有了一抽屉名片后，心里总是痒痒的，禁不住想知道"发展"的情况。于是就开始打电话，一有空就跟人拨电话，自然是先说一些闲话，最后问人家近来身体怎么样？电话打到第二十一个的时候，才有了消息，有一个人说他的"肝不太好"。这下好了，这说明有了结果了！那就继续吃……继续打电话……

他说，这事他后来停下来了。他是看了一张报纸之后停下来的。报上说，全国有一亿多"乙肝人"，这个城市里到处都是"乙肝人"……他想，既然有这么多，还"发展"什么？"发展"也是白"发展"。他还以为就他一个呢！

他说，问题就出在停止以后。他停下来之后，身体就开始瘦了。也没什么病，就是不想吃饭，看见饭恶心。就这样一天天往下瘦，瘦着瘦着就瘦到了现在这个样子，瘦得不敢出门了，怕风怕光……

我看着他，他的确很瘦。他穿的是一身工商制服，可看上去就像是衣服穿着他一样。衣服显得很大，他成了空心，衣服荡荡的，是衣服架着他，衣服竟然把人架起来了。他身上已经没有油了，他身上很干，他就像是风干了的腊肉一样，没有一点油分。不过可以看到"光"，一种蜡样的光，那光是从他的体内射出来的，从他的肝上、肠上直接射出来的光，那是"乙肝之光"。那光上透着微亮的黄色，那黄色从微亮的皮上透出来，润着一丝一丝的薄红。他脸上也没有肉了，他的脸像是用皮撑出来的，看上去只剩下一个鼻骨了，鼻骨上也亮着丝丝薄红。我还看见他的肠子里挂满了电话号码，他肠子里一缕一缕的全是电话号码，他把电话号码吃到肠子里去了。电话号码在他的肠子里变成了一些奶黄色的小虫，小虫全都堵在肠子的弯道处，正在抢吃他咽下去的唾沫。他的肝里也有这种奶黄色的小虫，这是些由名字变成的小虫，我看见了很多小虫都是有名字的，它们正在互相联络，它们一直都在联络。它们说：在不久的将来，城市将是它们的城市……我还闻到了一股馊了的菜味，滋养小虫的就是这些馊了的菜味。他身上已经没有人味了，他坐在我的面前，我却闻不到人的气味，我闻到的是一种经过了很多夏天又经过了很多冬天后变质了的菜味。这是一种沾满了酒气的菜味，菜味在酒里发酵了，因此他身上很酸，是一种正在腐烂的酸……

我问他，我用眼睛问他。我说："你一口饭也不能吃吗？"

他说："我一口也不能吃，我吃不下去，我一吃就吐。"

我说："你还想吃饭吗？"

他说："也想吃，就是看见恶心。"

我说："你应该把那些电话号码丢掉，你早就该丢掉了。"

他说："我也想丢掉。可我丢不掉。不瞒你说，现在老有人给我打电话，天天晚上都有人给我打电话。有一天晚上，我竟然接到了三十九个电话……过去是我给人家打电话，现在是人家给我打电话。那些号码总是出现，一出来就是一串一串的，叫你想忘都忘不了。每个电话都是发展'乙肝人'的，我知道他们是要发展我。我说我已经是'乙肝人'了，我老罗早就是'乙肝人'了，可他们还打……有时半夜醒来，屋子里到处都是号码，一组一组地叫：3 字头的，5 字头的，还有 7 字头的……"

他说着说着哭起来了，他说："那么多'乙肝人'，又不是我一个发展的，我总共也没有发展几个，怎么就这样呢？你救救我吧！"

我只好把火柴盒拿出来。我从抽屉里拿出了一个火柴盒，然后全神贯注地看着他。这时，我看见奶黄色的小虫一串一串地跳出来了，我看见小虫们跳进了我的火柴盒……

他突然说："我感觉到饿了……"

1996 年

○ ●

连环套 ·····································

一

朵的命运早在她出生前六十年就已埋下了很重的一笔。朵怎么也料想不到，还在她未出世的时候，世间已经为她预备下了一个小小的人生之环。是的，假如没有那么一个漆黑的夜晚，假如没有那种万分之一的可能，朵也许就是另一种境况了。那是八十一年前的事了。朵的爷本是一条精明豪爽的汉子，新婚不久，家里日子也过得红火。很平常的一天，朵的爷在镇上卖了一头驴，驴卖了好价钱，心里自然高兴，就在镇上喝了酒。酒家是熟人，极会奉承，经不住一劝再劝，于是从午时三刻一直喝到月上柳梢，酒是喝多了，一条驴腿也喝进去了。酒气架着，夜风吹着，就跌跌撞撞往家赶。一直到夜半三更，才摸黑回到村里，摸黑上了床，摸黑在新婚不久的朵的奶奶身上撒下了酒的种子。而后朵的爷翻身睡去，一觉睡到红日东升。事情再简单不过，朵的爷此后没留下一丝一毫的记忆，那头驴的钱散散乱乱地撒落在麦地下、河沟里、井沿上，而朵的爷却完好无损。一头驴就这么消失了，朵的奶奶小小地埋怨了几句，朵的爷也十分懊丧，发誓不再喝酒。一切就这么自然地过去了。

　　十个月后，秋庄稼上场的时候，朵的奶奶生下了一个儿子。儿子白白胖胖的，身上各样物件齐全，就是不会哭，是个呆儿。呆儿是无法选择的，朵的爷和奶自然也不想生下这痴货。但生了，就得养。

　　时光荏苒，呆儿一天天大了，人傻傻气气的，却有着野驴般的体魄。朵的爷和奶眼看着儿子一天天大了，香火大事就时时地浮在心头上。按说呆儿是娶不上媳妇的。假如呆儿没有媳妇，也就没有朵，没有了以后的事情。可乡下人的耐力和韧性是惊人的，只要有了一个小小的念头就毕生去做。于是，在呆儿三十八岁那一年，朵的爷和奶终于用毕生的心血——十亩好地一所瓦屋的代价，为呆儿买下了一房媳妇。

二

　　这媳妇是东乡刘家的闺女。闺女是不傻的，也算是有几分姿色，只是家穷。刘家原也有几亩薄地，可爹是大烟鬼，吸着吸着就把整个家产吸光了，就卖了闺女。闺女死活不愿，哭过也闹过，但终究还是嫁过来了。于是就成了后来的朵的娘。

　　朵的娘嫁过来的头一夜是不堪忍受的。在铺着红炕席的新房里，朵的娘对朵的爹那发滞的目光产生了无限的恐惧。红烛燃尽之后，房里发出了狼嚎一般的呼叫，那叫声使全村人发怵。后半夜的时候，朵的娘曾把红腰带圈成绳套挂在房梁上，就那么呆呆地看着，很想就此了结。假如一了百了，也就没有了以后的事情，可她终又忍下来了。这一忍就忍出了许多个日日夜夜，忍出了一儿一女。

　　又是十个月后，依旧是秋庄稼上场的时候，朵的娘生下了一个儿子，那就是后来朵的哥。朵的哥生下来也是白白的胖胖的，也是一样物件不缺，也是不会笑，和朵的爹一模一样。

这一切当然是朵的爷酒后种下的祸根，可朵的爷早已下世了，是为朵的爹娶媳妇累死的。这一次次献身像环一样扣着，使人无法去追究谁，也没人想到要追究。朵的娘开始不信儿是呆子，曾偷偷地用针扎他的屁股，又反反复复地施以教化，但诸般的努力都失败了。朵的娘只能默默地淌眼泪，承受了这不愿承受的事实。

朵的爹是个痴货，朵的哥又是个痴货，朵的娘是柔弱的，可她不得不用柔弱之躯养活两个痴货。那日日驴样的劳累自不必说，就在这艰难的日子里，朵的娘却又忙中偷闲，生下了朵。

朵是腊月初八生的，生在草木灰上。小人儿一落地屁股上就烙上了黑色的标记。于是那一种啼哭十分地响亮，这就向全村人宣布了一个惊人的事实，朵不是呆子。可惜的是，朵不是娃儿，是个女儿。

关于朵的出生有过许多传说。有人说朵的娘在磨坊里与光棍李老六有染。那是个夕阳西下的黄昏，朵的娘背着一袋玉米去磨坊磨面，光棍李老六也在磨坊磨面，在狭窄的磨道里，一个来一个走，李老六就相强那个了。还有的说这事发生在北地河坡，朵的娘在河坡里割谷，割着割着就与李水斤那个了。李水斤家的地与她家的地相挨。没有相强的，是朵的娘张狂。有人看见朵的娘一身土，与李水斤一前一后回村的。也有人说，朵的娘不呆，闺女像娘，血脉是外爷的，也就不呆。没有别的说。当然，这都是路话，不足为凭。反正朵生下来了，不是呆子。

三

朵的出生给朵的娘带来了不尽的喜悦，她像阳光一样照亮了这个充满痴气的家门。朵不到一岁就会走了，光着小小的脚满地跑着喊娘。三岁时，朵就会上地给家里拾柴火了，那充满稚气的灵动，使全村人都为之咂舌。后来，朵一天天大了，也和村里的娃们一起到村里小学堂上学。据学校的老师说，朵的记性悟性都是极好的，学了什么，过目不忘。可朵仅仅上了五年学，而后就不上了。按朵的学习成绩，似乎是可以继续上下去的，也许将来能考上大学也说不定。但朵家有两个呆子，地里活儿多，缺劳力，朵就不上学了。也有好心的小学教师上家里去动员朵再上，说是可以免费的。朵的娘哭了。朵也哭了。那日子是眼看得见的，总要有人承担。朵的娘已经累出病来了，朵不接又有谁来接呢？

时光像水一样漫过去了。天阴了又晴，花开了又落，树叶黄了又绿，日子像山一样叠着，总也过不完。朵在过不完的时光里日见出光亮了。女大十八变，朵成了村里最好看的姑娘。脸儿红红润润的，眉儿眼儿鼻儿仿佛拔尽了家门所有的灵气，又得天地万物之孕化，长得极为生动。女人的天分是改变命运的有利条件，上门说亲的人日见多了。在这个时期里，朵的爹和朵的哥吃了不少的点心，那都是说亲人提上门的。这是朵一生中最有光彩的时期，仿佛有无数个选择在眼前晃着，晃得人眼花。

这时候，躺在病床上的朵的娘默默的。朵也默默的，眼看着人们走马灯似的来了又去了，谁也没有开口。

必须说明，在此之前，朵曾与学校里的小学教员相好过。那年轻的小学教师是县上分来的师范生，很有文才。师范生迷上了朵，在一段时间里天天为她家挑水，夜里又像失了魂儿似的在她家的屋后转。在一个秋高气爽的夜晚，朵终于与小学教员双双坐在了河坡的苇地里。此后，朵曾无数次地回忆那晚的情景。风是凉的，心是热的，星儿挂在天上，苇叶摇着沁人的清香，远远流去的河水像琴儿似的响着。可怜的小学教员偎在朵的身旁，一再重复说："朵朵，跟我吧，跟我吧……"朵心里很乱，脸红红的，一句话也说不出来。那小学教员却扑通一声跪下来了，竟结结巴巴地说："朵，咱、咱跑吧，跑吧……"朵长长地叹了口气，没有吭声。

三个月后，失望的小学教员以两瓶茅台酒的代价调回了县教育局。而仅仅又过了七个月，他这个有文凭的县教育局干事，突然当上了县委宣传部副部长。在不到一年的时间里，他又从宣传部调到组织部任部长，而后成了邻县的副县长。这一切都是小学教员所始料不及的，也是朵无法想象的。若不然，朵会不会成为县长夫人呢？

在那么一个秋高气爽的夜晚，朵曾经有过背叛的念头。而朵的沉默使她失去了一个机会，失去了也就永远失去了。也许，正是朵的沉默拯救了小学教员。不然，一个娶了乡村姑娘的偏远的乡村小学的教员的一生会是什么样呢？

而朵的婚姻大事是娘临咽气前决定的。娘临咽气之前，把整个家族的老人都叫了来，当面对朵说："朵，娘对不住你，娘也知道你亏，可这个家……"而后，娘强撑着身子跪在了朵的面前，整个家族的老人都跪在了朵的面前。这场面是肃穆庄严的，也是严峻的：换亲。娘决定换亲，整个家族都决定换亲。自然是为了朵的哥，一个呆儿。

这一刻无比辉煌，全村的老人都跪在朵的面前，庄严肃穆地捧给朵一个献身的崇高。在精神火炬面前，朵是无法回避的。朵含着泪默默地点了点头。

于是，朵的娘含笑而逝。朵的辉煌是片刻的，她接下了精神火炬，却献出了一生的幸福。

四

朵是腊月初八出嫁的。就在她光荣诞生的这一天，她给了一个野驴样的男人。这男人比哥哥好不了多少。与此同时，傻哥也娶回了一个女人，那是用朵的一生换来的女人。在响器的吹打声中，两个女人双双走进了自己命运的归宿。

十个月后，朵生了一个呆儿；傻哥哥的女人也生了一个呆儿。按照计划生育的政策，朵和傻哥的女人是可以再生的。

那么……

1999 年

麻雀在开会 ·····································

一

我一直认为，气味是一种唤醒剂。

在我，那是烤红薯的气味。而且必须是烤煳了的那一种。我说的是带一点点苦甜头儿的焦煳味。每当我走在街头上，或是路过街边卖烤红薯摊前时，偶尔，若有若无地，有这么一股这样的气味飘来，我就会伫立良久，而且突然会联想到一个人——我的表姐。

差不多有二十年的时间，我没有见到表姐了。

对表姐的记忆仍停留在劳作的土地上。那是暗色的，没有声光的、偷红薯吃的一个个夜晚或黄昏……在那样的时光里，我吃过表姐从田里偷来的烤红薯。

记得童年里每次从乡下回城，都是表姐送我。在一个个夜幕低垂、没有星光的夜晚，我和表姐一前一后走在乡村土路上。记忆中，那时候夜总是很黑。童年里的那种黑是很模糊的，就像是头顶着一个黑乎乎的碾盘，压人。说来，她也只比我大三岁。那时候不知道前头的路会有些什么，怕，也只默默走。童年里我心里一直有个阴影。每次进出姥姥的村庄，都要路过一个地方，那是一个极为恐怖的地方，叫"八柏冢"。"八柏冢"是一座千年古墓，古墓周围有八棵参天古柏，看上去阴森森的。有时候，遇上刮风的日子，古柏会发出一种古怪的叫声。古柏上还会落满乌鸦，就像一树树摇动的鬼魂……所以，每次路过这里，我都会吓得头发一根根竖起来！记得怕极了的时候，我会一声一声喊：姐、姐、姐……一踏一踏，那碎碎的脚步声就是她的回应。还有红薯——味。

表姐每次都会送我过"八柏冢"。过了"八柏冢"，看见城市灯光的时候，表姐就站住了，给我摆一摆手。

表姐是个聋子。

表姐命苦，她一岁多丧父失母，就跟着我姥姥姥爷过。她的耳聋是幼时发高烧烧坏的。所以，很多的时候，她用眼睛说话。她眼里话很多。我小时不懂事，常叫她"聋子"，她也应。

坦白地说，聋子表姐是吃黑窝窝长大的。姥姥一生节俭，节俭得近乎吝啬。在我童年的记忆里，在姥姥家，我几乎从未吃过纯白面的馍馍，表姐就更不用说了。记得儿时每年暑期我到乡下去，姥姥自然是存了心要招待我的，那顶多也是让我享受与姥爷同等的待遇——杂面条加"包皮烙馍"。所谓"包皮烙馍"是姥姥独特的发明。那是一份白面加一份红薯面两层贴在一起，且把白面这层用小擀杖擀得薄一些、大一些，窝过边儿把红薯面这一层包边儿，让人吃的时候误以为这就是纯白面的烙馍了——这是我和姥爷的"特供"。而姥姥与表姐终年吃的都是那种黑乎乎的红薯面饼子。哪怕是坏了的红薯，姥姥也舍不得扔，就把坏红薯也蒸了，捣成薯泥，而后和在红薯面里，拍成饼子或蒸成黑窝窝。这种黑饼子或窝窝头放干后又苦又干又硬，实在是难以下咽。可姥姥和表姐夹上一棵葱什么的，却吃得很香。

童年里，我也一直很怀疑姥姥的身份。她怎么就是"富农"呢？她怎么可能会是"富农"？她身上没有一丁点富裕的样子：头发白成灰，两眼半瞎，两手像鸡爪一样，身上的围裙黑乎乎的几乎可以划着火柴，邋遢得就像是街头上要饭的叫花子。连撒在锅台上的小米粒她都用唾沫一粒一粒地沾着吃，吃得满嘴土灰。她常说，肚子得哄，填坑不要好土。这样的一个人，她配当"富农"吗？

然而，到了我十二岁那一年，也就是一九六六年的夏天，我突然发现，对生活如此悭吝苛刻的姥姥，却偷偷地存下了一缸麦子！

这缸麦子她存了三年。存了三年的一缸麦子，却给她带来了无限的恐惧。据母亲说，一九六〇年吃大食堂的时候，她跳过井，后来被人从井里捞上来了。那也是因为一缸麦子。那缸麦子大约她存的时间更长。当生产队成立大食堂，挨家挨户搜粮食时，她存了很多年的一缸麦子被人搜走了，那是她一口一口省出来的。姥姥痛不欲生，于是她跳井自杀。可她还是被人捞上来了。据说，在批斗她的会上，姥姥喃喃地说：这得蒸多少大白馍呀！

后来姥姥两眼半瞎，就是为这缸麦子哭瞎的。

一九六六年的夏天，城里的"大字报"已糊满了大街小巷，"抄家"的风声也越来越紧了。对于一个"富农"家庭来说，这缸麦子很有可能被人抄走。不仅仅是粮食被抄走，还很有可能成为罪证。于是，当天夜里，姥姥跟姥爷悄悄地商量一下，而后走到藏在屋角里的那缸麦子前，掀开盖着的一层层谷草，趴在缸沿上，贴在麦子上闻了闻，而后对表姐说：装吧。

表姐就站在那儿，看看姥姥，看看那缸麦子，一声不吭……

就此，这缸麦子装进两个麻袋。夜半时分，偷偷地，表姐和我两个孩子拉着一辆架子车，心惊胆战，一路运到了城里。那年表姐十五岁，我十二岁，她驾辕，我拉梢。记得当晚过"八柏冢"的时候，表姐知道我害怕，就说：闭上眼。

说实话，那年我已经十二岁了，乱读过一些书，不那么害怕"八辈冢"了。可我仍然心惊肉跳，我是怕万一碰上那些戴"红袖章"的人。

现在的富二代们永远不会明白，在一个特定的时期里，"贫穷"是多么值得骄傲的事情！我必须特别说明，我家贫农成分，我父亲三代赤贫。当年，我曾经为父亲出身的贫寒而暗自庆幸！于是，在红色的一九六六年，我吃着姥姥家的白面馒头，穿过大街小巷，去看戴高帽的人"游街"！

姥姥家是麦子被偷运走的第二天被抄家的。那时候，姥姥家已经没有一粒麦子了……

由此，我很以为，表姐是有理由恨姥姥的。

二

我一直认为表姐身上是有傻气的。

表姐是一九六九年结的婚，那年她十八岁。一九六九年的深秋，十八岁的表姐被一辆挂有红绳的自行车接走了。

表姐走的那天，姥姥家的院子里晒了一地发了霉的红薯干。跟姥姥家住邻居的一位妗子说：妞，出门了，以后可不吃红薯干了。

表姐指着一地红薯干回道：不用你收。三天就回门了。回来我收。

妗子说：真聋。

表姐说：水缸我都挑满了。

表姐的嫁妆全是我母亲置办的。也就是几床棉被、一床毛毯、出嫁穿的几件新衣服。表姐无父无母，作为大姑，我母亲还特意送表姐了一个大件——缝纫机。那年月，缝纫机就是大件了。记得，为了让表姐有面子，当初，相亲仪式是在城里我家院子里举行的。仪式好像也很简单，对方来了一个自行车小队，四个人提了四匣点心，一水儿的新自行车扎在院子里，看上去锃明瓦亮。双方的人在院子里坐了不到十分钟，就算是见了面。在我的印象里，相亲那天，俩人都很安静。表姐围着一条花格子围巾安静地坐在那里，表姐夫也略有些拘谨地坐着。他穿着一身崭新蓝制服，戴着蓝帽子，清清瘦瘦的，看上去有些羸弱，别的也没什么。两人都没有说话，临走时，那位蓝帽子在门口塞给表姐一个红包，红包里包了三百块钱。这叫"定"，表姐收下了。

表姐出嫁后我才知道，表姐夫骑的自行车是借的，红包里的三百块钱是借的，连他身上穿的新衣服也是借的。按母亲的说法，表姐跳进了一个坑里。

也是后来我才知道，表姐夫家住孙村，离姥姥家十八里路。家里原有四口人，公公、婆婆、表姐夫，还有一妹，加上新娶的表姐，就是五口了。这五口人，就住在三间破草房里，外搭一间灶房。更让人揪心的是，公公是个哑巴，婆婆瘫痪在床，姑子尚小，表姐夫虽说是生产队的会计，但身子弱，腿还瘸着，干不了重活，再加上这么一个聋子表姐，这日子怎么过呢？

表姐三天回门的时候，母亲心忧如焚，问她：醒，婆家待你好吗？

表姐笑嘻嘻地说：不缺。啥都有。

母亲说：客人多不多？

表姐说：够吃。一屋红薯干。

母亲大声说：我是问，婆家待你咋样？

表姐笑着说：知道。我知道。我会回去看俺奶（我姥姥）的。逢集（平原乡村十天一集）。

母亲不再问了，叹口气，用指头照表姐头上点了一下，说：看你聋的。

末了，表姐说：大姑，你这儿有药吗？治瘫痪的。

自从围着花格子围巾的表姐被挂有红绳的"自行车小队"接走后，不断有消息从母亲的嘴里传出来。

先是说表姐怀孕了，生娃了。在一些时间里，表姐一拉溜生了四个孩子，两儿两女。这就是八口人了。母亲说：这八口人，八张嘴，主要就靠表姐一个人在地里刨食。有一年，母亲去看表姐，见她身上背着一个，怀里抱着一个，在地里正翻红薯秧呢。晒得又黑又瘦的表姐抬起头看看她，嘴里吐一口气，说：大姑来了？

后来改革开放，农村实行承包，分地了。母亲说：表姐家八口人，分了十亩零七分地，这十亩零七分地也全靠表姐一个人操持……有一年夏天，母亲在下班的路上竟然碰上了表姐。那天晚上突降暴雨，母亲在影院附近的楼檐下避雨时，看见影院门口的台阶下停着一辆瓜车，卖瓜的两口一个蹲在架子车下边，一个顶着块破塑料布蹲在瓜车旁，淋得哆哆嗦嗦的……母亲定睛细看，老天，竟然是表姐。表姐夫还好，在车下圪蹴着抽烟呢；挨淋的是表姐，两手撑着一块破塑料布，浑身水淋淋的，就像个落地的傻斑鸠，见人就哆嗦着说：要瓜吗？五分一斤，便宜。

母亲勃然大怒！她冒雨从台阶上跑下来，大声质问地说：醒，啥意思呀？这是啥意思？下这么大雨，为啥不去家？咋，怕吃你的瓜？！

表姐说：三更天，一早就来了。大姑你回去吧，别淋着了。

母亲说：从今往后，我跟你断亲。你别踩我家的门！

表姐说：吃饭了。咋能不吃饭呢？带的有馍。

这时，表姐夫赶忙从车架下钻出来，嗫嚅地说：大姑，你你你……别生气。原想着卖了瓜，有个活便钱，再、再去看你……

母亲气呼呼的，扭头就走。

表姐抱着一个瓜追着屁股说：大姑，瓜，搬个瓜。

母亲回到家，仍气不打一处来，她敲敲打打地在屋里走了两个来回，突然呵斥我说：去，给你醒姐送把伞。记住，不要她的瓜！

不知什么原因，也许是表姐夫比画着给表姐说了什么，表姐逢年过节不再到城里来了。母亲自然也生她的气，两人就这么怄着，谁也不看谁。有那么几年，母亲只字不提表姐。那时候，姥爷已去世，姥姥接到我们家住了。半瞎的姥姥，常常有意无意地提起表姐。可每当姥姥说表姐时，母亲就会把话岔开，要么就一言不发。

有一年冬天，母亲从外边回来，脸黑风风的……而后就坐在缝纫机前，嗒嗒嗒地缝衣服，缝纫机就那么一直响着……而后，母亲踏着踏着突然趴在缝纫机上，泪流满面。后来母亲告诉我说，姥姥村里的一个亲戚，到孙村去赶会，见到表姐了。那人告诉母亲说，寒冬腊月，表姐大雪天竟然睡在猪圈里。我很惊讶：为啥睡猪圈？两口闹矛盾了？母亲说：看猪呢。那一段乡下治安不好，老丢东西。她先是被人摸走了六只正下蛋的鸡。表姐跑乡派出所报案，呜里哇啦说半天，没人理她。家里还剩两头猪，她被偷怕了，于是就干脆睡在猪圈里看着。我说：那也不能……？母亲说：傻呗。活该，死她！

话是这样说，听说表姐家要翻盖房屋的消息后，母亲托人在窑场上买了两万块砖，而后又托人找了辆卡车给她送了过去。砖拉到村里时，表姐正在场院和泥脱坯呢。她半裸着两条杆子腿，一身泥一脸汗，两人一见面，表姐哑着喉咙说：大姑，你咋来了？

母亲恶狠狠地说：你咋不死呢。

表姐忽然朝场边招招手，说：一个叫国顺，一个叫国安，一个叫槐花，一个叫榆钱。都过来，你姑奶来了。

不知道表姐的四个孩子是怎样养活大的。

三

姥姥是一九八八年去世的。

姥姥临去世前，就跟母亲说了一句话：醒的事，你要管呢。

母亲说：管。你放心吧。

就此，姥姥喉咙里咕噜了一声，走了。

守灵的那天夜里，姥姥的魂灵扑到了表姐的身上。

姥姥是咽气的当天晚上被送到乡下的。张罗丧事很累人，那天晚上一家人都很疲惫。自从姥爷去世后，姥姥乡下的老屋已多年没人住了。于是一家人就围着姥姥的灵床在堂屋里席地守灵。只记得把姥姥送回乡下后，表姐还为姥姥梳了一次头。她流着泪说：奶，我再给你梳回头吧。

当晚，我就躺在姥姥的脚边，可能是太累的缘故，竟然一下睡着了。到了下半夜，忽听见屋子里乱嚷嚷的，有很多人在说话。我翻个身，睁眼一看，只见灵前的长明灯忽悠忽悠地闪着，一屋子亲戚都神情紧张地围着表姐！表姐手舞足蹈，又唱又说，而且说的竟然是上一代的事情。奇怪的是，表姐的诉说居然长达几个小时，一直唱说到鸡叫的时候，她才头一歪，倒在了姥姥灵床边上。只听众人说：……走啦。走啦。

第二天上午，送灵的时候，表姐一切如常。只是谁问她什么，她都眼直直看着人家，看得人心里发毛。有人拍拍她：醒，你咋啦？她说：不咋。那人说：夜黑的事，你不记得了？她说：啥事？那人直直地看着她的耳朵……吓得扭头就走。而后疑疑惑惑地对人说：她不是聋吗？

不知道为什么，当时我并没有多注意表姐，也不是十分在意这些神神道道的事情。只是过了一些年份后，我才突然想起，这的确不可思议。那时我已离开家乡来省城工作多年了。令我吃惊的是，二〇〇二年的夏天，我突然接了一个电话。这个电话居然是表姐打来的。表姐在电话里说：你住哪条街呀？我去看看你……我一下子傻了，老天，表姐是个聋子呀。

当天夜里我才明白，表姐不是要来看我，是有事求我帮忙。

那些年，母亲还在世时，曾多次说，你表姐两儿两女，多有福啊！现在孩子慢慢都长大了，她终于熬出头了，也该享享福了。我也以为表姐可以享清福了。

可母亲后来又告诉我说，享屁的福。成天给他们带孩子，还天天挨媳妇的骂。

表姐两儿两女。如今两个女儿都已经出嫁了，两个儿子也先后娶了媳妇。按说她本该松口气，过几天舒心日子了。可这两个媳妇，一个刁钻，一个懒惰，都不愿带孩子不说，还比着骂婆婆，嫌她脏、丢人。开初还背背脸，转过身就骂，后来就站在大街上公开骂了，骂的还死难听。母亲说，特别是老二媳妇，不仅刁钻刻薄，还动不动坐在门口撒泼，一骂一天！据母亲说，表姐养了一群鸡，可连母鸡下的蛋老二媳妇也要锁起来，每天数一遍，怕当婆婆的偷吃。

母亲说，最初她也不信。为这事，母亲曾呵斥过表姐：聋聋嗑嗑的，你咋知道她骂你？

表姐不吭声了。两眼像深潭一样——这话是我母亲说的。

母亲说，有一年，她去看表姐，就在村街里碰上了。表姐抱着一个小的，背一个大的。两个孩子，一个是大媳妇的，一个是二媳妇的。她看上去疲惫不堪，可老二媳妇竟当街拦住她，指着她的鼻子说：你咋睡得恁死？你是猪？你就是个猪。猪也会哼一声……

表姐说：没有啊。

老二媳妇说：你就是个猪。死猪！

表姐笑着说：真没有。鸡蛋你不都锁起来了吗？

引得村里人大笑！

老二媳妇嘴一撇说：丢死人了！

母亲把表姐的两个儿子叫在一起，狠狠地训斥了一顿。

客观地说，表姐也许延续了姥姥的习惯，在苦日子里泡久了，生活方式很原始，着实有些邋遢。这在现在的媳妇眼里，是很丢人现眼的。

可表姐说要来看我，居然是一种"客套"，她是有事找我帮忙。真是时代变了呀，我实在不明白，从什么时候开始，表姐对我也讲起了"客套"。这让我心酸。

她那个叫国顺的大儿子，先是去部队当了两年兵，复员后，表姐给他盖了一所房，娶了一房媳妇。在这方面，老大老二同等待遇，都是盖一所房子，娶一房媳妇。为盖这两所房子，娶两房媳妇，表姐两口子先后准备了十年，还塌下不少债，腰都快累断了。按说，努力到这一步，表姐两口子该喘口气了。可紧接着，老大老二媳妇先后都怀了孕。因为老二媳妇生的是儿子，老大媳妇生的是女儿，妯娌之间常闹矛盾，表姐夹在了中间，很难做。有一次，因为一个棒棒糖，竟然爆发了一场家庭战争。据母亲说，那天表姐在游村的货郎那里只买到了一个棒棒糖，她带着孙子孙女俩孩子，就让俩孩子轮着吃，一人舔一口。可棒棒糖刚递到孙女手里，就被老二媳妇撞上了。老二媳妇一下子冲过来，抓住棒棒糖扔在了地上，一边用脚踩一边指着表姐骂：吃吃吃，你偏心哪！你心偏到牛肚里了？偏心让你长牛黄狗宝！你睁开你的狗眼看看，谁是你亲孙子?! 这时候，大媳妇也冲过来了，一家人打成了一锅粥！……再后来，老大媳妇气不过，发誓一定要再生一个儿子。于是老大两口子为了躲计划生育，跑郑州打工来了。记得表姐打电话的当天，半夜一点钟的时候，电话铃又响了。电话是表姐的大儿子国顺打来的。国顺在电话里带着哭腔说：舅，快来吧，出人命了！我睡得迷迷糊糊的，问：你谁呀？出啥人命了？他说：我，国顺哪，我是国顺。我问：你啥时来的？他说：都来半年多了。我媳妇难产，一天一夜了，孩子生不出来。我一听要出人命，也慌了，忙说：你在哪儿呢？等着，我马上过去。

我一路打听着，找到火车站附近一个城中村，七拐八拐，终于在一个破烂不堪的小出租屋里，见到了他们。屋子里黑黢黢的。国顺媳妇在床上躺着，披头散发，那张脸看上去十分吓人。

我当即说：上医院，赶紧送医院。国顺苦着脸说：舅，没有证。我说：啥证？他说：生育证。医院要证。我这才想到，他们是躲出来生孩子的。我说：救人要紧，先去医院，去了医院再说。

不管怎么说，去医院后，母子的命都保住了，虽然交了罚款。

由此说，表姐说要来看我是假话。她是有事求我，才不得已打这个电话的。可我知道，我欠她更多。

记得童年里，有一天，我跟表姐坐在红薯地旁边的田埂上，刚刚吃过了表姐在小土窑烧的烤红薯，看夕阳西下的落日。那落日圆圆的、静静的、默默的。表姐替我抹了一下嘴上的黑灰，问：还饿吗？我没有回答。不远处就是电线杆，长长的电线上落满了麻雀，披着霞光的麻雀们一字排开，整整齐齐地在电线上卧着。这时，我从地上抓起一个土坷垃，扬手就要砸。表姐忽然抓住了我的手，轻声说：别打。别打。麻雀开会呢。……那时候，表姐的目光清澈如水。

也许因为表姐耳聋的缘故，她从未开过会。记得"文革"中，有一次村里开会批斗姥姥，表姐居然跑上前去，站在了姥姥身边。母亲回忆这件事的时候，叹口气说：你看她傻成啥？

我想，她如果来了，我会陪她几天，带她去少林寺或黄河边上转一转，看看风景。

坦白地说，这份感情，是存在"思想"里的。我虽这样想，可若是她真来了，我一个小公务员，端着公家的饭碗，也许真就没时间陪她……

可她没有来。

四

我不知道表姐是什么时候发生变化的。

有一年冬天，我突然接到母亲的电话，母亲在电话里十分焦急地说：这边公安局你有认识的人吗？我问：怎么了？母亲说：东大派出所的警察把你表姐抓起来了。我问：因为啥？母亲说：我也说不清，说是偷了工地上的材料啥的。你要认识人，就找人说说，不认识就算了，我再找别人。我迟疑着说：不认识，你让我想想。可母亲是个急性子，没等我说完，就把电话挂了。

后来我才知道，等母亲赶到派出所的时候，表姐两口子已经放出来了。表姐两口子在派出所里关了一天一夜，审来审去审了个"零口供"。据说，表姐两口子实在不堪忍受媳妇的谩骂，就一起出来打工了。由于看上去人老实，年岁也大，再加上有点七拐八绕的亲戚关系，工地上的包工头就给予了特别的信任，让俩人替他看守工地。结果却发现这两个最老实的人合伙偷工地上的材料。警察到工地上查验过，钢筋确实丢失了不少。可是，他们却找不到证据。几十捆钢筋还有其他材料，两个五六十岁的老人，一个瘸子，一个聋子，院墙又那么高，他们是怎么把钢筋抬出去的？另外，警察还仔细搜查了表姐两口子住的工棚：小屋里空空荡荡，地上只有一张破席（席下有两块砖头是当枕头用的），一床破被褥；再就是三块砖头，支着一口破炒锅，两只碗，什么也没搜出来。他们就这样生活了一百天。看了让人心酸。也许，表姐两口子那寒酸的生活状态让警察产生了怜悯之心也说不定。

后来，办案的民警告诉我母亲说，释放表姐并不是因为母亲托了人，而是因为表姐。审问她的时候，表姐一句话也不说，一直用眼睛看着他们，那双聋子的眼睛一直目不转睛地盯着他们看，那叫死盯，看得他们心里发毛。另外，表姐的十个手指头伸不直，就那么半弯着，而且还抖，一会儿一抖，看上去就像随时要犯病的样子。警察生怕她会死在派出所里，于是就放人了。

母亲见到表姐，第一句是：你咋还没死呢？

表姐笑了，说：大姑，你咒我。

母亲看着她，说：……挨打了吗？

表姐说：没有。

母亲傻了，就直直地看着她……

表姐凑到母亲跟前，小声说：这老板坐的是"大奔儿"，可有钱。

母亲看着表姐夫，说：可不能偷人家东西。要是再抓住了，判你几年，哭都来不及！

表姐贴近母亲说：这老板可抠啦，仨月都没发工资了。工地上的人都偷。就那钢箍（固定架子用的螺栓），这么小一点，一个就能卖两三块……

母亲惊讶地问：还真偷人家东西了？

表姐再次贴近母亲说：老胡，收破烂的，给了两千六。谁让他不发工资呢？仨月的工资，说好一人五百，二五一十，还差四百呢。那铝合金窗，他也要，贵着呢。可已经装上了，还得砸玻璃，太可惜，算了。

母亲怔怔地看着她，一时不知该说什么好。

　　母亲疑疑惑惑地对我说：这醒，你别看她聋聋嗑嗑的，她想听见，就能听见。你说她到底是聋，还是不聋？

　　是啊，表姐一个聋子，连字都不识几个，怎么会知道"大奔儿"？这，不出邪了吗?! 表姐耳聋，这是确凿无疑的。这在我童年里早就验证过的。

　　表姐那一年五十六岁了。五十六年，多少个日日夜夜？在这五十六年里，这个国家又发生了多少让人意想不到的变化，表姐焉能不变？我记得，后来表姐看人时，目光很直，总是显得呆怔怔的。也许，这么多年来，她用眼睛读人，读出了心得，也说不定？

　　母亲说：你醒姐呀，心里清亮。就是"忙"，不着号。

　　母亲很担心。母亲说：我老怕你醒姐出什么事。假如有一天，我不在了，你醒姐的事，你要管。

　　我说：管。我管。

五

　　表姐信"主"了。

　　母亲告诉我说，表姐回乡不久，表姐夫就去世了。家里老宅就剩表姐一个人了。她除了种地，还继续给两个儿媳妇看孩子，一晚上搂着仨孩子睡，睡不好，还说她常梦见姥姥。没有多久，她信主了。

　　荒唐的是，据说表姐是在一个卖保险女子的劝说下，才走上信仰之路的。有一次，表姐对母亲说，一个下乡卖保险的女子，人很好，给她送过两次礼物，一次是围巾，缎子的；一次是"大宝"，抹脸用的。还要认她做干娘。母亲大声说：骗子。骗子吧？醒，你可千万别上当。表姐摇摇头，坚定地说：不是骗子。她信主。后来，表姐也跟着信主了。

如今乡村里信徒很多，她每个星期都跟着去做礼拜。表姐祈祷的方式很特别。别的人都是在胸口处画"十"字，表姐略有不同，她是上指天，下指地，再指胸口……而且表姐祈祷时，嘴里也念念有词。母亲说，表姐怪怪的，就像说外国话一样，嘴里常三个字三个字地念叨"迷途羊，要吃草。迷途羊，要吃草"，也不知道什么意思？我告诉母亲，这是圣经上的话，也许说的是"迷途的羔羊"？

我很诧异。表姐过的本就是无声的世界，她什么都听不见，怎么信？

过了一段时间，母亲笑着告诉我说：这一回，你表姐大获全胜！

表姐信主后，每当两个媳妇要开口骂人时，表姐就先指指天，再指指地，而后再指指胸口。最初两个媳妇都不以为意，该骂还骂。次数多了，两个媳妇看她的眼神就不一样了。老二媳妇刁钻，大声质问她：你咒我？你敢咒我？再咒我往你嘴上抹屎！瞪，还敢瞪，再瞪，让你眼上长疔，瞎了你的狗眼！有本事你让龙抓了我！老大媳妇稍好一些，说：你是说老天爷看着呢？老天爷会管你的闲事？可话虽这样说，时间长了，两人心里都有了些怯意。

据说，有一次，表姐把一大群信主的老太太带到了家里。几十个扎着黑头巾的老太太站在院子里，先是在胸口处画"十"字，大声"阿门——"，而后齐唱颂歌。表姐嘴里也念念有词，满面红光地站在人群里。

当颂歌一次次在院子里响起来的时候，表姐的两个媳妇傻眼了。也可能是凑巧，有一回，信主的老太太们在表姐院子里齐声祷告的第二天，她的两个儿媳妇一个嘴忽然就歪了；另一个呢，眼上长了疔，肿得像烂桃一样。从此，两人就真有些怕了。

后来，母亲告诉我说，不知为什么，这俩媳妇完全变了，变得一个比一个孝顺，一个比一个嘴甜。老二媳妇居然每天早上给她端一碗白糖鸡蛋茶，碗里卧两个荷包蛋。老大媳妇也跟着学，给她送油条、买胡辣汤什么的。知道表姐有腰腿疼的老毛病，俩媳妇晚上还争着去看望表姐，一人端一盆热水，说要给表姐捶捶背、烫烫脚。夏天的时候，时不时还给表姐买个西瓜抱过去。逢表姐做礼拜的时候，就提前把孩子接走了。

有一年，我正月初三走的。母亲说，初五那天，表姐开着一辆机动三轮车，拉着一麻袋红薯、四样点心，还有一家老小，给母亲拜年来了。母亲说，她亲耳听到，两个媳妇都开始喊"妈"了。一个叫妈，一个叫"买儿"，可亲啦。

母亲悄悄地把表姐拉到一边，问：醒，媳妇不骂你了？

表姐点点头。

母亲说：看，一家人热热和和的，多好。

表姐撇了撇嘴，凑近母亲说：一个贼，一个懒，没一个醒事的。

母亲说：我看着挺懂事。只要不骂你，各过各的。

表姐说：我还给她们带着孩子呢。

母亲说：那是你孙子孙女，你不带谁带？

忽然，表姐低声说：她俩，半夜里偷偷趴门缝里看我。一个学猫叫，一个学狗叫，我床头有根棍，我一敲，就都不叫了。

母亲说：啥意思？

表姐说：我常犯心口疼，看我死了没有。

母亲脸色变了：胡说。

六

我真的说不清，她身上的神性是何年何月被激发出来的。也许，真的是姥姥的魂灵扑到了她身上也说不定？

二〇一二年的夏天，我终于见到了表姐。见到表姐的那一天，我真的是惊出了一身冷汗！

母亲是二〇一一年去世的。母亲过世后，我已很少回家乡了。我是在家乡城市的一家五星级酒店的大门口碰上表姐的。那是午后，太阳还很毒。我刚刚参加完一个老同学儿子的婚礼，从宾馆大堂里走出来，刚好碰上了表姐。表姐开一辆机动三轮车，轰轰轰响着，"呼"一下从宾馆后面开出来。表姐开的这辆机动三轮叫"奔马"，比一般的三轮车大许多，是农村里拉粪、收庄稼、运粮食用的，相当于一个小型货车。表姐骑在上边，在院子里绕来绕去地开着。一时间，院子里喇叭齐鸣！老天，这是一家五星级酒店，院子里停满了"宝马""奔驰""奥迪""凯迪拉克"，有进的，有出的。表姐开的机动三轮车就在这些车缝儿里蹿来蹿去！我记得，这一年表姐六十四岁了。六十四岁的表姐开着机动三轮，真有些横冲直撞的劲头。那些开"奔驰""宝马"的生怕撞上了，竟纷纷鸣笛，给她让道。我先是一愣，而后跑上去，一边给她摆手，一边大声招呼：……醒姐，姐！我——！你疯了？慢些。

机动三轮"轰"一下停住了。表姐从三轮车上下来，说：文生啊，你咋？吃饭了吗？

我说：吃过了。你这是……？

表姐大声说：我给人送货呢。菜，送的野菜。有钱人喜欢吃野菜。

我看着表姐，表姐再也不是昔日的表姐了。表姐的头发全白了。表姐虽白发苍苍、一脸老皱，两只眼窝深陷着，却是一身工装，腿上还绑着护膝，倒显得有几分老年的英武气。记得童年里表姐的眼神十分清亮，现在她的眼窝深陷，两眼浑浊，就像是陷下去的老井。我傻傻地望着她，一时不知说什么好了。

大夏天里，表姐手上竟还戴着自己做的露指头的棉手套。我指指她的手，问：这么热，咋还戴手套？

表姐说：疼。没啥，老根，风湿病。

是啊，六十多年过去了，表姐身上落下了很多"疼"。腰疼，腿疼，心口疼，手指关节疼，无处不疼。这些"疼"是长年累月里积存下来的，就像是表姐的"资本"。表姐也只剩下这点"资本"了。

我指指她的头发，说：你多大岁数了？还敢开三轮，多危险哪！

表姐说：没事。我拉客呢。这路我熟，常开……

我怔怔地望着她，一时哭笑不得。她这么大岁数了，还是一个聋子，竟然敢跑出来"拉脚"？

我指指车，又指指她，劝道：老姐姐，千万别再出来了。你没看你多大岁数了，都六十多了。万一出点事，咋办呢？

表姐看看周围，很诡秘地说：你放心，没事。我投了个保。我买保险了。警察都怕我……你上哪儿？我送你。

我吃惊地望着她……

表姐说：走。放心吧，警察老给我敬礼，不罚我。

我有些气愤地说：不用。国顺呢？不管你吗？

表姐说：管，都管。就是俩媳妇"猴"。

表姐一踏油门，轰的一声，那辆机动三轮在我面前转了一个一百八十度的大弯，轰轰着朝大门口开去。

表姐真的是达到了一种自由境界了……

可我还是有些后怕。你想，她一聋子，就这么开着一辆破机动三轮，在大街上跑来跑去，要是跟谁撞上了，可怎么了得？

后来，我才知道，表姐的确是投了保的。

表姐是要进天堂的。表姐信了主，很渴望进天堂。在进天堂之前，她投了保。那个卖保险的女子，她认的干女儿，成功地给她推销了个"意外伤害险"。保险金五十万。受益人是两个孙子。

跟表姐见面后，我对电话铃声格外敏感。每次电话铃响，我都心里一惊，生怕是国顺打来的。

…………

可电话铃一直没有响起，看来，表姐仍走在通往天堂的路上。

有时候，无端地、不由自主地，我会想起表姐说的那句话：别打。别打。麻雀开会呢。

2014 年